文學新象 251

Prince's Gambit

墮落王子

II

—危城之戰—

C・S・帕卡特
C . S . Pacat

朱崇旻——譯

高寶書版集團

獻給一直以來支持本系列的讀者，你們是我繼續寫故事的動力。

北方森林與北方大草原
The Great Northern Forests
and the Northern Steppes
韋肯特
Ver-Kindt
斯卡瓦Skarva
雅雷斯 Arlés
夏思提隆
Chastillon
貝洛
Belloy
瓦蓮
Varenne
瓦斯克Vask
維爾Vere
巴賓
Barbin
圖泰茵
Toutaine
韋瓦索
Ver-Vassel
韋坦
Ver-Tan
麗斯
Lys
瑪曲斯
Marches
夏思泰尼
Chasteigne
拉德霍
Ladehors
帕特拉斯
Patras
亞利葉
Alier
亞蘭
Arran
亞奎塔
Acquitart
浮泰茵
Fortaine
拉芬奈Ravenel
巴札爾Bazal
瑪拉斯
Marlas
德爾法(原為德爾芙)
Delpha, Was Delpheur
希錫安
Sicyon
埃吉納
Aegina
戴斯
Dice
阿奇洛斯Akielos
戴門的航行路線
美洛斯
Mellos
瑟雷斯
Thrace
N
W
E
S
科瑟斯
Kesus
埃洛斯海
Ellosean Sea
埃利恩
Ellium
伊奧斯Ios
伊斯希馬
Isthima
阿特洛斯灣
Gulf of Atros
Map of Akielos and Vere
阿奇洛斯與維爾地圖
0
100
200
英里

1

一行人乘馬抵達目的地時，影子在夕陽下延伸，天際一片殷紅。夏思提隆只有一座突兀的高塔，圓柱形暗影與逐漸黯淡的天空形成對比，龐大而老舊的高塔與拉芬奈、浮泰茵等南方堡壘有幾分相似，其功用便是承受敵軍的圍困。戴門不自在地凝望夏思提隆城堡，眼前浮現遠方的瑪拉斯堡，以及瑪拉斯周圍的狹長紅色原野。

「這裡是狩獵區。」歐爾蘭誤解了戴門的意圖。「敢不敢逃啊？」

戴門沒有回應。他來到此處不是為了逃跑——此刻他的身上沒有鎖鍊，卻自願與一群維爾軍人走在一起，感覺奇怪到了極點。

隨著運貨的馬車緩慢前進，沿途皆是郊外的優美風景，一天的路程下來，即使一行人是在舒適的春季出行，戴門也能評判出這些軍人的素質。戈瓦爾幾乎沒做什麼事，像一尊端坐在健壯戰馬上的雕像，只有那匹馬來回晃動著尾巴。儘管如此，王子衛隊的前一任隊長顯然下功夫訓練過這批人，他們在漫長的路程中一直維持著完整隊形，訓練有素的模樣令戴門有些驚訝。他不禁好奇，這些人在戰鬥中是否也能維持住隊形？

若羅蘭的部下真的如此嚴守紀律，那未來並非沒有希望。戴門雖這麼想，實際上他的好心情是源自久違的陽光與郊外的新鮮空氣，以及坐騎與佩劍帶給他的假象——自由的假象。即使是圈著喉嚨的金項圈，即使是雙腕沉重的金銬，也無法抑制戴門此刻的欣喜。

夏思提隆的僕役前來迎接羅蘭的隊伍，他們列隊站在城堡外，這是恭迎重要隊伍的禮節。至於攝政王的軍隊——理應駐守夏思提隆，等著和王子的人馬會合的軍隊——卻不見蹤影。

五十匹馬等著被牽入馬廄，五十組甲胄與馬具等著被解下，營房裡有五十個位置等著被整理給羅蘭的部下使用——而且這還只是士兵的人數，不包含隨隊的僕役與馬車等等。然而在偌大的庭院裡，王子的隊伍顯得萬分渺小，夏思提隆能輕易吞噬這五十名軍人。

今晚眾人不必搭帳篷，士兵將睡在營房裡，羅蘭則是入住城堡。

羅蘭下馬，剝下騎馬用的手套塞進腰帶，接著走向城守。戈瓦爾高聲下令，戴門一回神，發現自己正忙著拆卸甲冑與照顧馬匹。

院子對面，兩條阿蘭特獒犬從石階上衝下來，興高采烈地撲向羅蘭。羅蘭搔搔其中一條狗的耳後，這讓第二條狗嫉妒得抖了抖。

歐爾蘭的聲音打斷了戴門的思緒。「醫師要你去找他。」他邊說邊用下巴示意庭院一角的涼篷。戴門遠遠瞥見一頭眼熟的灰髮，他放下手裡的胸甲，走向涼篷。

「坐下。」宮廷醫師說。

戴門輕手輕腳地坐在唯一空出來的一張小三腳凳上。宮廷醫師解開一個皮革包的釦帶。

「讓我看看你的背。」

「我的背沒事。」

「你穿著盔甲騎了一整天的馬，然後跟我說你的背沒事？」宮廷醫師說。

「我真的沒事。」戴門說。

宮廷醫師說：「把上衣脫掉。」

醫師的眼神堅毅不搖，於是過了漫長的一瞬，戴門將手伸到背後脫下上衣，寬闊的肩背暴露在宮廷醫師的視線中。

他的背確實沒事，皮膚大致癒合了，傷疤取代了之前的創口。戴門扭頭想看自己的背一眼，但他畢竟沒有貓頭鷹旋轉自如的脖頸，即使竭盡全力也沒看見什麼。他在扭到脖子前轉回去面向前方。

宮廷醫師在皮革包裡翻翻找找，取出新的膏藥。他似乎有無數種五花八門的藥膏。

「你要幫我按摩？」

「這是治療你背部傷口的藥膏，你應該每晚用這個按摩，過一段時間疤痕會變淡一些。」

這就太誇張了。「這玩意是美容用的？」

宮廷醫師說：「聽說你很頑固，看樣子果然不假。好，讓我告訴你，傷口癒合得更完全，無論是現在還是未來你的背才不會僵硬緊繃，這樣你才能揮劍砍死一堆人。據說你聽了這樣的說法，會比較願意配合治療。」

「是王子說的吧。」戴門說。不愧是羅蘭，他如此貼心地呵護戴門的背，簡直像用一個吻帶走他一個耳光帶來的疼痛。

但令人火大的是，羅蘭說得對，戴門不能失去戰鬥力。

藥膏清涼而芬芳，在宮廷醫師的按摩下，一整天騎馬導致的僵硬都消失了，戴門的肌肉一條條放鬆。他垂下頭，頭髮落到眼前，呼吸變得平穩。宮廷醫師按摩的動作十分專業，不摻雜個人感情。

「我不知道你叫什麼名字。」戴門承認道。

「你不是不知道，而是不記得我的名字。我們第一次見面的那晚，你的意識很不穩定，再多一兩鞭你可能就看不到隔天的太陽了。」

戴門嗤之以鼻。「哪有那麼慘。」

宮廷醫師一臉古怪地瞅著他，但最後只說：「我的名字是帕司查。」

「帕司查，」戴門說。「這是你第一次隨軍出行嗎？」

「不是，我從前在國王身邊工作，曾在瑪拉斯與聖佩利葉救治戰場上受傷的士兵。」

兩人沉默半晌。戴門原本想問帕司查關於攝政王軍隊的事，現在卻沒有說話，緊緊捏著手中的上衣。帕司查繼續有條不紊、不疾不徐地按摩戴門的背。

「當年的瑪拉斯決戰，我也有上戰場。」戴門說。

「我想也是。」

又是一片沉寂，戴門盯著涼篷下的地面。這裡沒有鋪石板，而是壓實的土地，他盯著地上的刮痕、枯葉的一角。那雙手最終離開他的背，按摩結束了。

涼篷外，院子裡的人越來越少，可見羅蘭的部下做事很有效率。戴門站起來，甩了甩上衣。

「既然你之前在國王身邊做事，」戴門說。「為什麼現在是在為王子服務，而不是他叔父？」

「一個人到達什麼地方，由他自己決定。」帕思查說著，「啪嚓」一聲闔上醫藥袋。

指揮眾人。

戴門回到庭院裡。戈瓦爾不知道跑哪去了，戴門無法找他報到，不過他正好看到喬德在

「你會寫字嗎？」喬德問他。

「當然會。」戴門才剛說完，就用力閉上嘴巴。

喬德沒有注意到異樣。「幾乎沒有人做明天的行前準備，王子殿下說我們明天要帶著完整的一套軍械上路，但他也說我們絕不會延後行程。你去西軍械庫那邊清點軍備，然後把清單交給那個人——」他指向一名男子。「——羅薛爾。」

詳細清點庫內的所有軍備可能要花上一整晚，所以戴門推測他的任務是查閱過往的清單內容。他找到一套紀錄用的皮面記事簿，翻開第一本尋找相應的頁面。當他發現自己眼前是七年前的清單，清點的是王儲奧古斯的狩獵配備時，戴門心中萌生古怪的感覺。

為奧古斯王子殿下準備的裝備包括：獵人餐具一套、長棍一把、尖矛頭八支、弓與弦。

軍械庫裡不只戴門一個人，櫃子後方傳來某位年輕大臣文謅謅的說話聲：「我已經把你們的工作說明清楚了，這是王子殿下的命令，你們還不快去做。」

「我怎麼知道你說的是真是假?你是他的寵奴嗎？」另一人粗聲粗氣地說。

又一個人說：「他要幹你的話，我倒想花錢見識見識。」

第四個人說：「王子冷得像根冰柱，哪會幹人？等隊長親自過來命令我們做事，我們才會動手。」

「你們好大的膽子，竟敢如此誣衊我們的王子殿下！你們選一件武器，快點，我叫你們選武器。」

「小兔崽子，你就那麼想受傷？」

「要是你們膽子太小，不敢——」大臣的話還沒說完，戴門便握住一把劍走了過去。

他拐過彎，看見身穿攝政王衛隊制服的三名士兵。其中一人倒退一步，揮拳重重落在年輕大臣的臉上。

不過那名大臣並不是大臣，而是羅蘭先前對喬德提過的年輕士兵。**叫僕人睡覺的時候腿夾緊一點。還有愛默里克。**

愛默里克跌跌撞撞地倒退數步，撞到牆後往下滑。他呆滯地睜眼、閉眼，鼻血如泉湧。

三名士兵看見了戴門。

「好了，他閉上嘴了。」戴門公正地說。「這樣應該就夠了吧？你們可以先走，我帶他回營房去。」

令三名士兵遲疑的，並不是戴門的體型，也不是他鬆鬆握在手裡的劍；如果那三名士兵真想打，他們能利用軍械庫裡的兵器、盔甲與搖搖晃晃的儲物架，讓這場鬥毆變得又漫長又荒唐。帶頭的士兵之所以平舉一條手臂，示意另外兩人退下，是因為他瞥見戴門領口的金項圈。

在這一剎那，戴門完全瞭解了兩方勢力的狀態：攝政王的部隊占優勢，而愛默里克與其他王子的部下只能忍氣吞聲，因為他們唯一能申訴的對象是戈瓦爾，而戈瓦爾只可能無視或嘲弄他們。戈瓦爾是攝政王身邊的紅人，攝政王派他最賞識的惡棍過來，就是為確保王子的人馬臣服於他的勢力。但戴門就不同了，他能直接向王子報告，所以攝政王的人不敢隨便動他。

他站在原地默默等待。那三名士兵不願公然與王子作對，他們選擇謹慎行事，揍了愛默里克一拳的男人緩緩點頭，三人轉身離開軍械庫。戴門目送他們離去。

士兵離開後，他轉向愛默里克，注意到這個年輕人的細緻皮膚與秀氣的手腕。世家貴族的小兒子無法繼承父親的封號，所以有時會加入王室衛隊，自己闖出名聲。不過從戴門對王子衛隊的觀察看來，羅蘭的部下多半出身粗鄙。在羅蘭的隊伍中，愛默里克顯得與眾不同，實際上也與身旁的人格格不入。

戴門伸出一隻手，但愛默里克不理會，硬是自己撐著身體站起來。

「你幾歲了？十八？」

「十九。」愛默里克說。

撇除被打扁的鼻子，他擁有高貴精緻的五官、形狀優美的深棕色眉毛，以及長長的睫毛。站在近處，戴門也注意到他沾滿鼻血卻仍然好看的唇，他長得果然很迷人。

戴門說：「你這樣挑釁別人不可能有好下場，更何況你隨便被打一拳就倒了，還敢一次惹三個人。」

「如果倒下了，我會再站起來。我不怕挨打。」愛默里克說。

「如果你堅持要去招惹攝政王的人，你真的會一直挨打，到時候你這份精神和勇氣就派得上用場了。頭往後仰。」

愛默里克捂著鼻子盯視他，手心淋滿鼻血。「我聽過你的傳聞，你是王子殿下的寵奴。」

戴門說：「既然你不想把頭往後仰，那就跟我去找帕司查吧，他會幫你塗藥膏。」

愛默里克動也不動。「只不過是被鞭打一頓，你就像懦夫一樣去向攝政王告狀。你對王子殿下動手動腳，你毀了他的名聲，還試圖逃跑，但他還是救了你——因為殿下永遠不會讓自己的人落入攝政王的魔掌，就算是你這種人也一樣。」

戴門全身靜止，注視著這名少年鮮血淋漓、仍帶著稚氣的臉。他提醒自己，愛默里克為了守護王子的名譽，願意單挑三名士兵。在戴門看來這無異於小狗的愚忠，但他也在喬德、在歐爾蘭眼中看過類似的神情，甚至是安靜的帕司查也默默效忠著王子。

戴門想到金玉其外的羅蘭，以及對方狡詐、自私且不值得信任的內在。

「你為什麼對他這麼忠心？」

「因為我不是毫無忠誠心可言的阿奇洛斯畜牲。」愛默里克說。

戴門把軍備清單交給羅薛爾後，王子衛隊開始準備兵器、盔甲與馬車，明日一大早眾人將從夏思提隆出發。早在羅蘭的隊伍來到夏思提隆之前，攝政王的部隊就該準備好軍備了，然而在攝政王下令隨羅蘭一同前往邊境的一百五十人當中，前來幫忙的不到二十人。

戴門與王子衛隊一起為明天做出行準備，在這群人之中，只有他聞起來像昂貴的膏藥與肉桂。他背上還有一處肌肉糾結在一起，但那並不是帕司查按摩得不夠徹底，而是因為城守命令他在完成工作後進城堡報到。

大約一小時後，喬德走了過來。

「愛默里克年輕不懂事，他說不會有下次了。」喬德說。

鐵定還會有下次，而且一旦這支軍隊的兩股勢力開始互相報復，你們守衛邊境的任務就不可能再進行下去了。戴門心裡這麼想，但沒有說出口。他說：「隊長人呢？」

「隊長在馬廄裡，忙著幹馬童。」喬德說。「王子殿下在營房等他。其實……殿下要我叫你去找隊長，把他帶去營房。」

「你要我去馬廄找他。」戴門盯著喬德，一臉不可思議。

「你去總比我去好。」喬德說。「他應該在馬廄靠後面的欄位裡。喔對了，你辦完這件事之後，去城堡裡頭報到。」

從戴門所在的營房，要穿過兩座院子才能走到馬廄，戴門暗自希望他抵達馬廄時戈瓦爾已經完事了，但他的運氣自然沒那麼好。馬廄裡充斥著馬匹入夜後準備休息的輕柔聲響，儘管如此，戴門還沒看見戈瓦爾，便聽見馬廄後方傳來的規律低響。

戴門衡量戈瓦爾「辦事」被打斷的不悅，與羅蘭等不到人的怒火，毅然決然地推開馬欄的門。

戈瓦爾的動作毫不含糊，他將馬童壓在底端的牆上抽插。那馬童的褲子癱在離戴門腳邊的稻草上，赤裸的雙腿大大張開，敞開的上衣被推到肩下，露出腰背的肌膚。他的臉貼著粗糙的木板牆，戈瓦爾一隻手揪著少年的頭髮將他壓在牆上。戈瓦爾沒有脫衣服，只解開了褲襠的綁帶露出下體。

戈瓦爾稍微停頓，斜睨戴門一眼說：「幹嘛？」然後故意繼續方才的動作。馬童看見戴門的反應沒有那麼從容，他開始害臊地扭動身體。

「停。」馬童說。「不要，有人在看——」

「那麼激動做什麼？不過是王子的寵奴。」

為了強調這句話，戈瓦爾將馬童的頭向後一扯。

戴門說：「王子有事找你。」

「讓他等一下又不會怎樣。」戈瓦爾說。

「不行，會怎樣。」

「他命令我拔出來？要我硬著屌去見他？」戈瓦爾露齒一笑。「說不定他那副高高在上的樣子只是作戲，其實是個巴不得被人插的騷貨。」

戴門感覺怒火固化成實質的重量，沉澱在他體內，這時他也感受到愛默里克無法自抑的憤怒。但戴門並不是從未打過架的十九歲少年，他的視線冷冷掃過馬童半裸的身軀，知道再過片刻，他將在這個灰塵遍布的擁擠馬欄內，為伊拉斯莫斯報強暴之仇。

他說：「你敢無視王子的命令？」

戈瓦爾煩躁地推開馬童，打亂了戴門的復仇計畫。「操，你在那邊吵，我怎麼可能爽——」他邊說邊將下體塞回褲子裡。馬童腳步踉蹌地退開幾步，大口大口地呼吸。

「他在營房。」戴門說。戈瓦爾用力撞開他的肩膀，大步走出去。

馬童氣喘吁吁地盯著戴門，一手撐著牆壁，另一手羞恥地捂在雙腿之間。戴門默默撿起少年的褲子，丟給他。

「他本來要給我一枚銅幣的。」馬童悶悶不樂地說。

戴門說：「我會幫你轉告王子。」

任務完成後，戴門進城堡向城守報到，城守領著他走上樓，進入羅蘭今晚的臥房。

這座城堡不如王都雅雷斯的宮殿豪華，牆壁是粗糙的石牆，窗戶是霧面玻璃製成的格子窗。由於戶外天色已暗，玻璃只反映著室內的陰影，看不見窗外的景色。複雜的藤葉裝飾環繞整個房間，生著火的壁爐上方是精雕細琢的壁爐檯，房裡還有油燈與掛在牆上的布幔。戴門在地上看見給奴隸用的軟枕與絲布睡墊，忍不住鬆了一口氣。房內最搶眼的家具，是一張奢華的床鋪。

床周圍的牆壁鑲了深色木板，上頭刻著山豬被長矛刺穿脖頸的狩獵圖。戴門沒看見王儲的藍色與金色星芒徽飾，映入眼簾的只有血紅色的帳幔。

戴門說：「這是攝政王的房間吧。」一想到自己將睡在羅蘭的叔父專用的房間，感覺就像破壞了某種規則。「王子殿下常常住這裡嗎？」

城守誤以為戴門指的不是這個房間，而是這棟城堡。「殿下不常來。瑪拉斯決戰過後一兩年，他常和他叔父來夏思提隆。不過殿下長大之後就對這裡失去興趣，這幾年很少來了。」

在城守的命令下，僕人為戴門準備麵包與肉。他吃完後僕人將餐盤收走，接著端著形狀優美的酒壺與酒杯再次進門。戴門不知這是不是粗心的意外，但僕人並沒有收走餐刀。戴門看著那把刀，回想自己囚禁在雅雷斯的王宮時，一把不慎遺落在他房間的餐刀簡直是美夢成真，它象徵著逃出王宮的無限可能。

戴門坐下來，靜靜等待。

他面前的桌上鋪了一張維爾與阿奇洛斯地圖，每一座山丘與山峰、每一座小鎮與城堡都鉅細靡遺地記錄在紙上。蜿蜒的瑟瑞茵河流往南方，但他知道他們不會沿著河流前進。戴門將指尖放在夏思提隆，描繪一條穿過維爾南部到德爾法的路線，直到他觸及祖國的邊界。所有地名都是他看不慣的維爾語：阿奇洛斯寫成「阿琪駱絲」，德爾法寫成「德爾芙」。

之前在雅雷斯，攝政王派刺客刺殺他的姪子，死亡躺在下了藥的杯底，站在出了鞘的劍尖。現在的情況與過去不同：羅蘭與攝政王的人馬明爭暗鬥，衛隊隊長又是個偏心、小心眼的傢伙，最後一切都得由毫無領導經驗的王子處理……這群人肯定會鬥得四分五裂。

面對這樣的問題，戴門實在幫不上忙。這個隊伍的士氣將逐漸瓦解，等這群忙於內鬥、缺乏領導者的烏合之眾抵達阿奇洛斯邊境，攝政王埋伏在那裡的人馬必定能一舉擊潰羅蘭等人。只有羅蘭一個人能與攝政王抗衡，戴門雖承諾要盡己所能保護他，此時卻感覺這次前往邊境的長征，是勝負已分的棋局中無濟於事的最後一招。

羅蘭找戈瓦爾不知做什麼，到深夜還未回房。城堡的種種聲音逐漸減弱，壁爐的火焰與細微風聲越來越清晰。

戴門鬆鬆地交握雙手，坐著等羅蘭。自由——或者說，自由的假象——激起他心中奇怪的情緒。他想到喬德、愛默里克與羅蘭其他的部下必須熬夜工作，一行人明日清晨才能準時動身。戴門不期待見到羅蘭回房，他知道城堡裡有其他僕人，不過還是在空無一人的房間裡靜靜等待。他傾聽火焰的劈啪聲，目光掃過地圖細緻的線條，意識到自己此刻是獨自一人，這在他淪為階下囚之後十分難得。

羅蘭走進房。戴門站起身，瞥見歐爾蘭站在房門外頭。

「你可以走了，我不須要守衛站在門口。」羅蘭說。

歐爾蘭點點頭，關上房門。

羅蘭說：「我把你留到最後了。」

戴門說：「你欠馬童一枚銅幣。」

「那小子應該學會先拿錢再辦事。」

羅蘭泰然自若地提起酒壺，為自己倒一杯。戴門忍不住瞟了酒杯一眼，回想自己上一回在羅蘭房間和他獨處的窘境。

金色眉毛微微上揚。「別為你的貞節操心，不過是水罷了。大概。」羅蘭啜飲一口後垂下手，優雅的手指輕輕握著酒杯。他用眼神示意一旁的椅子，儼然是請客人就座的主人風範，然後以消遣的語氣說：「坐吧，你今晚就留在這裡。」

「你不把我綁起來？」戴門說。「不怕我逃出去，路上順道把你殺了嗎？」

「在我們接近邊境之前，這不會是問題。」羅蘭平靜地對上戴門的視線，房裡除了壁爐的劈啪聲外靜謐無聲。

「他們說得對，你真的像座冰山。」戴門說。

羅蘭輕輕將酒杯放在桌上，拿起僕人遺落的餐刀。

那是專門切肉的銳利小刀，羅蘭拿著刀走近，戴門不禁心跳加速。不久前的一天深夜，他親眼看見羅蘭割開某人的喉嚨，和這間房間的絲綢床罩同樣殷紅的鮮血灑了滿地。他震驚地感覺到羅蘭的手指碰上他的手，將刀柄按在他的手心。羅蘭握住金銬旁的一截手腕，緊緊抓著戴門的手將小刀往前伸，讓刀尖對準他自己的腹部，輕輕按在深藍色的王子服飾上。

「我剛才叫歐爾蘭離開，你也聽到了。」羅蘭說。

戴門感覺到羅蘭的手從他的手腕滑到手指，用力握住。

羅蘭說：「我不會為了無聊的威脅和裝腔作勢浪費時間，我們何不現在講明你的意圖？」

刀尖對準羅蘭的肋骨下緣，位置恰到好處，戴門只須往前再往上推。

羅蘭自信地證明自己的論點，令人莫名火大。戴門胸中湧起一股強烈的渴望——他不只渴望暴力相向，還渴望一刀插死羅蘭鎮靜的態度，強迫他露出冷淡與漠然之外的表情。

戴門說：「我相信有一些僕人還醒著，我怎麼知道你不會尖叫求救？」

「我看起來像是會尖叫的人嗎？」

「我不會用這把刀殺你。」戴門說。「但你要是願意把它放在我手裡，你就太低估我殺死你的慾望了。」

「不。」羅蘭說。「想殺死一個人卻不得不靜待良機是什麼感覺，我非常清楚。」

戴門退後一步，垂下持刀的手，但手指仍緊緊握著刀柄。兩人對視半晌。

羅蘭說：「等這場遠征結束，我想——如果你是個真男人而不是軟弱的蟲子——你會為了我對你做的一切來找我報仇，這我也明白。到了那一天，我們再來擲骰吧，看命運為我們安排了什麼樣的未來。在那之前，我是你的主人，我在此聲明一件事：我要你服從我。我是你的上司，假如你對我的命令有意見，可以私下和我據理力爭，但要是你在我下令後抗命，就等著鞭刑伺候。」

「我有違抗你的命令嗎？」戴門說。

羅蘭又凝視他許久，彷彿在他眼底尋找什麼。「沒有。」羅蘭說。「你成功把戈瓦爾拖出馬廄做正事，也救了愛默里克。」

戴門說：「你命令其他人熬夜準備軍備，那我在這裡做什麼？」

羅蘭又頓了頓，再次示意桌邊的椅子。這回，戴門配合地入座，羅蘭也在對面的位置坐下。兩人之間的桌上，是精密細緻的地圖。

「那塊區域你很熟悉，是吧？」羅蘭說。

2

第二天一早，還未到出發的時間，戴門便深刻意識到攝政王選擇跟隨姪子遠征的部隊時，刻意挑了素質最差勁的隊伍。而他們之所以駐紮在夏思提隆，多半是為了不讓貴族大臣發現這批人壓根毫無紀律可言。他們根本不是受過訓練的軍人，而是傭兵，而且論戰鬥能力，他們大多是二、三流的貨色。

面對這群烏合之眾，羅蘭精緻俊美的容顏只會帶來更多麻煩，戴門從起床到幫自己的坐騎裝好鞍具的這段時間，已經聽了十多句關於羅蘭的汙言穢語。在這種情況下，愛默里克發怒也是情有可原，就連完全不在意他人如何批評羅蘭的戴門也開始感到煩躁。在他看來，軍人再怎麼樣也不該以這種口吻評判自家指揮官。**遇到想要的屌，他就會張開腿了。**戴門聽到這句，拉著鞍帶的手不由得用力一扯。

也許是他心緒不定的關係，畢竟昨晚隔著地圖坐在羅蘭對面回答種種問題，感覺實在很詭異。

昨夜，火爐只剩溫暖的餘燼。**那塊區域你很熟悉，是吧？**羅蘭說。戴門遲疑了，他知道自己必須將關乎戰略的地理資訊洩露給羅蘭，而他和羅蘭以後可能會以國王的身分——以國家之名——在戰場上兵戎相見。

而且那還是最理想的情況，前提是羅蘭推翻他的叔父，戴門平安回到阿奇洛斯，搶回被奪走的王位。

「你有什麼意見嗎？」羅蘭說。

戴門深吸一口氣。羅蘭越強，攝政王就越弱，若維爾內部因王位之爭而四分五裂，對阿奇洛斯只有好處沒有壞處。就讓羅蘭和他叔父爭個你死我活吧。

戴門小心翼翼地開了口。

他們仔細地討論阿奇洛斯與維爾邊界的地形，以及此次前往邊境的路線。他們不會直線南行，而是會沿著維爾與瓦斯克兩國之間的山脈朝西南方前進，經過維爾境內的瓦蓮省與亞利葉省後抵達邊界，全程大約費時兩週。這比攝政王原先擬定的路線更迂迴曲折，羅蘭已經派信使先行通知各堡壘，看樣子他想盡量延長這段旅程，為自己爭取時間。

他們比較了拉芬奈與浮泰茵兩座堡壘在防禦方面的優劣，談話過程中羅蘭似乎毫無睡意，視線一次也沒飄向大床。

夜色漸深，羅蘭一改正式、筆挺的坐姿，像孩子似地曲起單膝，一條手臂抱著膝蓋。戴門發現自己的目光常不由自主地移向羅蘭放鬆的肢體，緊盯那條慵懶地掛在膝上的手臂，以及那身修長、細緻的骨骼。他注意到自己身上一股微弱但正逐漸攀升的緊張感，他似乎在等待……至於在等待什麼，戴門自己也不曉得。這感覺類似一人一蛇在坑洞中獨處，蛇再怎麼放鬆，人類也不能掉以輕心。

直到破曉前大約一小時，羅蘭才站起身。「今晚就討論到這裡。」他簡略地說，說完，他在戴門訝異的視線下走出房間，準備天亮後啟程所需的事物。羅蘭離開臥房前直截了當地告訴戴門，他若需要戴門，會派人來找他。

戴門踏著堅決的步伐走向睡墊，把握機會補眠，數小時後，他被城守叫了出去。他下次看見羅蘭時，羅蘭已經更衣完畢、穿上盔甲出現在城堡庭院，一臉冷淡地準備上馬。戴門不知羅蘭有沒有闔過眼，但即使有，他也不是睡在攝政王的大床上。

部隊沒有戴門想像中的拖沓，想必是羅蘭天未亮便開始準備，以及他因一夜未眠而更加冰冷惡毒的言語，促使攝政王的部下爬下床，在庭院中排成勉強說得上是行軍陣列的隊形。

一行人乘馬上路。

災難並沒有立即找上門。

眾人騎馬穿行綴著黃白小花、飄著花香的翠綠原野，粗鄙又頤指氣使的戈瓦爾騎著戰馬領頭，他身旁則是金光閃耀、年輕而優雅的羅蘭王子。在戈瓦爾的映襯下，羅蘭就像一尊華而不實的魁儡。戈瓦爾勾搭馬童以致未能立時向羅蘭報到，還有昨晚攝政王部下的怠忽職守，卻沒有人被責罰。

他們一共有兩百人，外加僕役、運貨的馬車、貨物與備用的馬匹。若是陣容龐大的軍隊也許會帶上牲畜，不過這次出行的部隊人數很少，而且他們能在路上補給糧草，不必直奔目的地。除了牲畜之外，他們也沒有營妓。

儘管人數不多，跟不上行軍步調的人還是將隊伍拖到幾乎有四分之一英里長，戈瓦爾派人騎到後方催促落後的士兵，引起馬匹一陣騷亂，卻沒能改善掉隊的情況。羅蘭在戈瓦爾身旁靜觀這一切，但他沒有插手。

眾人花費數小時紮營，效率差得出奇，前一晚王子的部下已經忙了大半夜，現在浪費的每一秒都是本該休息的時間。戈瓦爾雖下達了最基本的命令，卻絲毫不在意細節，喬德只好再次肩負隊長的職責，對王子的屬下與戴門下指令。

攝政王的部隊之中也有些刻苦工作的人，但驅使他們的並非外在的命令或紀律，而是他們盡忠職守的本性，而且這些工作總得有人去做。那群人沒有上下之分，也幾乎完全沒有紀律，就算一個人偷懶也不會遭罰，只會惹來同袍的白眼。

這樣的狀態頂多維持兩週，最後一定會以內鬥收場。戴門咬緊牙關，埋頭完成他分配到的任務：安頓自己的坐騎，除下身上的盔甲，為王子搭建帳篷，搬移補給品、水與木柴。他和其他士兵一起洗澡，吃了一頓還不錯的晚餐。其實軍隊中也不乏認真完成工作的人，例如哨兵很快便排完輪班，先遣騎兵也和之前在王宮中看守戴門的守衛同樣專業，營地的位置也選得很恰當。

戴門走在營地中尋找帕司查時，隔著帳篷聽見歐爾蘭的說話聲：「是誰打傷你的，跟我說，我們馬上找人算帳。」

「是誰打的不重要，我都說了，是我先挑釁的。」戴門一聽到那頑固的聲音，就知道第二個人是愛默里克。

「羅薛爾說他看到三個攝政王的人從軍械庫走出來，其中一個是拉札爾。」

「反正是我的錯，是我先挑釁他們，我聽到拉札爾侮辱王子，然後就——」

戴門嘆息一聲，轉身去找喬德。

「你可能得找歐爾蘭談談。」

「為什麼？」

「因為他之前想打架鬧事的時候，我看過你說服他收手。」

喬德離開後，原本與他談話的男人不甚友善地瞥了戴門一眼。「聽說你很會說人閒話，我問你，喬德去阻止歐爾蘭鬧事的時候，你打算做什麼？」

「找人幫我按摩。」戴門簡短回答。

他先到帕司查那裡接受可笑的按摩治療，接著回羅蘭的帳篷報到。

帳篷內部十分寬敞，就連人高馬大的戴門也不必擔心撞到頭。帆布帳內掛著色彩濃豔的布幔，寶藍與奶油黃布匹綴以金絲，天花板則是高掛在頭頂的扇形邊斜紋絲布。

羅蘭坐在入口處，這個區域擺了供客人使用的椅子與接待桌，類似戰場邊議事用的軍帳。他正和一名蓬頭垢面的僕人討論軍備與武器，不過主要是在聽僕人報告。羅蘭揮手示意戴門進去等他。

帳篷裡擺了溫暖的火盆，又點了蠟燭照明。羅蘭在前帳與僕人議事，後帳是一塊用布幔隔開的區域，用來供王子休息。各式軟枕、絲綢與睡墊擺得亂中有序，戴門的奴隸專用睡墊則刻意擺在較遠的位置。

打發僕人離開後，羅蘭站起身，原本盯著睡墊的戴門將目光轉向羅蘭。在逐漸延伸擴散的沉默中，羅蘭凜冽的藍眸靜靜落在他身上。

「還愣著做什麼？來服侍我啊。」羅蘭說。

「服侍。」戴門重複道。

兩個字在體內沉澱，他感覺自己又回到維爾王宮的訓練場，說什麼也不願靠近那根鞭刑柱。

「你忘了怎麼服侍我？」羅蘭問。

戴門說：「我上次服侍你的時候被整得很慘，這我倒還沒忘。」

「那你這次最好管好自己。」羅蘭說。

他轉身背對戴門，鎮靜地等戴門幫他寬衣，錦緞外衣的綁帶從後頸一路延伸至下背。區區一件衣服，有什麼好怕的？太……太荒謬了。戴門踏上前。

為了解開後領的絲帶，戴門必須用指尖將閃亮的金髮撥到一邊，燦金髮梢比狐皮還要柔軟。在他的觸碰下，羅蘭微微偏頭，讓戴門能更輕易地解開衣帶。

為主人寬衣、穿衣是貼身僕役的工作項目之一，羅蘭若無其事地接受戴門的伺候，顯然早就習慣了這等待遇。錦緞上衣被解開，在厚重外衣與盔甲的重量下，裡層的白色襯衣緊貼肌膚，染上了主人的體溫。這件襯衣是與羅蘭的膚色同樣精緻的雪白。戴門將羅蘭的外衣推下肩膀，眨眼即逝的片刻，他觸碰到羅蘭緊繃的背部。

「夠了。」羅蘭說。他跨步遠離戴門，自己除下外衣丟到一旁。「去坐在桌邊。」

桌上又是那張地圖，紙張四角分別壓了三顆橘子和一個酒杯。身上只剩長褲與襯衣的羅蘭坐到戴門對面的椅子上，拿起一顆橘子便開始剝皮，地圖的一角捲了起來。

「維爾和阿奇洛斯在聖佩利葉交戰時，阿奇洛斯軍攻陷了我軍東翼。告訴我，那是怎麼做到的？」羅蘭說。

隔天，眾人一早就醒了，喬德叫戴門去軍械帳旁的空地練習格鬥技。

理論上這是個不錯的主意，戴門和維爾軍人的戰鬥風格迥異，可以在切磋時互相學習。戴門很樂意恢復每日訓練體能與戰技的規律，既然戈瓦爾沒有安排演習的意思，他也只能參加這種非正式的訓練了。

戴門來到軍械帳前，停下腳步審視「臨時訓練場」。王子的部下正在練劍技，他看到喬德、歐爾蘭與愛默里克，場上幾乎不見攝政王的人，只有包括拉札爾在內的一兩人。

昨晚沒有爆發衝突，歐爾蘭與拉札爾距離彼此不到百步，身上也沒有傷痕，可見歐爾蘭心裡還憋著一口氣。當歐爾蘭停下動作，走到戴門面前時，戴門才發現自己早該料到會有這一天。

他下意識接住歐爾蘭拋過來的木劍。

「你會打嗎？」

「會。」戴門回答。

歐爾蘭的意圖清楚地寫在眼中。訓練場上的其他人注意到歐爾蘭與戴門，紛紛停下來觀望。

「還是別打比較好。」戴門說。

「唉呀，我都忘了，你不愛打架，」歐爾蘭說。「你比較喜歡從背後捅人一刀。」

戴門握著訓練用的兵器，這把劍從柄端到劍尖都是木製，劍柄纏了方便抓握的皮革。戴門掂了掂木劍的重量。

「不敢跟我對練？」歐爾蘭譏諷道。

「不是。」戴門說。

「那是怎樣？不能打？」歐爾蘭問得咄咄逼人。「你除了幹王子以外什麼事都不能做？」

戴門揮劍，歐爾蘭擋架，兩人立刻陷入一來一往的戰鬥。木劍不太可能傷人致死，但還是會造成瘀傷或骨折，而歐爾蘭顯然想造成最大的傷害，他毫無顧忌地進攻，以致最先出手的戴門不得不倒退一步。

在決鬥中，彼此不熟悉的兩人會先謹慎地試探幾招，但此時歐爾蘭與戴門進行的是戰場上迅速且不容情的死鬥。劍與劍相撞，令人眼花撩亂的攻守在幾次短暫的停頓後，又恢復原本的飛快節奏。

歐爾蘭戰技高超，在此刻的訓練場上，「強者」之稱非他、拉札爾、喬德，以及王子的另外一兩名部下莫屬，最後的那兩人也是前幾週負責看管戴門的守衛。羅蘭居然指名他麾下最優秀的劍士來看守他，戴門該感到榮幸才是。

距離戴門上次握劍，已經是一個月前的事了，但他感覺中間過了更漫長的一段時間。那一天，他還在阿奇洛斯境內，天真地要求綁架他的士兵帶他去見兄長。一個月過去了，不過戴門從小習慣了每天數小時的刻苦訓練，一個月的空檔對他而言不算什麼，他手上的厚繭根本來不及變軟。

過去一個月，戴門一直很懷念格鬥的樂趣，能充分感受到自己的肢體，專注於一項技能、一個對手，直覺與本能取代思想，以不容片刻猶疑的速度移動、反擊……這一切，滿足了他內心深處的某種渴望。然而戴門不熟悉維爾人的戰鬥風格，無法全然憑直覺與肢體記憶對戰，戴門在透過打鬥抒發情緒的同時，也謹慎地克制自己對戰鬥的享受。

又打了一兩分鐘，歐爾蘭咒罵一聲退開。「你到底要不要跟我真打？」

「你不是說要對練嗎？」戴門平靜地問。

歐爾蘭拋下木劍，走向一名旁觀的士兵，拔出三十英寸長、擦得雪亮的鋼製長劍，二話不說就劈向戴門的頸項。

沒時間思考，沒時間猜歐爾蘭究竟打算在最後一刻收手，還是將戴門劈成兩半。歐爾蘭這一砍用上了全身的重量與衝力，戴門不可能用木劍硬接，木劍只會像奶油條一樣被輕易砍穿。

戴門以更勝鋼劍的速度移動，他閃身欺到歐爾蘭的攻擊範圍內，腳下絲毫不停。下一秒，歐爾蘭躺在地上，喘不過氣，戴門的劍尖直指他喉頭。

訓練場上鴉雀無聲。

戴門退開，歐爾蘭緩緩起身，鋼劍仍靜靜躺在地上。

無人出聲。歐爾蘭的視線從地上的劍飄到戴門身上，又回到地上的劍，除此之外他動也不動。戴門感覺喬德抓住他的肩膀，他不再緊盯著歐爾蘭，目光朝喬德用下巴示意的方向移去。

羅蘭不知何時來到了訓練場上，站在不遠處的軍械帳外注視著他們。

「他來找你。」喬德說。

戴門將木劍隨手遞給別人，走到羅蘭面前。

他走在東禿一塊、西禿一塊的草地上，羅蘭站在原地等他，沒有要上前的意思。一陣風吹來，帳上的旗幟獵獵飛揚。

「你找我？」

羅蘭沒有回應，戴門也看不透他的神情。

「有什麼事嗎？」戴門問。

「你比我強。」

戴門不禁「呵」一聲輕笑，視線從羅蘭頭頂掃到雙腳，又回到他的臉上。他知道這個動作很輕蔑，但羅蘭的評論實在太可笑。

紅雲浮上羅蘭雙頰，他強行壓下某種情緒，下顎一條肌肉繃得緊緊的。戴門從未見過羅蘭這樣的反應，忍不住想繼續戲弄他。

「怎麼？你也想和我對練嗎？我們點到為止，如何？」戴門說。

「我拒絕。」羅蘭說。

兩人的對話被喬德打斷，他帶著愛默里克從後方走來。

「殿下，抱歉，我打擾到您了，還是我等一下再——」

「不，」羅蘭插嘴。「我有些事要交代，你隨我回主營區。」

戴門與愛默里克站在原地，目送他們離去。

「他恨死你了。」愛默里克幸災樂禍地說。

又騎馬走了一整天，喬德在傍晚時分來找戴門。

戴門很欣賞喬德，他知道這個人講究實際而且肯對屬下負責，現在，喬德雖一肩挑起了戈瓦爾不管不顧的工作，卻還是撥空找戴門說話，可見他無論是出自富家或寒門，都擁有成為領袖的資質。

「你別誤會，」喬德說。「我今天早上找你一起去訓練，不是故意讓歐爾蘭找你麻——」

「我知道。」戴門說。

喬德緩緩點頭。「你什麼時候想練練戰技的話，歡迎來找我。能和你這樣的高手對練也是我的榮幸，而且我比歐爾蘭強多了。」

「這我也知道。」戴門說。

喬德對他露出接近微笑的神情。「你之前和戈瓦爾對打的時候，可沒有現在這麼厲害。」

「我和戈瓦爾對打的時候，」戴門說。「才剛吸完一堆莎麗香。」

喬德又慢慢一點頭。

「我不曉得你們阿奇洛斯人平常有什麼習慣，」他說。「不過……我建議你跟別人打架前別吸莎麗香，那玩意只會讓你反應變慢、力量變弱。」

漫長的須臾過去後，戴門終於說：「謝謝你。」

衝突再次爆發時，王角又是拉札爾與愛默里克。這是他們遠征的第三晚，軍隊在貝琉堡紮營，這座堡壘空有華麗的名字，建築本身卻破爛不堪，居住環境差到士兵們不屑睡在營房裡。就連羅蘭也決定在他奢華的帳內過夜，而不是睡在城堡裡的臥房。儘管如此，還是有幾名僕役來幫忙，城堡作為補給線的一部分，提供了軍隊所需的糧草。

究竟是誰先動手已經不重要了，總之當其他人聽到鬥毆的聲響趕過去時，愛默里克已經狼狽不堪地倒在地上，身上沒有血汙但沾滿了塵土，拉札爾則大刺刺地站在他面前。不幸的是，這回插手的人是戈瓦爾，他一把揪起愛默里克，反手一掌摑在他漂亮的臉上，要他少惹事生非。戈瓦爾算是比較早到場的人，等愛默里克捂著下顎站起身時，已經有一群人被打鬥聲吸引過來。

更不幸的是，當時已入夜，當天該完成的工作多半做完了，眾人才有閒情逸致湊熱鬧。

喬德不得不死命抓住歐爾蘭，不讓他衝過去，戈瓦爾還在火上澆油，叫喬德管好他的屬下。戈瓦爾說，在這裡，愛默里克別想得到特殊待遇，誰要敢找拉札爾報復，就等著受鞭刑。油一般的暴戾情緒流遍在場眾人的身體，等著被火星點燃，當時若拉札爾表現出一絲敵意，肯定會引發全面大戰。然而他倒退一步，聽到戈瓦爾的命令時沒有面露喜色，反而識相地——或者說機智地——擺出擔憂的模樣。

喬德勉強壓下一觸即發的衝突，不過在人群散去後，他徹底無視該向戈瓦爾報備的規矩，逕自走向羅蘭的帳篷。

戴門等到喬德出帳，才深吸一口氣走進去。

他踏進羅蘭的帳篷時，羅蘭說：「你覺得我該將拉札爾革職，是吧？你想說的話，喬德都已經說完了。」

戴門開口說：「拉札爾的劍技不錯，而且他雖然是你叔父的人，該做什麼事還是會認真去做。我覺得你該趕走的人不是他，是愛默里克。」

「喔？」羅蘭問道。

「愛默里克太年輕、太漂亮，又太常惹是生非。我來見你不是為了愛默里克的事，但既然你問我，我就直說了：愛默里克惹了一身麻煩，而且他再過不久就會放棄整天對你拋媚眼，讓別的男人幹他，到時候問題只會變得更嚴重。」

羅蘭思忖片刻。「我不能趕他走，」他說。「愛默里克的父親是桂恩議員，也就是上回出使阿奇洛斯的使臣。」

戴門盯著羅蘭，想到愛默里克捂著不停滴血的鼻子，在武器庫裡義正詞嚴地為羅蘭說話。他語氣平緩地問：「他父親是不是掌控了邊境的哪一座要塞？」

「浮泰茵。」羅蘭的語氣同樣平穩。

「你想利用那孩子影響他父親？」

「愛默里克已經不是小孩了，我也不是用蜂蜜和糖果把他引入陷阱。他是桂恩的第四子，他當然明白加入我的部隊會強迫他父親在兩股勢力間做選擇，這是他站在我這邊的原因之一——他想得到父親的關注。」羅蘭說。「你要談的不是愛默里克，那是什麼？」

「你之前說過，我要是有什麼意見或異議，可以私下來找你據理力爭。」戴門說。「我想談的是戈瓦爾。」

羅蘭緩慢地點頭。

戴門默默回想過去數日鬆散的軍紀，今晚拉札爾與愛默里克鬥毆一事本是隊長殺雞儆猴、控制軍中問題的良機，戈瓦爾應該對拉札爾和愛默里克施以完全相同的懲罰，讓眾人明白任何一方挑起暴力事件都將遭受懲處。結果戈瓦爾非但沒解決問題，反而使問題惡化了。戴門決定直話直說。

「我不知道你為什麼要讓戈瓦爾為所欲為，也許你想等他落入他自掘的坑，也許你想等他犯了夠多錯，再一口氣趕他走，可是事情沒這麼簡單。現在大家怨他，等到明天早上，大家就會怪你沒鎮住他。你得盡快控制住戈瓦爾，他不遵守命令的時候就要懲罰他。」

「他有遵守命令。」羅蘭看見戴門的反應，補充一句：「但不是我的命令。」

這不出戴門的意料，不過他不曉得攝政王對戈瓦爾下了什麼指令。**你愛幹什麼就幹什麼，別聽我姪子的話。**應該是這類的命令吧。

「我知道你有能力壓制戈瓦爾，同時讓這件事顯得天經地義，別人想說你挑釁你叔父都說不出來。我就不信你會怕戈瓦爾，你要是真的怕他，就不可能讓我和他進表演場對打，你要是怕——」

「夠了。」羅蘭說。

戴門咬牙。「再這樣下去，你在你叔父部下心中的形象只會越來越差，那些人說起你的事都——」

「我說，夠了。」羅蘭說。

戴門強迫自己閉嘴，羅蘭皺眉凝視著他。

「你為什麼要認真勸諫我？」羅蘭問。

你帶我來，不就是要我幫你嗎？戴門沒有將這句話說出口，而是問：「你都知道我在認真勸諫你，為什麼不聽？」

「戈瓦爾是隊長，我對他處理事情的方式很滿意。」羅蘭說。話雖如此，他依舊眉頭深鎖，眼神也變得高深莫測，似乎在思索什麼問題。「我要出去辦事，今晚不用你服侍了，我准你休息。」

戴門目送羅蘭走出帳篷，難得只有一半的身心燃起砸東西的衝動。和羅蘭相處了這麼久，戴門知道羅蘭從不輕舉妄動，他會走到別處，給自己思考的空間與時間。現在，戴門只能靜靜等待，希望羅蘭做出正確的選擇。

3

雖然他睡在其他士兵夢寐以求的奢華睡墊上，即使是奴隸用的睡墊也墊了軟枕與絲綢，戴門還是無法立即入眠。

羅蘭回到帳內時戴門還醒著，他半撐起身體，不確定羅蘭是否需要他去幫忙更衣。羅蘭不理睬他，每晚他們討論完畢後，戴門都直接被羅蘭當家具看待。今晚，羅蘭坐在桌前，在燭光下寫了一封書信，將信紙摺好後，他用紅蠟與藏在衣服裡的圖章戒指蓋印密封。

那之後，羅蘭在桌前靜坐半晌，臉上又浮現稍早那副深思熟慮的神情。最後，他起身捏熄燭火，在火盆的微光中準備就寢。

隔天一早，營中似乎風平浪靜。

戴門起床開始工作，眾人澆熄營火、收起帳篷，將帳篷裝上馬車後，士兵們開始幫馬上鞍，準備出發。羅蘭昨晚寫的信由信差騎著馬，帶往東方。

士兵之間交換的侮辱不帶什麼惡意，也沒有人被打到倒地不起，以這群烏合之眾而言已經算秩序井然了。戴門一面準備馬具，一面心想。

他用眼角餘光瞥見一頭金髮、身穿皮革勁裝的羅蘭，注意羅蘭的不只他一人，還有不少人直直盯著羅蘭，甚至有幾個人聚了過來。拉札爾與愛默里克站在羅蘭面前，戴門見狀，心頭閃過一絲莫名的焦慮，他放下鞍具跟著其他人走過去圍觀。

總把心思擺在臉上的愛默里克，正用景仰、羞愧的目光注視著羅蘭，顯然因犯錯被帶到王子面前令他痛苦不已。拉札爾的表情就沒那麼容易看懂了。

「殿下——對不起，是我不好，我不會再犯了。」戴門一走近就聽到這句。果然，這只會是愛默里克說的。

「你為什麼惹事？」羅蘭若無其事地問。

此時愛默里克才發覺自己處境堪憂。「這都不重要了，我知道錯了。」

「不重要？」羅蘭重複道。他分明知道愛默里克為何惹是生非，他肯定知道，因為那雙藍眸正靜靜凝視著拉札爾。

拉札爾默不作聲，眼神又怨又怒，這兩種情緒在他心中瓦解，與挫敗感交融，最後他垂下視線。戴門看著羅蘭以一個眼神令拉札爾屈服，才突然意識到羅蘭打算在眾目睽睽下解決這件事。戴門偷瞄四周，現在已經有太多人圍觀了。

他只能祈禱羅蘭胸有成竹。

「隊長人呢？」羅蘭問道。

眾人一時之間找不到隊長，於是羅蘭派歐爾蘭去找他，過了好一段時間歐爾蘭還沒回來。戴門回想之前在馬房看到的那一幕，雖然他和歐爾蘭相處不睦，他還是默默同情那個倒楣鬼。

羅蘭氣定神閒地等待。

他等了許久。氣氛開始變調，圍觀群眾暗自竊笑，沉默的譏諷傳遍整片營地。王子想公然懲戒隊長，隊長卻讓王子乾等，無論等等顏面盡失的是哪一方，眾人一定能看到一場好戲——現在就已經很好笑了，不是嗎！

戴門有種不好的預感，他昨晚勸諫羅蘭時，並不是要他在所有人的注目下叫戈瓦爾來訓話，羅蘭現在等得越久，他在士兵心目中的威嚴就剩得越少。

戈瓦爾終於到場時，他一派輕鬆地走向羅蘭，連皮帶都還沒繫好，似乎毫不介意別人知道他剛才「辦」的是什麼事。

這是羅蘭樹立權威、教訓戈瓦爾的機會，他必須冷靜又公正地發話，沒想到從他口中冒出來的卻是：「打擾到你打炮了嗎？」

「沒，我幹完了。你要幹嘛？」戈瓦爾的態度十分輕慢。

戴門這才明白，羅蘭與戈瓦爾想必在進行難以言明的較量，戈瓦爾有攝政王撐腰，不怕被王子當眾羞辱。

羅蘭還來不及回應，歐爾蘭已經回來了，他還拖著一名留了棕色長鬈髮、身穿厚重長裙的女人，她想必就是戈瓦爾耽擱了那麼久的原因。見到她，圍觀的士兵面面相覷。

「你讓本殿下等那麼久，」羅蘭說。「就只為了讓城堡裡的女僕懷上你的雜種？」

「男人打炮，有什麼不對？」戈瓦爾說。

不對，不對，不該是這樣的，羅蘭這是在為雞毛蒜皮的小事公報私仇，而且斥責對戈瓦爾沒有半點效用，那傢伙壓根不在乎。

「男人打炮，有什麼不對？」羅蘭重複道。

「我是幹她的嘴，又不是幹她的屄。你的問題啊——」直到聽見戈瓦爾這麼說，戴門才真切看出他對羅蘭的深刻厭惡、對自己的權勢有著十足信心，而這場對話正迅速朝錯誤的方向發展。「——就是從以前到現在的發情對象就只有你哥——」

原本戴門還懷有一絲希望，也許羅蘭能控制情況，但這最後一絲希望就在羅蘭臉一沉、眼神一冷、拔劍出鞘時，破滅了。

「拔劍。」羅蘭令道。

不，不，不行。戴門下意識前進一步，又停下來，挫敗地握緊雙拳。

他望向戈瓦爾，他從未看過戈瓦爾使劍，但從戈瓦爾在表演場上近身搏鬥的表現看來，這個人身經百戰。反觀羅蘭，身為王子的他從小養尊處優，一直不願接下防衛邊境的任務，比起正面迎敵，他更喜歡暗箭傷人。

更不妙的是，戈瓦爾背後是攝政王的勢力，在場圍觀的士兵或許不知情，不過攝政王多半對戈瓦爾下了伺機剷除羅蘭的命令。

戈瓦爾也跟著拔劍。

一場慘不忍睹的鬧劇，即將在眾人眼前上演：王子衛隊的隊長接受挑戰，準備在部下面前進行榮譽決鬥，砍殺維爾王儲。

也許是心高氣傲，羅蘭身上沒有穿甲冑，既然他邀了整支部隊來觀戰，想必是不認為自己會失手。他根本沒把事情想清楚——羅蘭身上沒有一絲傷疤，那身細緻皮膚一看就知道是溫室中養出來的，他這輩子應該只參與過宮廷中那些半真半表演的競賽，而且過去的那些對手想必從沒讓他輸過。

他死定了。戴門心想，他已清楚看見這場決鬥的結局。

戈瓦爾心不在焉地揮劍，兩把劍暴力地相撞，鋼鐵互相摩擦。戴門感覺自己的心臟哽在喉頭，他不是故意促成這場決鬥，他不是故意造成這樣的結局——這時兩人各自退開一步，戴門的心震耳欲聾地狂跳。他驚愕地發現，戈瓦爾與羅蘭的第一次交鋒，羅蘭竟然活下來了。

第二次也是。

兵刃第三次相交，羅蘭居然毫髮無傷，他冷靜地凝視對手、評估對手。

羅蘭還沒敗下陣，戈瓦爾實在無法接受。戈瓦爾是軍人，他孔武有力、虎背熊腰，而且年紀較長，羅蘭只要完好無缺地站在他面前，就是把他的顏面踩在腳下。戈瓦爾的再次進攻就不留任何讓羅蘭喘息的空檔，他凶殘地連連劈砍、刺擊，雙腳隨一連串的攻擊步步逼近。

然而羅蘭沒有戴門想像中那樣節節敗退，反而從容不迫地接招，纖細的手腕在完美劍技的輔助下接下一擊又一擊，他沒有和對手硬碰硬，而是順著對方的攻勢推演至下一招。戴門的眉頭放鬆，開始認真觀戰。

羅蘭的戰鬥風格和他說話的方式毫無二致，他最危險的武器是縝密的心思，每一招、每一式都仔細布局，但他也沒有落入容易預測的套路，因為羅蘭無論做什麼都用上層層心機，你以為看透了他的計畫，下一刻卻發現計畫變幻成意想不到的形態。戴門能看見羅蘭劍技中巧妙的騙術，但戈瓦爾看不見。他發現決鬥沒能如他所料地順利結束，於是犯了戴門一看就知道不能犯的錯誤。戈瓦爾動怒了——羅蘭最擅長撩起怒火，然後利用這股情緒操控他人。

羅蘭輕鬆優雅地接下戈瓦爾的第二波攻勢，一系列的擋架極具維爾人拐彎抹角的風格，戴門忍不住想拿劍上前切磋。

現在，戈瓦爾的劍技嚴重受憤怒與驚愕影響，他犯下不少基本的錯誤，浪費體力去攻擊不該攻擊的地方。羅蘭的力氣不夠大，若戈瓦爾全力劈砍，羅蘭無法用劍正面格開，只能閃躲或用流水般的步法、角度刁鑽的劍招勉強接招，若戈瓦爾成功對他施出全力一擊，羅蘭必死無疑。

但戈瓦爾做不到。戴門看著他憤怒地大動作揮砍，在盛怒下他只會連連犯錯，不可能勝出，圍觀的士兵都看穿了這點。

眾人也深刻意識到另一件事。

羅蘭天生身材勻稱，平衡感與手腳協調簡直是上天賜給他的禮物，而且他並沒有如攝政王所說地浪費天賦。他當然自幼由王宮中最優秀的教師教導、訓練，不過能達到今天的水平，他顯然從小下過不少苦功。

這根本不是公平對決，而是一場教訓，是眾目睽睽下的羞辱。然而給對方教訓的人，遠勝過對方的人，並不是戈瓦爾。

「撿起來。」戈瓦爾的劍第一次脫手時，羅蘭說。

戈瓦爾持劍的手臂多了一條血痕，他剛才連退了六步，此時胸膛劇烈起伏。他慢慢彎腰撿起武器，視線一刻也不離開羅蘭。

戈瓦爾不再因憤怒而失誤，不再從尷尬的角度出擊，不再狂亂揮砍，情勢逼得他認真衡量羅蘭的能力，拿出自己最高超的劍技。這次他們兵刃相接時，戈瓦爾不得不嚴肅對敵……但這都無濟於事。羅蘭的一招一式都不帶感情，卻不斷朝明確的目標前進，接下來的發展似乎無法避免——戈瓦爾腿上的血痕，以及再度落在草地上的劍。

「撿起來。」羅蘭又說。

戴門想起奧古斯王子，他在戰場上堅毅不屈地守住前線，阿奇洛斯軍一波波攻過去，最後都潰不成軍。現在和戈瓦爾對戰的，是奧古斯的弟弟。

「我還以為他就是個沒用的娘娘腔，沒想到他真會打。」攝政王的其中一名部下說。

「你覺得他會殺掉戈瓦爾嗎？」又有一個人說。

答案是什麼，戴門清楚得很。羅蘭不會殺戈瓦爾，他會在所有人面前毀了他。

戈瓦爾也許多少明白了這點，當劍第三次脫手時，他的最後一絲理智崩潰了，比起拖拖拉拉地打一場然後敗北，他寧可拋開決鬥的規矩。戈瓦爾棄劍不顧，直接衝了上去，如果他能撲倒羅蘭，他就贏定了。其他人沒時間插手，不過對反應極快的羅蘭而言，已經有足夠的時間讓他做選擇了。

羅蘭舉劍刺穿戈瓦爾的身體，他刺的不是腹部或胸口，而是肩膀。他知道光是淺淺的傷口不可能阻擋戈瓦爾，於是他用自己的肩膀抵住劍柄，全身重量都用來將劍尖推得更深，完全阻止戈瓦爾繼續前進。這是獵山豬的的技巧之一，當山豬被長矛刺傷但並未死亡時，獵人會用肩膀抵住矛柄底端，不讓身上插著長矛的山豬近身。

當然，有時山豬會擺脫控制，有時長矛會承受不住夾擊的力量而折斷，但戈瓦爾畢竟是人類，而且身上插的是利劍，他被迫跪了下去。羅蘭明顯費了一番功夫才拔出自己的劍。

「剝了他的衣服，」羅蘭下令。「把他趕出城堡，他的馬和個人物品全數充公。西方兩英里有座村莊，他要是求生的毅力夠強，應該能活著走到那裡。」

羅蘭的聲音平緩地穿透一片死寂的人群，接到命令的是兩名攝政王的人馬，他們毫不猶豫地照辦，其他人則動也不動。

圍觀的人群大氣也不敢喘一口，戴門環視眾人，感覺自己剛剛做了一場怪夢。他先望向王子的部下，本以為他們會和自己同樣震驚，沒想到他們不但不驚訝，反而露出滿意的神情。戴門這才發現，他們從一開始就不認為羅蘭會失敗。

攝政王手下的反應就比較有趣了，有些人滿臉笑意，看樣子相當滿意，顯然很享受這場好戲，也頗為欣賞王子的戰技。此外，他們還表現出一絲敬畏，戴門知道這種人常將力量與權威畫上等號，也許他們看見王子展現高超戰技之後，不再當他是徒有美貌的草包。

率先打破尷尬沉默的是拉札爾。他丟給羅蘭一塊布，羅蘭接住後開始擦拭長劍，動作神似僕人擦拭餐刀。羅蘭還劍入鞘，將染上鮮紅的布隨手一拋。

羅蘭朗聲說：「這三天來，戈瓦爾不僅領導無方，甚至侮辱了王室。我相信叔父不知道這位隊長心中懷有如此歹毒的想法，否則他必定會嚴加懲罰戈瓦爾，不可能指派他領導軍隊。我們今天要趕路，彌補之前白白浪費的時間，明早，我們將一改先前的作風。」

人群開始騷動，交談聲打破了沉寂。羅蘭轉身離開，他在喬德身旁停下腳步，將隊長之職交付給他，並搭著他的手臂低聲說了幾句。喬德點點頭，開始指派士兵完成各種工作。

結束了。鮮血自戈瓦爾肩頭汩汩淌下，染得上衣一片殷紅，有人遵照羅蘭的無情指示，硬從戈瓦爾身上剝下那件血淋淋的衣服。

剛才將布丟給羅蘭的拉札爾，看樣子不會再誹謗羅蘭了。他注視著羅蘭的眼神令戴門想起托維德王子，戴門皺起眉頭。

他自己的反應也給戴門一種頭重腳輕的異樣感，今天發生的事實在出乎意料，他之前根本不知道羅蘭認真練過劍術，更不知道羅蘭有這等能耐。不知為何，戴門覺得有某種根本的事物……變了。

棕髮女人提著厚重的裙子走到戈瓦爾面前，一口唾沫吐在他身邊的地面上。戴門的眉頭鎖得更深了。

他父親的忠告在耳邊響起：視線永遠別離開受傷的山豬。一旦你在狩獵時向山豬發動攻擊，就必須堅持到最後，因為受傷的山豬是最危險的猛獸。

這念頭在他腦中徘徊不散。

羅蘭派四名騎士捎信回雅雷斯，其中兩人是他自己的部下，一人是攝政王的部下，最後一人則是在貝琉堡工作的傭僕。他們四人都親眼見證了今早發生的一切：戈瓦爾出言侮辱王室，公正嚴明的王子給了戈瓦爾榮譽決鬥的機會，結果戈瓦爾在公平的戰鬥中丟了武器，他非但沒有投降，還違反決鬥的規矩試圖傷害王子。王子公正無私地懲罰了行為齷齪、懷有叛國之心的戈瓦爾。

換言之，這四名信使將告知攝政王，他指派的隊長被王子革職了，而且他無法誣陷王子背叛他、抗命或懶惰無能。第一輪智鬥：羅蘭勝出。

一行人乘馬朝維爾與東方瓦斯克帝國的交界前進，兩國交界為山區，他們將在山麓丘陵中一座名為奈松的堡壘紮營，那之後再沿山脈迂迴地南行。早上羅蘭與戈瓦爾一戰似乎洗淨了軍中的烏煙瘴氣，再加上喬德務實的命令不斷迴響在眾人耳邊，今天一路都無人掉隊。

上午耽擱了那麼久，眾人不得不快馬加鞭才能及時趕到奈松，但士兵們沒有怨言。抵達城堡時，晚霞才剛開始淡去。

戴門向喬德報到時，新隊長挑起了令戴門微感困窘的話題：「你不曉得他有多厲害，對不對？你的想法全寫在臉上了。」

「嗯，」戴門回答。「我確實不曉得。」

「他和他哥一樣，天生就很強。」

「我看攝政王的人都和我一樣驚訝。」

「他不會去張揚這件事。你也看過他在王宮裡的私人訓練場吧，他有時候會跟王子衛隊的人對練，我和歐爾蘭都陪他打過，有幾次我真的被打得很慘。他沒有他哥優秀，但就算只有半個奧古斯王子強，也比其他人強十倍了。」

和他哥一樣……不對，這不完全正確。奧古斯與羅蘭有共同點，卻同樣有許多相異之處。羅蘭沒有兄長的肌力，他更倚重智力與行雲流水的動作，若將奧古斯比作黃金，那羅蘭便是流銀。

奈松堡與貝琉堡有兩個差異，第一是緊鄰城堡的城鎮，城鎮附近是穿越山脈的其中一條山道入口，夏季常有瓦斯克帝國韋瓦索省的商人來此貿易。第二個差異是，奈松堡打理得勉強可以住人，士兵們今晚能睡在營房，羅蘭則會在城堡過夜。

戴門被指派進臥房，他穿過略矮的門道。羅蘭還在城堡外，還未下馬，忙著處理關於先遣騎兵的問題。戴門負責完成僕人的工作，他心不在焉地點燃蠟燭與火爐，從貝琉堡來到奈松的漫漫長路上他也花了不少時間思考。一開始只專注於今早的決鬥，現在，他想起自己第一次目睹攝政王懲罰羅蘭，剝奪羅蘭名下封地的畫面。攝政王本該私下訓誡姪子，他卻選擇在所有貴族大臣面前讓羅蘭臉面盡失。**擁抱這個奴隸以示歉意。**懲處完畢後，攝政王如此命令——那是最後的一點賀儀、一點裝飾，是不必要的侮辱。

他想到王宮中的表演場，那是貴族大臣觀賞公開上演的房內之事的場所，在貴族大臣的注目下，屈辱與作假的暴行成了精采的演出。

戴門又想到羅蘭，王宮設宴接待帕特拉斯使臣的那一晚，羅蘭費盡心思設計了將阿奇洛斯奴隸贈予帕特拉斯的戲碼，設想過每一個精密的細節後分毫不差地付諸實踐，在所有人面前與叔父鬥智交手。戴門想到那晚自己坐在貴賓桌，想到當時坐在身邊的尼凱絲，以及事先被羅蘭知會過的伊拉斯莫斯。

殿下心細如髮。拉德爾曾這麼說過。

戴門剛生起壁爐的火，羅蘭就穿著馬裝走進臥房，他看似輕鬆自在，彷彿和人決鬥、刺傷隊長又騎馬趕一整天的路，對他沒有絲毫影響。

和羅蘭相處至今，戴門已經學會懷疑——懷疑一切。

他問：「你是不是給了那個女人錢，叫她跟戈瓦爾上床？」

正在脫皮手套的羅蘭動作一頓，刻意地逐一拉下手套的五指，說話時，語氣平靜無波。

「我花錢叫她接近戈瓦爾，我可沒把戈瓦爾的屌塞進她嘴裡。」羅蘭說。

戴門回想此行第一天，羅蘭命令他去馬房打擾忙著幹馬童的戈瓦爾，又想到整批軍隊竟沒有半個營妓。

羅蘭說：「一切都是戈瓦爾自己選擇的。」

「不對，」戴門說。「是你讓他以為自己有得選。」

羅蘭凝視戴門的眼神再淡漠不過，無異於他今早看著戈瓦爾的眼神。「你有異議？你昨晚說得沒錯，我不能再放任戈瓦爾不管。我原本想等爭端自然發生，但我沒時間慢慢等。」

戴門死死盯著羅蘭，猜到羅蘭的手段是一回事，聽他親口道出真相又是另一回事了。

「什麼『你昨晚說得沒錯』，我又不是要你——」話說到一半，他強迫自己閉上嘴。

「說啊。」羅蘭說。

「你今天毀了一個人，難道心裡一點感覺都沒有嗎？你拿在手上玩弄的這些可是人命，不是你和你叔父對弈用的棋子。」

「錯。我們正是在我叔父的棋盤上，這些人都是他的棋子。」

「那你不妨每次操弄這些人就為自己拍拍手，恭喜自己變得和你叔父一樣。」

也許是自己的臆測遭證實令他太過震驚，字句直接脫口而出，但戴門沒想到這句話能引起羅蘭的反應。羅蘭聞言全身一僵，戴門首次看到他啞口無言，他知道羅蘭不會沉默太久，於是連忙乘勝追擊。

「如果你用騙術操控部下，不就永遠不能信任他們了嗎？你擁有屬於領袖的特質，過一段時間他們一定會對你心悅誠服，你何不讓他們自然而然地學會信賴你？這麼一來——」

「**我沒時間了。**」羅蘭強硬地擠出這句話，打破自己震驚的沉默。

「我沒時間了。」他重複道。「在抵達邊境前只剩兩週，別告訴我要用努力與迷人的笑容在短短兩週內收服這些人的心。我叔父裝模作樣地把我當作未經世事的小毛頭看待，但我上過瑪拉斯和聖佩利葉的戰場，我不是來玩扮家家酒的。我可不打算看到部下拒絕服從命令或無法維持隊形而被敵方砍殺。我打算活下去，我打算打敗我叔父，為了達到目的我會用上手邊的每一件武器。」

「你是認真的。」

「我是認真想贏。你以為我這次出征是為了尋死，助我叔父登上王位？」

戴門強迫自己直視問題，他剝下一層層的不可能，單獨檢視可行的選項。

「兩週不夠用。」戴門說。「你可能得花一個月的時間訓練這批人，而且還要遣散最無用和最會鬧事的幾個人。」

「很好。」羅蘭說。「還有什麼想說的嗎？」

「有。」戴門回答。

「那就直說吧。」羅蘭說。「不過，你倒是沒拐彎抹角過。」

戴門說：「我會盡可能幫助你，但我們能用的每一分每一秒都得拿來訓練這群士兵，而且每一個項目都不能出錯。」

羅蘭揚起下巴，用全身上下每一絲冷漠與令人惱火的傲氣回應他。

「還不簡單？」他說。

4

剛滿二十歲的羅蘭不再致力於宮廷的勾心鬥角，轉而將運籌帷幄的能力投注在新任務上：生平第一次帶兵。

軍中的變化，戴門都看在眼裡。一切的開端，是在羅蘭和戴門花了一整晚談論策略之後，羅蘭召集全軍數落他們的種種不是。他騎在馬背上，清朗的聲音就連最遠端的人也聽得一清二楚。從他列舉的每一項過失看來，他不僅昨晚仔細聽了戴門的建議，過去三天還聽了僕役、軍械師與士兵呈上的情報，他對軍中瑣事全瞭若指掌。

羅蘭數落眾人時說得振振有詞、毫不留情，說完他又給眾人一個臺階下：也許他們表現得如此差勁是因為隊長無能，因此軍隊將在奈松停留兩週，適應新的隊長。這段時間，羅蘭將親自督導，操練士兵、修整軍隊，將這批烏合之眾整頓成有戰鬥力的軍隊……前提是他們跟得上他的步調。

話才剛說完，羅蘭又用絲綢般柔滑的語氣補充：但在那之前，眾人得先卸下打包好的行囊，在兩個小時內重新紮營，火房、營帳、放馬的圍場都須準備妥當。

士兵們默默照做，但若不是前一天親眼看見羅蘭在決鬥中打敗隊長，他們也不可能如此聽話。即使羅蘭擊敗了乂瓦爾，他若有一絲懶散，眾人也肯定不服，不過羅蘭從啟程第一天就毫無怨言地勤奮工作，早就連部下的心思都推測到了。

於是眾人開始工作，他們搬出收好的帳篷，插下營釘與木樁，解下所有馬匹的鞍具。喬德的指令清楚且實際，從出發至今，戴門第一次看到如此整齊的帳篷陣列。

兩小時的時間到，紮營工作結束了，雖然眾人的動作還是太慢，但至少好過前幾晚的混亂。

紮完營的第一道命令下來了，羅蘭令士兵們重新上鞍具，接著進行一系列對馬而言很輕鬆，對騎士來說苦不堪言的訓練。這是昨晚戴門和羅蘭編排的訓練清單，喬德也在清晨加入他們的討論，給了一些意見。老實說，戴門原先以為羅蘭會在一旁看其他人訓練，沒想到羅蘭也親自下場，主導練習的節奏。

羅蘭在戴門身邊勒馬，對同樣乘在馬背上的戴門說：「你說要多兩週時間，我們就來看能不能讓這些傢伙像樣一點。」

下午，他們轉而進行陣形練習，隊伍一次又一次地散開，最後終於能勉強維持住陣形，但這也是因為所有人耗盡了力氣，除了遵從指示之外什麼也做不了。一整天演練下來，即使是身體強健的戴門也感到疲倦，不過他也很久沒有這樣的成就感了。

四肢癱軟、疲憊不堪的士兵們回到營區，沒有人有餘力罵那個該死的金髮藍眼惡魔。戴門望見愛默里克閉著眼睛癱在一堆營火旁，像是剛賽跑完一樣，他頑固的性格之前驅使他挑戰人高馬大的拉札爾，今天也驅使他無視疼痛與疲勞，完成所有的練習。至少愛默里克累成這樣，就無法再惹是生非了——軍營裡沒有任何一個人有力氣再為芝麻綠豆般的小事爭鬥。

戴門看著愛默里克撐開眼皮，眼神空洞地盯著火堆。

儘管這名青年為軍隊帶來不少麻煩，戴門還是感到一絲同情，畢竟愛默里克才十九歲，而且首次參加遠征的他與其他人格格不入，坐在火堆前的身影顯得有些落寞。戴門走了過去。

「這是你第一次在部隊裡生活嗎？」他問。

「我跟得上。」愛默里克說。

「我也看到了。」戴門說。「你今天做得很好，我相信你的隊長也看到了。」

愛默里克不發一語。

「接下來幾週，我們會維持這樣穩定的訓練步調，而且在抵達邊境前還有一個月，你別第一天就把體力用完了。」

儘管戴門說得很溫和，愛默里克仍然僵硬地回應：「我跟得上。」

戴門嘆一口氣，起身朝羅蘭的帳篷走去，沒走兩步就被愛默里克叫住。

「等一下，」愛默里克說。「你真的覺得喬德有看到我的努力嗎？」話一說完他就羞紅了臉，彷彿不慎將祕密說溜了嘴。

推開帳篷的門簾時，戴門對上一對高深莫測的藍眸。喬德已經在帳內了，羅蘭揮手示意戴門加入他們。

「事後檢討。」羅蘭簡短地說明。

他們鉅細靡遺地分析當日發生的種種，戴門在羅蘭的要求下提出個人意見：這些兵還有救。他們當然不可能在短短一個月內成為訓練有素的軍隊，但只要加以適當訓練，他們還是能學習如何維持住陣形與抵抗伏軍，以及學會一些基本的戰略。戴門大致提出他認為可行的計畫，喬德表示認同，並另外提了幾個建議。

「兩個月，」喬德直截了當地說。「如果有兩個月就好了。」

羅蘭說：「不幸的是，我叔父派我們去守衛邊境，我再怎麼不甘願，也不可能在維爾境內拖拖拉拉地走兩個月。」

喬德聽了嗤笑一聲。他們接著討論幾名表現優異或不佳的士兵，對訓練計畫稍做改動。喬德擅長抓出軍中問題的根源，奇怪的是，他似乎認為戴門加入檢討是理所當然的事。

結束後，羅蘭讓喬德離開，自己則坐在火盆烘暖的帳內，悠閒地凝視著戴門。

戴門說：「我去檢查一下我的盔甲再睡好了，還是你有其他的吩咐？」

「要檢查就把你的盔甲拿進來吧。」羅蘭說。

戴門依言照辦，他提著盔甲坐在帳內的椅子上，系統性檢查每一個帶釦、束帶與部件，這是他從小養成的習慣。

羅蘭說：「你怎麼看喬德這個人？」

「我挺喜歡他的。」戴門回答。「選他當隊長是對的，他做得很好。」

他說完，兩人之間填滿一段不疾不徐的沉默，除了戴門拿起前臂鎧甲的聲音之外，帳內一片寂靜。

「不對。」羅蘭說。「你才是最好的人選。」

「什麼？」戴門詫異地瞥了羅蘭一眼，愕然地發現羅蘭正目光平靜地直視著他。「這些人怎麼可能聽阿奇洛斯人的命令？」

「我知道，這也是我選擇喬德的兩個主因之一。我若是選你當隊長，士兵一開始一定會抗拒你，你就必須在他們面前證明自己的實力，就算加上我們爭取到的兩週，你也沒時間完全掌握軍心。有人才卻無法讓他一展長才，這種感覺實在令人惱火。」

戴門從未視自己為隊長候選人，他想了想才發現，這是因為他下意識地認為自己該坐在羅蘭的位置，不禁為自己傲慢的想法感到懊惱。他根本沒想過自己可能像普通士兵那樣，一路被提拔上去。

「我沒想過你會說出這種話來。」他語帶挖苦。

「你以為我太自大，看不出你是良才？告訴你，打敗我叔父這件事關乎於我的尊嚴，這遠勝過我對其他事物的情感。」

「我只是被你嚇了一跳。」戴門說。「我有時候覺得我懂你，可是有時又覺得你這個人怎麼也看不透。」

「彼此彼此。」

「你說你選喬德的原因有兩個，」戴門說。「第二個是什麼？」

「其他人認為我每晚回帳內就是給你騎，」羅蘭直言不諱，一副氣定神閒的模樣。戴門拿著前臂鎧甲的手指滑了一下。「你當隊長會折損我精心培養起來的威勢。你還真被我嚇到了。如果你沒有比我高一英尺，肩膀又特別寬，其他人也不會當你是上面的那個。」

「絕對沒有一英尺好嗎。」戴門說。

「是嗎？」羅蘭說。「你為了名譽及正義和我爭執時，感覺比我高出不只一英尺呢。」

「那個，希望你不要誤會，」戴門小心翼翼地說。「我沒有暗示過其他人，也沒有跟他們說我——我跟你——」

「我要是認為你有，早就命人把你綁上刑柱，鞭到你前後都皮開肉綻了。」

帳中又是一段漫長的沉默，營區裡的其他人累了一整天，現在已經全數入眠，空氣中只剩帳篷門簾拍動的聲音，以及難以辨別的細微聲響。戴門緊緊抓著前臂鎧甲，他意識到這點之後才刻意放鬆手指。

羅蘭站起身，一隻手輕輕搭在椅背。

「盔甲先放著，來服侍我。」他說。

戴門跟著起身。這項職務總是令他不自在，他現在的情緒特別浮躁，而且羅蘭今天這身衣服的絲帶不是在背後，而是在胸前。戴門粗魯地解開。

衣料在他的指尖下鬆開，他繞到羅蘭背後，為羅蘭除下外衣。**剩下的也要脫嗎？**他將外衣放到一旁後準備張口問。他很想特別強調這一點，因為平時羅蘭沒有要求他做更多，說實話，羅蘭明明可以自己寬衣。

然而當戴門回過頭，映入眼簾的卻是羅蘭抬手按摩肩膀的畫面，顯然是肩頸痠痛。羅蘭垂著長長的睫毛，襯衣下的四肢沉重頹然，戴門這才發現羅蘭也累壞了。

戴門一點也不同情他，反而感覺胸中一股無名火冒了上來。他看著羅蘭無力地用手指緩緩爬梳金髮，不知為何想到自己遭囚禁與凌虐，全是這個同樣由血肉組成的男人所致。

他將問句硬生生吞下肚。在奈松訓練兩週，再花兩週前往邊境，確保羅蘭安然無恙之後，他就走人。

隔天早上，他們重複了昨日的流程。

重複了一遍，又一遍。軍隊中有的人喜歡勞動，有的人明白自己不接受挑戰就無法進步，但也有人不以為然，讓這群烏合之眾服從困難的命令並非易事。

羅蘭做到了。

那一天，羅蘭似乎憑頑強不撓的意志操練軍隊，將軍隊塑造得更符合本身的使命。羅蘭和士兵們沒有同志情誼，羅蘭也沒有如戴門父親那樣深受部下愛戴，沒有人愛羅蘭，也沒也人喜歡羅蘭。即使是願意跟隨他跳下懸崖的心腹，也一致認為羅蘭是個「鑄鐵賤貨」（這是歐爾蘭的說法），一旦被他討厭就會死得很慘，至於如何獲得他的喜愛……他顯然不喜愛任何人。

然而部下對羅蘭的評價不重要，重要的是沒有人敢違抗羅蘭的命令，士兵們發現他們即使想退縮也做不到。戴門過去曾在羅蘭的威逼利誘下親吻羅蘭的腳、吃下羅蘭親手餵給他的點心，他知道士兵們面對的，是羅蘭堪比精密機械的縝密思緒，沒有人能逃過王子的掌控。

或許這就是為什麼一絲敬意會悄悄萌芽、成長。戴門現在明白攝政王不讓羅蘭碰權勢的理由了：羅蘭善於掌權，當他看準目標，便會不擇手段地達成目標。他總是頭腦清晰地面對挑戰，總是事前預測後續可能發生的問題並巧妙地避開，而且他很享受征服這些粗鄙軍人的過程。

戴門知道他見證了一國之君最早期的成長，羅蘭生來便是領導人——不過他和戴門的領導風格截然不同，羅蘭的風格完美得令人膽寒。

可想而知，有些士兵選擇抗命。第一天下午就有一名攝政王的傭兵違抗喬德的指令，他身邊有一兩人表示同感，羅蘭到場時引起了一陣不滿的竊竊私語。抗命的傭兵得到同袍的同情，羅蘭若硬要對他行鞭刑，恐怕會引起小型暴動。越來越多人聚過來圍觀。

羅蘭並沒有下令鞭打傭兵。

而是用唇槍舌劍活活剝了他一層皮。

這次不同於上回與戈瓦爾交戰，羅蘭淡漠且毫不含糊地說出駭人話語，不須拿劍刺擊，便在所有人面前讓一個大男人顏面盡失。

那之後，再無人違抗命令。

戴門聽一名士兵又敬又畏地說：「我這輩子還沒見識過比那個年輕人更會辱罵人的傢伙。」

當晚，眾人回營地卻發現營地消失了，原來是奈松堡的僕役拆除了士兵們早上剛搭好的帳篷，下令的人自然是羅蘭。他說他已經很大方了，這次他給眾人一個半小時紮營。

部隊在奈松堡旁的空地待了兩週，日日辛勤訓練。這個軍隊或許永遠無法琢磨成精銳的武器，不過也逐漸成為略嫌鈍但尚可使用的工具，士兵們學會整齊劃一地騎馬、並肩作戰與堅守隊形，也學會服從直接的命令。

他們難得有操練到疲憊不堪的餘裕，羅蘭明白這點，也充分利用了這點。在奈松，不會有人伏擊他們，這裡離阿奇洛斯國界太遠，若王子的軍隊遇襲，攝政王無法將責任推給南方的阿奇洛斯人，而且此地離瓦斯克國界太近，攝政王暗算羅蘭時一不小心就可能引起政治糾紛。若攝政王的目標是阿奇洛斯，那他沒理由喚醒在一旁淺眠的瓦斯克帝國。

此外，羅蘭一行人已遠遠偏離攝政王原先計畫的路線，等待王子落網的陷阱只能繼續空等。

戴門懷疑自己被軍中眾人的成就感影響，到了第十日，他看著這批像模像樣的軍隊，想到這群人即使面對伏兵也有可能撐下去，心中不禁燃起希望的火苗。

那一晚，戴門難得沒有身負羅蘭或喬德交辦的工作，他被獨自坐在營火前偷閒的喬德招呼過去。喬德將不知何時被撞出凹痕的錫杯遞給他，杯裡盛了葡萄酒。

戴門接過錫杯，在喬德身旁一條彎曲的圓木上坐下，疲憊的兩人靜坐半晌。葡萄酒難喝至極，戴門含了片刻，默默將酒水吞下肚。營火很溫暖。過了一小段時間，戴門發現喬德遠遠望著營地另一頭的某個人。

愛默里克在一頂帳篷外保養他的盔甲，看樣子他這段時間養成了好習慣，但喬德盯著他，多半不是因為他學會了如何保養盔甲。

「愛默里克。」戴門揚起眉毛說。

「幹嘛？他最近的表現，你也都看見了吧。」喬德說著，唇角上揚。

「我是都看見了，上週他才惹得大家差點內鬨。」

「他沒你說得那麼糟糕。」喬德說。「他是貴族子弟，當然不習慣和這麼多粗俗的人待在一起。他覺得自己在做對的事，只是沒發現這裡的規則不一樣而已，就跟你一樣。」

被喬德這麼一說，戴門有些心虛，他又喝了一口難喝的葡萄酒。「你是好隊長，這部隊裡比你好的人可不多。」

「我們隊伍裡龍蛇混雜，這是沒辦法否認的事實。」喬德說。

「我覺得再這樣過幾天，無可救藥的那幾個人要嘛走，要嘛乖乖認命，到時候你管起來就方便多了。」

「再訓練幾分鐘就夠了。」喬德說。

戴門輕笑出聲。閃爍不定的營火讓人看得入迷，但喬德看的不是火光，他的視線又回到愛默里克身上。

「我說啊，」戴門說。「他遲早會找某個人，如果那個人是你，對我們所有人都比較好。」

兩人之間又是一段漫長的沉默，喬德再度開口時，語氣少了平時的自信。

「我沒有跟貴族階級的人上過床，」他說。「和那種人做，感覺不一樣嗎？」

戴門聽清喬德話中的意思，尷尬地紅了臉。「他……我們沒有。他從不——就我所知，他從來不和任何人做。」

「我們也沒看過他和人上床。」喬德說。「要不是他粗話說得比守衛室裡的妓女還流利，我還會以為他是處男呢。」

戴門沒有接話，微微皺眉喝乾錫杯裡的酒。他對士兵們永無止盡的猜測毫無興趣，也完全不想知道羅蘭究竟和誰上過床。

打破尷尬的，竟然是拿著一兩樣盔甲部件走來的愛默里克，他作勢在營火對面坐下，身上只穿著半鬆開的襯衣。

「我沒打擾到你們吧？這邊的光線比較好。」

「來跟我們聊聊吧。」戴門放下錫杯，小心避開喬德的目光。

愛默里克對戴門毫無好感，但就某方面而言，喬德與戴門是軍中除羅蘭之外位階最高的兩人，他不好推拒。愛默里克點點頭。

「我這樣說可能逾越了，」也許是鼻子被揍了夠多拳，也許是他在喬德面前表現得較恭敬，愛默里克少見地謹慎開口。「我從小到大幾乎都住在浮泰茵，我知道瑪拉斯決戰之後，守衛邊境的任務已經流於形式。可是……王子殿下好像是要訓練我們面對實戰。」

「他只是喜歡做萬全的準備而已。」喬德說。「要是真的不得已要跟人打起來，他希望能有可靠的部下。」

「這樣很好。」愛默里克連忙說。「我的意思是，我也希望我們成為能打的軍隊。我是我們家的第四子，我很欣賞願意下功夫努力的人，我也很欣賞……欣賞能透過努力破除階級禁錮，升上高位的人。」

最後那句話說出口時，他意有所指地看了喬德一眼。戴門識相地找藉口起身離開，讓喬德與愛默里克在營火前獨處。

戴門踏進營帳時，羅蘭正坐在椅子上沉思，桌上鋪著那幅眼熟的地圖。羅蘭聽見他的腳步聲，抬頭掃了他一眼，又回復原本的姿勢，示意戴門也坐下來。

「既然我們是兩百人的騎兵隊，而不是兩千人的步兵隊，我認為重點不是人數，而是士兵的素質。該把哪些人剔除，你和喬德心裡都有譜吧，你明天列出名單交上來。」

「我的名單不會超過十個人。」戴門說完，自己也感到驚訝，在來到奈松之前，他本以為要從隊伍中剔除五十人才能保全整體品質。羅蘭點頭。過了片刻，戴門又說：「說到該剔除的人，我有件事一直想問你。」

「說。」

「為什麼要留戈瓦爾活路？」

「為什麼要殺他？」

「這不用我說吧。」

羅蘭沒有馬上回答，他拎起擺在地圖旁的酒壺為自己倒了一杯，戴門仔細一看，發現壺裡裝的不是喬德在喝的那種酸澀葡萄酒，而是清水。

羅蘭說：「我不想給叔父任何怪我做得太過分的藉口。」

「戈瓦爾違反決鬥的規則攻擊你，這是所有人都看在眼裡的事實，你就算當場殺了他也不為過。你放他走，一定有別的理由。」

「是有別的理由。」羅蘭承認。他平靜地凝視戴門，舉杯啜飲一口。

好。

「你打得很精采。」

「我知道。」羅蘭說。

即使說出這樣的話，他也沒有露出笑容，而是悠閒地靠坐在椅子上，水杯掛在修長的指間，藍眸直直注視著戴門。

「你應該花了不少時間鍛鍊吧。」戴門說。

「我不是戰士的料，」羅蘭竟認真地回答戴門。「奧古斯才是真正的戰士。但是在瑪拉斯決戰之後，我就一心想……」

話說到一半，他停頓了。戴門看見羅蘭下定決心說下去的瞬間，他對上戴門的視線，語調也產生微乎其微的變化。

「阿奇洛斯的戴門諾斯從十七歲開始領兵，十九歲時，他單騎衝上戰場，在我們最精良的隊伍中殺出一條血路，奪走我哥哥的性命。人們說——人們曾說，他是阿奇洛斯最優秀的戰士，所以我只有讓自己變得更強大，才能手刃仇敵。」

羅蘭說完，戴門沉默了，說話的欲望如即將熄滅的燭火，如火盆中最後的餘燼，一閃即逝。

隔天晚上，戴門不自覺地和帕司查聊了起來。

醫師的帳篷和羅蘭的帳篷以及廚房一樣，有足夠的高度，即使是戴門這麼高的人也不用彎腰駝背。帕司查此行帶了可能派上用場的所有醫療用具，在羅蘭的指令下，這些器具都被細心取了出來。現在只有戴門一個病人，滿帳的醫療用品顯得有些好笑，一旦軍隊離開奈松，真正與敵人交戰，就誰也笑不出來了。兩百人的部隊只有一位軍醫，如果是不必作戰的軍隊倒還好，若真要上戰場，帕司查肯定忙不過來。

「在羅蘭王子手下工作，和在他哥哥手下工作，感覺會不一樣嗎？」

帕司查回答：「如果說哥哥是憑直覺行事，那弟弟就是絕不仰賴直覺。」

「說說奧古斯的事吧。」戴門說。

「奧古斯殿下？有什麼好說的？他曾是我們金色之星。」帕司查朝專屬王儲的星芒徽飾一點頭。

「比起他父親，羅蘭似乎更崇敬哥哥。」

帳內沉默片刻，帕司查一一將玻璃瓶罐放上架子，戴門拿起剛才脫下的上衣。

「你不明白，無論是什麼樣的父親都會以奧古斯殿下這樣的兒子為傲，先王和羅蘭王子之間並無芥蒂，只是……先王將心血全投注在奧古斯殿下身上，沒花太多時間栽培小兒子。很多方面而言，先王是個簡單直白的人，奧古斯殿下同樣是個直爽的人，他是維爾最強的戰士、是天生的領袖、是王位繼承人，他在戰場上立下無數汗馬功勞，這些是先王看得到的優秀特質。羅蘭殿下則工於心計、擅長智鬥、擅長拆解謎題，和奧古斯殿下截然不同。我這樣說，你應該能想像羅蘭殿下對兄長的感情了吧？」

「他恨奧古斯。」戴門說。

帕司查古怪地瞥了他一眼。「不是，他深愛奧古斯殿下，他和其他智力優於體力的小男孩一樣，把年紀較大、身體較強壯的兄長當曠世英雄崇拜。奧古斯殿下也是，他們兩兄弟都深愛對方，奧古斯殿下可說是弟弟的守護者，為了保護羅蘭殿下，要他拚上性命他也不會推拒。」

戴門暗自認為一國王子需要的不是守護者，而是歷練——尤其是羅蘭這種王子。

戴門見識過羅蘭靠，張嘴夷平障礙，看過他冷冷地拾起利刃，眼睛眨也不眨就劃破別人的喉嚨。羅蘭不需要任何人的守護。

5

戴門一開始沒看見那東西，只看到羅蘭的反應。羅蘭動作流暢地勒馬，又順勢調整方向騎到喬德身邊。

「帶隊回去，」羅蘭說。「今天到此為止。寵奴跟我走。」他瞟了戴門一眼。

正午已過去多時，部隊今天來到離奈松堡一段距離的高地進行操練，在這裡，他們能眺望緊鄰奈松堡與山丘的城鎮——奈松艾羅伊。從此處回營地，必須騎馬越過長了草卻因四散的花崗岩而地勢不平的丘陵，但即使是這樣，現在回營地也太早了。

部隊在喬德令下一齊轉身，現在他們不再像不協調的烏合之眾，儼然成了能正常運作的整體，這便是他們兩週下來的努力成果。享受成就感的同時，戴門心裡也很清楚，若給他們更多時間或更優秀的戰士，也許能訓練出精良的軍隊也說不定。戴門策馬來到羅蘭身旁。

這時他也看見了，一匹無人騎乘的馬站在前方疏林的外圍。

他心中一凜，目光掃過附近的山石，卻沒有發現其他異樣。他沒有放鬆，遠遠望見少了騎士的馬，他的第一個反應絕對是讓羅蘭緊跟大隊，而不是兩人單獨脫隊。

「跟緊點。」羅蘭邊說邊驅馬前去查探，戴門只能無奈地跟上去。來到能看清那匹馬的近處時，羅蘭勒馬停下來。無主馬沒有驚慌，繼續安靜地吃草，顯然習慣與人類和其他馬匹近距離接觸——更準確而言，牠習慣了特定的一群人類與馬匹。

過去兩週內，牠的馬鞍與轡頭消失了，但牠身上烙的王子徽飾仍清晰可見。

戴門不只認出烙印，還認出那匹花色特殊的花斑馬，和戈瓦爾決鬥的那天早上——在和戈瓦爾決鬥**之前**——羅蘭的信差騎著這匹馬離開營區。那名信使不是前往雅雷斯將戈瓦爾被革職之事上報給攝政王，羅蘭交付給他的是其他任務。

但是，信使早在將近兩週前出發，而且他啟程的地點不是奈松堡，是貝琉堡。

戴門感覺自己的胃不安地攪動。眼前這匹騸馬少說值兩百銀鐳，貝琉堡與奈松堡之間那麼長一段距離，路上任誰看到這匹無主馬應該都會想抓牠。將馬歸還到羅蘭軍中可以領賞金，烙上自己的印記留著自用也是大賺一筆。戴門不信出發送信兩週後，這匹馬能平安無事地找到部隊剩下的人。

「有人要告訴你，你的信沒送成。」戴門說。

「把這匹馬牽回營地，」羅蘭命令。「跟喬德說我明早回去。」

「什麼？」戴門說。「可是——」

「我要到鎮上辦事。」

戴門不由自主地駕馬擋住羅蘭的路。

「不行，你一離開軍隊，就是你叔父除掉你的好機會，這你不可能不知道吧？你不能獨自進城鎮，光是現在待在這裡就夠危險了，我們應該立刻跟上其他人。」

羅蘭環視四周，說：「這地方不適合設伏。」

「那城鎮呢？」戴門抓住羅蘭坐騎的轡頭。「你考慮一下，還有沒有其他選項？這件事能交給別人去辦嗎？」

「不行。」羅蘭回答。

戴門看著羅蘭平靜地道出事實，強行壓下暴躁的情緒，提醒自己：羅蘭的腦袋靈光得很，他說「不行」並不是因為他倔強。大概。

「那就謹慎行事，先跟我回營地，到晚上再帶著守衛暗中離開。你太習慣獨力完成一切了，這不是領導者該有的態度。」

「放開我的馬。」羅蘭說。

戴門鬆手。羅蘭默默看著那匹無主馬，抬眼審視太陽在天空中的方位，視線最後落在戴門身上。

「你代替守衛隨我到鎮上，」他說。「一到黃昏我們就出發。這是我最大限度的妥協，你要是再有意見，就別怪我不客氣了。」

「好。」戴門說。

「好。」過了半晌，羅蘭答道。

羅蘭解下自己坐騎的轡繩，做了個簡易套索套住花斑馬的頭頸，將繩子交給戴門，自己則專心操控沒有轡繩的馬。他們牽著花斑馬回到軍營。

羅蘭沒有說明今晚去奈松艾羅伊要辦什麼事，戴門心中忐忑不安，但他知道自己問了也不會有結果。

回到營地，戴門安頓好馬匹後踏進羅蘭的帳篷，只見羅蘭穿了一身華貴的馬裝，床上還有一疊衣物。

「換上這個。」羅蘭命令道。

戴門拿起那疊衣服，柔軟的布料、暗沉的色調，這是貴族裝扮。

他花了不少時間換上繁複的維爾服裝，這已經是相對簡便的馬裝，而不是繁複的宮廷華服了。儘管如此，這套馬裝也遠比戴門穿過的其他衣物來得麻煩，更是他來到維爾至今穿過最奢華的衣服。他打扮得不像軍人，而是像貴族。

戴門現在才發現，自己綁衣服絲帶的難度，遠超過為別人穿脫衣服。終於著裝完畢時，他感覺自己打扮得太過講究，奇怪到了極點。他習慣穿盔甲或軍人的簡易衣著，而貴族衣飾的外形卻將他改造成自己未曾想像過的生物。

「這不適合我。」他說。這套衣服穿在他身上，怎麼看怎麼彆扭。

「確實不適合，你看起來就像我們維爾的貴族。」羅蘭那雙藍眼嫌惡地掃過戴門全身。「日落了，去跟喬德說我明天上午回來，我不在的這段時間就照平常的進度訓練。傳完話就到圍場和我會合，我們盡早出發。」

帳篷的麻煩之處在於，你想敲門都沒辦法敲。戴門只能靠著其中一根支柱，朝帳內大喊。

喬德過了好一陣子才出來，他裸著寬闊的胸膛，也沒浪費時間繫好褲子，只用一隻手若無其事地提著褲腰。

門簾掀開時，戴門瞥見令喬德遲來應門的罪魁禍首——纖白的肢體纏在被褥之中，愛默里克用手肘撐起上半身，紅暈一路從胸口延伸至脖頸。

「王子要外出辦事，」戴門說。「預計明天中午前回來。他要你照常帶隊。」

「我知道了。他打算帶幾個人？」

「一個。」戴門說。

「祝你們好運。」喬德沒有再多說什麼。

從營地騎馬到奈松艾羅伊不會花太多時間，路途也相對平坦，但到了城鎮外圍他們就不得不下馬。

羅蘭與戴門將坐騎栓在路邊，深知明早很可能得徒步回營地，畢竟貪婪是人之常情。奈松堡外圍是一座座堡壘，而奈松艾羅伊是在更接近山道的位置傍奈松堡而生，一幢幢緊鄰的房屋與鋪著鵝卵石的街道形成城鎮，馬蹄踏在鵝卵石路面的聲響很可能吵醒全鎮居民。羅蘭堅持要無聲無息地行動。

奈松堡是從雅雷斯前往亞奎塔的中繼站，羅蘭聲稱自己熟悉奈松艾羅伊的街道，胸有成竹地領著戴門走在沒有照明的小路上。

然而再多的謹慎也無濟於事。

「我們被跟蹤了。」戴門說。

他們走在一條狹窄的路上，街道上方是突出的陽臺，以及岩石或木材增建的二、三樓，有的建築甚至在上方以拱道連接。

羅蘭說：「既然在跟蹤我們，就表示他們不知道我們的目的地在哪。」

他突然轉彎，走下一條半被突出的建築遮掩的街道，接著又拐了個彎。

他們不算是被人追趕，跟蹤者遠遠走在後頭，只能從偶爾的細微聲響聽出他們的位置。若在白天，鎮上居民在路上交談、走動，空氣中飄著淡淡的柴煙，他們或許能在令人眼花撩亂的擁擠街道上你追我趕，但在少有行人的夜裡，他們無法隱入人群。

跟蹤者不只一個。羅蘭與戴門太過顯眼，再怎麼繞路也無法甩掉跟蹤者。

「我玩得不耐煩了。」羅蘭在一扇畫了圓形記號的門前停下腳步，說道。「我們沒時間玩貓抓老鼠，是時候試試你的小把戲了。」

「什麼叫我的小把戲？」戴門問。他還記得上次看到畫了這種記號的門時，下一秒就見到戈瓦爾推門而出。

羅蘭敲敲門，然後轉向戴門。「你說我該不該敲門？我還真不曉得這種場所的規矩，這方面你應該比我在行。」

門上一塊板子滑開，有人往外望。羅蘭舉起一枚金幣，板子「砰」一聲歸位，接著是門閂開啟的聲音，一股芬芳從室內湧出來。一名年輕女人出現在門口，一頭棕髮梳得閃閃發亮，她先看了看羅蘭手中的金幣，又上下打量戴門，本來嘀咕著戴門尺寸太大的她陡然改口，猶豫地說要請老鴇過來。羅蘭與戴門踏進滿室飄香的妓院。

「你怎麼會覺得我『在行』這個。」戴門說。

天花板掛著吊在纖細銅鍊尾端的銅燈，牆上掛滿絲布，空氣中飄著濃厚的薰香與逐漸淡去的莎麗香。地板鋪了好幾層地毯，戴門踏出的每一步都深深下陷，他們跟隨應門的女人走進一間房間，房裡並沒有軟枕與維爾人慣用的扁平床墊，只有周圍一圈深色的雕木躺椅。

其中兩張躺椅上坐著人，但（幸好）不是公然交歡的男女，而是三名在妓院工作的女人。羅蘭慢步進房，逕自在無人使用的躺椅上泰然自若地坐下，戴門則小心翼翼地坐在躺椅另一端。他的思緒停留在剛才那幾個跟蹤者身上，他們也許會在街上監視這間妓院，但也隨時可能破門而入，戴門腦中充滿千奇百怪、荒誕不經的想像。

羅蘭正在端詳那三名女性，他當然沒露出驚奇或天真的神情，不過眼神有些異於平常。戴門突然意識到，對羅蘭而言這是禁忌的新體驗，腦中本就充滿荒謬想像的戴門，想到自己陪同禁慾主義的維爾王儲第一次上妓院，感覺更是啼笑皆非。

屋子別處傳來交媾聲響。

房中的三個女人，其中一個是方才應門的年輕女人，一個是連衣裙上幾乎沒繫綁帶的金髮女人，第三個則是一名膚色較深的棕髮女人，她悠哉地撫弄金髮女人，在她拇指輕緩的撥弄下，金髮女人裸露的乳頭微微腫脹，染上粉紅色。

「你們坐得好遠啊。」金髮女人說。

「那就自己過來。」羅蘭說。

她站起身，剛才撫弄她的棕髮女人也起身走向羅蘭，金髮女人則在戴門身邊坐下。戴門用眼角餘光看著棕髮女人，心中冒出等著看好戲的好奇，想看看羅蘭會如何應付她，不過戴門無暇注意羅蘭，有人抓住了他全身心的注意力。金髮女人的嘴唇是漂亮的粉紅色，臉頰與鼻梁長了雀斑，衣裙從領口開到肚臍，鬆開的綁帶垂掛在兩側。她裸露的乳房形狀圓潤飽滿，膚色比其他部位的肌膚來得白，只有兩顆柔軟的乳尖和嘴唇呈相同的粉色，看來是塗了顏料。

她說：「大人，您等著的時候就讓我來服侍您吧。」

戴門張口準備拒絕，他滿腦子想著此時的危險、門外的跟蹤者，以及一旁的羅蘭，但他也意識到自己很久沒和女人做過了。

「解開他的外衣。」羅蘭。

金髮女人的視線從戴門移到羅蘭身上，戴門跟著看過去，羅蘭也許輕彈了指尖，總之棕髮女人被他令退了。羅蘭優雅、放鬆地看著他們，神情泰然自若。

戴門見過這個眼神，憶起花園涼亭裡的長椅，他的心猛地一跳，耳邊迴響著羅蘭淡漠的指令：「整個含進去」、「就是那裡，舔下去」。

戴門抓住金髮女人的手腕，他拒絕在羅蘭面前重演上次的戲碼。女人的手指已稍微解開他的上衣綁帶，露出昂貴深色外衣下的金項圈。「您——你是他的寵奴？」她問道。

「如果大人不希望被打擾，我可以把這房間留給兩位。」較年長的女聲傳來，帶有一絲瓦斯克口音。「兩位請慢慢玩賞我家女孩。」

「妳就是老鴇？」羅蘭問。

女人應道：「我是敝院的主人。」

羅蘭站起身。「只要我付錢，我就是主人。」

老鴇行了個深深的屈膝禮，低垂著眼簾。「就依您的意思——」她微微遲疑，接著說：「——殿下。當然，這事我們不會四處張揚。」

金髮、華貴的服飾、那張精緻俊美的臉，羅蘭被認出來也是情有可原，鎮上居民想必都知道在城堡附近紮營的是什麼人物。聽老鴇這麼一說，其中一名妓女倒抽一口氣，顯然她和另外兩名妓女沒猜到羅蘭兩人的身分。戴門看著奈松艾羅伊的妓女拜倒在王儲面前，不由得感到不可思議。

「幫我和我的愛寵另外準備一間房間，」羅蘭說。「房間必須面朝屋後，有床，有門，還要有窗戶。我們不需要人伺候，我也不愛和人分享自己的東西，妳要是送女人進來，就別怪我不客氣。」

「遵命，殿下。」老鴇應道。

她舉著細蠟燭，帶領羅蘭與戴門走到老舊房屋的後側。戴門本以為她會為了滿足羅蘭的要求將別的客人趕出房間，結果符合需求的房間恰好空著。房裡只有一個鋪了軟墊的矮櫃、附布簾的床與兩盞燈，房裡的軟枕都包著紅布套，裝飾著立體的天鵝絨紋樣。老鴇帶上房門，讓羅蘭和戴門獨處。

戴門拴上門閂，乾脆又把矮櫃推到門前堵住。

房間確實有窗戶，但它很小，而且還裝著釘死在灰泥牆上的鐵窗。

羅蘭不知所措地盯著窗戶。「這和我想的不一樣。」

「牆壁很舊了。」戴門說。「我來。」他抓住鐵窗猛力一扯，灰泥粉從窗戶邊緣簌簌灑下，但鐵窗依舊卡在窗前。戴門換了個握法，站穩腳步，這次用身體的重量拉扯鐵窗。拉到第三下，整面鐵窗被他從牆上拔下，他將沉重的鐵窗輕放在地上。厚厚的地毯消除了戴門發出的聲響，剛才搬動矮櫃的聲音也無人聽見。

「你先吧。」他對羅蘭說。羅蘭盯著他，似乎想說些什麼，但最後他默默點頭，溜出窗戶後悄無聲息地跳到妓院後的小巷裡，戴門也跟著跳了下去。

上方突出的屋簷使小巷陰暗無光，兩人硬擠進兩棟房屋之間的縫隙，走下一小段階梯。戴門只聽到他們兩人安靜的腳步聲，看來跟蹤者並沒有包圍妓院。

終於擺脫他們了。

「拿去。」他們來到小鎮另一邊，羅蘭將錢袋拋給戴門。「我們別被人認出來比較好。對了，把外衣的領子繫好。」

「該隱藏身分的是你吧。」戴門邊說邊繫上領口的絲帶，藏起頸間的金項圈。「你的軍隊就駐紮在奈松堡，知道這件事的不可能只有妓女，不管是誰看到年輕的金髮貴族都會猜到是你。」

「我帶了喬裝的道具。」羅蘭說。

「喬裝的道具？」戴門重複道。

他們來到一間旅社，羅蘭表示這是此行的目的地。兩人站在旅社門口的陰影下，頭頂上是二樓的陽台，這裡根本沒地方換衣服，羅蘭那一頭搶眼的金髮也藏不住，而且羅蘭手中空無一物。

然後，羅蘭從懷裡取出某個精緻、閃亮的物品，戴門愣愣地盯著他。

羅蘭說：「你走前面。」

戴門張口，閉口，最後沉默地推開旅社前門。

羅蘭俐落地將尼凱絲的藍寶石耳環掛在自己的耳垂上，跟著戴門走進門。

交談聲、樂聲、烤鹿肉香味與蠟燭輕煙混融在空氣中，戴門環顧四周，寬闊的空間裡擺了幾張擱板桌，桌上有餐盤與酒壺，房間一側的火爐裡有插在鐵叉上的烤肉，旁邊一道木製樓梯通往夾樓的客房。屋裡有幾名男女客人，但沒有人的服飾比得上戴門和羅蘭。捲起衣袖的旅社老闆朝戴門走來。

他輕蔑地掃了羅蘭一眼，然後畢恭畢敬地招呼戴門入內。

「歡迎光臨啊，大人，要為您和您的寵奴準備客房嗎？」

6

「幫我們準備最上等的房間，」羅蘭說。「我要大床和私用浴室。我可不喜歡和人分享東西，你要是敢派小男妓上來，就別怪我不客氣。」

他冷冰冰地盯著旅社老闆。

「這小子身價不斐。」戴門對老闆說，算是表達歉意。

他看著老闆審視羅蘭，估測那一身衣物、藍寶石耳環——貴族贈予愛寵的禮物——還有那張臉、那身體的價位，接下來他若是對戴門開出遠超過行情價的價碼，戴門也不會感到意外。

戴門愉悅地心想，反正他花的是羅蘭的錢，出手闊綽也無妨。

「愛寵，去幫我找個位子坐。」戴門很享受這個遊戲，以及用綽號稱呼羅蘭。

羅蘭依他的指示去找桌位。戴門給了老闆好一筆錢，謝過他。

戴門和老闆交談的同時，也暗暗注意羅蘭的動向，畢竟羅蘭行事向來難以預料。羅蘭直接朝最好的座位走去，那個位置和火爐的距離恰到好處，溫暖但烤肉味不會太重，當然，這麼好的座位不可能空著。羅蘭不知是用眼神、隻字片語還是僅憑自己走過去的態度，清空了他看上的桌位。

懸在羅蘭耳垂下的藍寶石相當引人注目，用餐區的每個男人都盯著羅蘭——盯著身為「寵奴」的他——猛瞧。他冷冽的眼神與傲氣告訴眾人，沒有人能碰他，但那枚耳環又讓所有人知道，能碰他的人只有一個。多了標誌寵奴身分的耳環，「遙不可及」的他成了「專屬某人」的美人，其他人無福享用。

然而，這都只是假象。戴門走到桌邊，在羅蘭對面的長凳上坐下。

「然後呢？」戴門問。

「慢慢等。」羅蘭說。

說完他就站起來，繞過桌子坐在戴門身旁，兩人近得像一對情侶。

「你在幹嘛？」

「演得逼真一點。」羅蘭說。藍寶石耳環對著戴門一閃、一閃。「還好我有帶你出來，我沒想到會需要破壞鐵窗。你常上妓院嗎？」

「不常。」戴門回答。

「你不去妓院，那是用營妓解決？」羅蘭說完，又說：「是奴隸。」他得意地頓了頓。「阿奇洛斯不愧是享樂天堂，原來你喜歡讓別人當奴隸，輪到自己時卻突然對奴隸制度有意見了。」

戴門挪動身體，注視著羅蘭。

「別勉強自己啊。」羅蘭說。

「你不自在的時候，」戴門開口。「比較多嘴。」

「大人，」聽到老闆的叫喚，戴門轉頭看他，羅蘭沒有轉身。「您的房間快準備好了，是樓上第三間。在您等待的當下，葉罕會為您準備酒食。」

「放心，我們會想辦法自娛自樂的。那是誰？」羅蘭說。

羅蘭望著用餐區另一頭的一名年長男子，那人戴著骯髒的羊毛帽，露出幾簇稻草般的頭髮。他獨自坐在角落一張照明不佳的桌子前，雙手不停洗牌，似乎將那副油膩且滿是凹痕的紙牌當作寶貝。

「那是沃羅。我勸你別跟他打牌，那傢伙貪心得很，一個晚上就能贏走你所有的錢幣、珠寶和衣服。」

旅社老闆留下這句忠告，自行離開了。

羅蘭看著沃羅，眼神與剛才打量妓女時無異。沃羅連哄帶騙地要小男妓為他倒一杯免費的葡萄酒，接著又色眯眯地要少年給他別的服務。他用木湯匙變魔術，小男妓看到湯匙憑空消失，還是沒有要「特別招待」沃羅的意思。

「給我錢，我要找他賭一局。」

羅蘭起身，身體靠在桌緣。戴門伸手拿錢，卻停下動作。「你不是應該用服務換獎賞嗎？」

羅蘭說：「你要我給你什麼服務？」

他的語調抑揚頓挫，充滿了種種承諾，貓一般的雙眼定定注視著戴門。

戴門可不想落得開膛破肚的下場，他直接將錢袋拋給羅蘭。羅蘭單手接住錢袋，掏出一把銅幣與銀幣。他逕自朝房間另一頭走去，路上隨手將錢袋拋回去給戴門，然後在沃羅對面坐下。

兩人開始賭牌，羅蘭的賭注是銀幣，沃羅則賭上他的毛帽。戴門遠遠看了幾分鐘，見牌局短時間內不會結束，他望向旅社裡其他的客人，看看有沒有與他階級相近的人能邀來共餐。

打扮得最體面的客人，身上穿著名貴布料製成的衣服，椅子上掛著一件鑲皮斗篷，看樣子或許是布料商人。戴門邀那個男人與他共桌，男人似乎非常想結識戴門，勉強用商人的儀態舉止掩飾好奇心。男人名叫查爾斯，和某個巨商世家是貿易伙伴，賣的確實是布料。戴門自我介紹時，含糊地捏造了個帕特拉斯名字，也信口編出一段家族史。

「喔，大人您是帕特拉斯人啊！難怪說話有口音。」查爾斯說。

對方是商人，兩人自然而然聊起政治與貿易，但戴門怎麼也問不出關於阿奇洛斯的消息。查爾斯不支持維爾與阿奇洛斯結盟，他認為攝政王太親近敵國，只有羅蘭王子會在他們和阿奇洛斯的雜種國王協商時堅守立場。查爾斯告訴戴門，羅蘭王子的軍隊此刻駐紮在奈松堡，他們正要前往邊境防止阿奇洛斯人入侵，王子年紀尚輕就懂得盡責，可見前途不可限量。聽見查爾斯這麼說，戴門不得不制止自己轉頭去看正在賭博的羅蘭。

餐點送上桌，有精緻的麵包與數道小菜，查爾斯見老闆將最好的幾塊烤鹿肉送到戴門面前，便不停打量桌上的餐盤。

客人開始三三兩兩離開用餐區，不久後查爾斯也上樓了，回到旅社第二好的客房。

戴門望向羅蘭，發現羅蘭已經將錢幣輸了精光，倒是沃羅的毛帽被他贏了過來。沃羅笑嘻嘻地用力拍羅蘭的背以示同情，買了酒請他喝，也買了杯酒自己喝，接著又包下那名小男妓。小男妓開出不錯的價錢——做一次一枚銅幣，包整夜三枚銅幣——現在沃羅面前堆滿羅蘭輸給他的錢幣，小男妓對他的態度好了許多。

羅蘭拿著酒杯走回戴門所在的桌位，將自己一口也沒喝過的飲料擺在戴門面前。

「別人的戰利品。」

現在用餐區只剩少少幾人，但有兩個客人坐在不遠處，可能會聽到他們對話。戴門說：「你那麼想要他的飲料和舊帽子，怎麼不直接跟他買？你看你，浪費了那多時間，那麼多錢。」

「我想要的是遊戲過程。」羅蘭邊說邊伸手從戴門手裡的錢袋取出一枚硬幣，放入手心。「你看，這是我剛學到的把戲。」他攤開手掌，硬幣不見了——下一秒，錢幣從他袖口滾落地面。羅蘭看著硬幣皺眉。「好吧，我還沒掌握到訣竅。」

「你說讓錢幣消失的訣竅？相信我，你已經掌握得夠好了。」

「這邊的食物好吃嗎？」羅蘭看著桌上的餐盤問。

戴門撕下一塊麵包，逗弄家貓似地拿在羅蘭面前。「吃吃看就知道了。」

羅蘭看看那塊麵包，看看火爐邊的客人，視線又回到戴門臉上。戴門若不是和他相處了這麼多時日，肯定無法長時間與那雙冷冽藍眸對望。

然後，羅蘭說：「好啊。」

戴門花了半晌消化這句話，終於消化完畢時，羅蘭已經在他身旁坐了下來，他面對戴門跨坐在長凳上。

羅蘭真的要吃他手裡的食物。

維爾寵奴經常在「被餵食」這件事上大做文章，一面眉來眼去一面愛撫、舔舐主人的手。戴門將麵包遞到羅蘭口邊時，羅蘭並沒有和他調情，而是維持一慣的講究與挑剔，兩人互動幾乎沒有寵奴與主人的成分……只不過，戴門在剎那間感受到羅蘭溫熱的氣息吹撫在指尖。

演得逼真一點。戴門心想。

他的目光落在羅蘭的唇上，他強迫自己往上看，這次視線又鎖定在藍寶石耳環上。叔父小情人的配飾掛在羅蘭耳垂上，和他眼睛髮膚的顏色很搭，但某方面而言又與他極不相襯，就和戴門撕下第二塊麵包給羅蘭一樣詭異。

羅蘭吃下戴門拿給他的麵包，戴門感覺自己在餵食猛獸。羅蘭此時離他極近，感覺能輕易摟住羅蘭的後頸將他拉到懷裡，戴門還記得羅蘭頭髮與肌膚的觸感，忍不住想用指腹輕按他的嘴唇。

是耳環造成的錯覺。羅蘭的打扮與舉止總是走嚴肅的禁慾路線，然而在耳環的映襯下，他顯露出高貴又難以捉摸的性感一面。

但這僅僅是假象，羅蘭並沒有性感的一面。維爾王國不存在表裡如一的事物，那對明亮的藍寶石很危險，與耳環的前主人尼凱絲同樣危險。

又一塊麵包遞上前，羅蘭的嘴唇輕輕擦過戴門指尖，那是短促、柔軟的觸感。這不是戴門拿麵包給羅蘭的目的，他覺得自己的計畫被徹底顛覆了。羅蘭的一舉一動都經過計畫，方才嘴唇掃過指尖類似兩人的唇第一次輕觸，接下來會是一連串逐漸加深的碎吻。戴門感覺自己呼吸的頻率變了。

他強硬地提醒自己，這是羅蘭，是囚禁他的人。他強迫自己回想落在背上的每一鞭，但他不知怎地想起羅蘭入浴時溼潤的肌膚，想到羅蘭比例勻稱的四肢，那簡直像劍刃與劍柄的完美平衡。

羅蘭吃完麵包，一隻手搭著戴門的大腿，緩緩向上滑。

「克制自己。」羅蘭說。

他又跨坐著往前移，兩人幾乎胸口貼胸口，當羅蘭的唇移至戴門耳畔時，金髮輕搔戴門的臉頰。

「這裡快要只剩我們兩個了。」羅蘭悄聲說。

「所以呢？」

下一句低語輕輕落在戴門耳邊，他感覺到唇齒、氣息塑造出每一個字的形狀。

「所以？帶我上樓啊。」羅蘭說。「你不覺得我們等夠久了嗎？」

羅蘭帶頭走上樓，戴門跟在他身後，腳下的每一階樓梯、皮膚下的每一拍脈搏都無比清晰。

他們來到二樓的第三間客房，房間一側有座大壁爐，燒得正旺的爐火溫暖了室內。牆壁是厚實的灰泥，窗外還有小陽臺，唯一一張大床上鋪著看上去柔軟舒適的被單，結實的深色床頭板上刻著複雜的菱形圖案。除了床以外，房間裡還有一口矮櫃，以及擺在門邊的椅子。

床上坐著一名留著深色短鬍鬚、年約三十的男人，他看見羅蘭的瞬間從床上跳下來，單膝下跪。

戴門在門邊的椅子上重重坐下。

「殿下。」跪在地上的男人說。

「起來。」羅蘭對他說。「我很高興能在這裡遇到你，答覆的日子早過了，你卻每晚來這裡等我，真不容易。」

「小的認為，只要殿下還駐紮在奈松堡，就還有機會見到您的信使。」男人起身說。

「他因故耽擱了。從我們離開城堡開始就有人跟蹤，一路跟到奈松艾羅伊的東區，應該有人在監視進出城鎮的路線。」

「小的有辦法出城，等等可以馬上出發。」

男人從外衣內側的口袋取出一張密封的羊皮紙，羅蘭接過紙張，破壞蜂蠟，緩緩讀過紙上的文字。戴門只遠遠瞥了一眼，看樣子紙上寫的是某種密碼。讀完後，羅蘭將羊皮紙丟入壁爐，紙張被燒得捲曲、焦黑。

羅蘭取出自己的圖章戒指，放在男人手心。

「把這個交給他，」羅蘭說。「告訴他，我會在拉芬奈等他。」

男人向羅蘭鞠躬，而後走出房門，離開了沉眠的旅社。事情終於辦完了。

戴門站起身，仔細看了羅蘭一眼。

「你好像很開心。」

「這不過是小小的勝利，但我懂得享受這種快樂。」羅蘭說。

「你不確定他會不會來？」戴門說。

「他已經等了兩週，我以為他不會再來了。」羅蘭取下耳環。「我們明早回營應該不會遭遇危險，跟蹤我們的人似乎沒有傷害我的打算，他們比較想找到剛才那人。至少，他們今晚有機會攻擊我們，卻沒有出手。」他接著說：「那間是浴室吧？」他走向房間一側的一扇門，又對戴門說：「別慌，你不用服侍我。」

羅蘭走進浴室後，戴門默默抱起一團被單，丟在火爐旁的地板上。無事可做的他又回到樓下，現在用餐區只剩沃羅與小男妓兩個人，他們對周遭的人事物不聞不問，小男妓沙黃色的頭髮已經亂成一團。

戴門走出旅社大門，站在戶外呼吸夜晚的清冷空氣，心思漸漸沉靜下來。夜色已晚，街道上空無一人，方才的信使早已消失無蹤。

屋外再怎麼寧靜，他也不可能整晚站在這裡。戴門想到羅蘭今晚只吃了幾口麵包，於是在回房的路上繞到廚房，叫廚師準備一盤麵包與肉食。

回到客房時，戴門看到洗完澡的羅蘭半裸地坐在壁爐前，讓爐火熱氣烘乾他的溼髮，占了戴門為自己隨意準備的睡墊。

「給你。」戴門將餐盤遞給他。

「謝謝。」羅蘭微微詫異地眨眼，接過餐盤。「我沐浴完了，你想要的話可以去洗個澡。」

戴門走進浴室，發現羅蘭為他留了一缸乾淨的水。洗完澡後，他用掛在銅製澡盆旁的毛巾擦拭身體，毛巾溫暖且柔軟，用起來非常舒服。他選擇穿上長褲，而不是用毛巾包住下身，並且一再告訴自己，這和過去兩週與羅蘭共用帳篷的生活沒有差別。

他走出浴室。羅蘭吃了餐盤上剛好一半的食物，將剩下的放在矮櫃上，讓戴門自行取用。戴門之前在樓下已經吃夠了，而且他不想讓放著大床不睡的羅蘭來搶他的位置，所以他無視那半盤食物，直接走到壁爐前，在羅蘭身邊的毯子上坐下。

「我還以為你要找的人是沃羅。」戴門說。

「我只是想和他打牌而已。」羅蘭回答。

爐火很暖，戴門靜靜享受照在上半身的溫暖。

過了半晌，羅蘭說：「如果你沒隨我來，我大概沒辦法平安到達這裡，就算到了也會被人跟蹤。我之前說還好有帶你出來，那是真心的，你說得對，我確實不習慣……」他沒有說完。

羅蘭溼潤的頭髮被往後撥，露出線條勻稱且優美的五官。戴門瞥了他一眼。

「你今天的心情好怪，」戴門說。「比平常還怪。」

「這可以說是好心情吧。」

「好心情？」

「當然，比不上沃羅現在的好心情。」羅蘭說。「但至少旅社的食物還能入口，火爐很暖和，而且過去三小時都沒人暗殺我，心情好不是理所當然嗎？」

「你這人不是很講究嗎？」戴門說。

「我在你眼中是這樣的人？」羅蘭問。

「我見識過你的宮廷。」戴門回道。

「你看到的是我叔父的宮廷。」羅蘭說。

那如果是你的宮廷，會和現在的維爾宮廷有任何差別嗎？戴門並沒有將問句說出口，也許他不願聽羅蘭的回答。羅蘭每天都在朝未來前進，每天都變得更像未來的維爾國王，但未來——未來可說是與現在迥異的人生。未來的羅蘭不可能雙手撐地，慵懶地坐在旅社客房的壁爐前等頭髮烘乾，或爬進爬出妓院的窗戶。當然，未來的戴門也不可能這麼做。

「我問你。」羅蘭說。

一段漫長卻放鬆的沉默過去後，他繼續說下去。戴門轉頭看他。

「卡斯托為什麼把你送來維爾？真正的原因是什麼？我知道你們之間絕不只是情人吵架那麼簡單。」羅蘭說。

溫暖爐火轉變成寒冰，戴門必須說謊，他知道與羅蘭討論此事再危險不過，但不知為何，此時此刻，過去感覺近在咫尺。他吞下呼之欲出的回答。

那一晚過後，他不知默默吞下了多少話語、多少情緒。

我不知道。我不知道他為什麼要把我送過來。

我實在想不透，我到底犯了什麼錯，他為什麼如此恨我？我們為什麼不能像尋常人家的兄弟那樣，為——

——為我們病逝的父親哀悼——

「你說得也不完全錯，」戴門聽見自己的聲音從遙遠的某處傳來。「我喜歡上……一個女人。」

「優卡絲特。」羅蘭的語氣透出笑意。

戴門靜默不語，哽在喉頭的答案令他隱隱作痛。

「不會吧？你真的對國王的情婦傾心？」

「當時卡斯托還不是國王，優卡絲特還不是他的情婦——就算是，也沒有人知道。」戴門說。他一開口，字句便滔滔不絕地溜出口。「她聰明機智、長袖善舞，而且長得很美，根本是完美的女人……但她野心勃勃，是喜歡掌控王國興衰的那種人。現在想來，她一定是認為只有卡斯托能讓她坐上后位。」

「這位正直的野蠻人啊，我完全沒想過你會喜歡這種人。」

「什麼叫『這種人』？」

「外貌姣好、內心狡詐，而且天性殘忍無情的人。」

「不是，我沒有——我以前不知道她……我以前不瞭解她。」

「是嗎？」羅蘭說。

「也許我……我知道她不受情緒或情感控制，她喜歡用理智控制一切。我知道她野心勃勃，也知道她有時候確實冷情了些，老實說，這點確實有點……吸引我，但我從來沒想過她會背叛我，選擇和卡斯托在一起。等我發現這件事時，已經太遲了。」

「奧古斯就和你一樣，」羅蘭說。「他天生不懂得詐欺，所以他也看不見別人的二心。」

「那你呢？」戴門滯澀地換氣後，開口問道。

「詐欺是我的天性。」

「不是，我的意思是——」

「我知道你是什麼意思。」

戴門提問，是為了將焦點轉移回羅蘭身上，只要能讓羅蘭停止追問下去，什麼都好。

在耳環與妓院與冒險的一晚過後，他心想：何不問問羅蘭呢？羅蘭沒有表現出任何一絲不自在，他全身放鬆地坐著，性感、柔軟的唇平時多半抿成嚴肅的線條，此時卻沒有表現出危險的情緒，只露出微微的好奇。他並沒有避開戴門的目光，但他也沒有回答問題。

「怎麼，害羞了？」戴門問道。

「如果你想得到答案，就必須把問題問出口。」羅蘭說。

「軍隊中有一半的人覺得你是處男。」

「這是問題嗎？」

「是。」

「我二十歲了，」羅蘭說。「從我有記憶以來，處心積慮要接近我、和我上床的人就沒有少過。」

「這是回答嗎？」戴門說。

「我不是處男。」羅蘭說。

「我也想過，」戴門小心翼翼地說。「你會不會是只喜歡女人。」

「不，我——」羅蘭似乎很驚訝，不過他立刻發覺這份驚訝揭露了某個關鍵，他嘀咕著別過頭。再次轉頭看戴門時，羅蘭的嘴角一撇，微微一笑，他平靜地說：「並不是。」

「我冒犯到你了嗎？我不是那個意——」

「沒有。能想到如此合理、健康又直接的答案的人，也只有你了。」

「這跟我無關，誰叫你們國家的人都不直截了當地想事情。」戴門皺著眉頭說。

「你知道優卡絲特為什麼會選擇卡斯托嗎？我來為你解惑吧。」羅蘭說。

戴門盯著火爐裡的木柴，看著舔舐木柴兩側的火焰，以及底部的餘燼。

「他是王子。」戴門說。「他是王子，而我只不過是——」

他做不到。戴門肩背的肌肉緊緊糾結著，到了疼痛的地步。他不想看清逐漸變得清晰的過去，他不想說謊，因為一旦謊言出口，他就必須面對自己什麼都不知道的事實。他不知道自己到底做錯了什麼，不僅愛人背棄了他，甚至連兄長也背叛了他。

「不是那個原因。就算你擁有王室血統，就算你的地位和卡斯托同樣尊貴，她選的也不會是你。你不像我，你不瞭解她那種人的思考模式。假如我是優卡絲特，假如我想左右一國之君的廢立，我也會選擇卡斯托。」

「為什麼，你說啊。你好像說得很開心的樣子。」戴門感覺自己的手握成拳頭，聽見自己喉頭的苦澀。

「她那種野心勃勃的人，一定會在兩者間選擇更為軟弱的人。一個人越弱，就越容易掌控。」

戴門驚得說不出話，他看向羅蘭，發現對方毫無敵意地凝視著他。兩人對視的須臾無限延長。這並不是……他沒想過羅蘭會這樣回答他，他注視著羅蘭，感受到那句話探入他的身心，觸及心中某個尖銳的部分，感覺到那個深深埋藏在心裡、本以為不可能撼動的東西被微微推動。

他開口：「你怎麼知道卡斯托比較弱？你又不瞭解他。」

「但我越來越瞭解你了。」羅蘭回答。

7

戴門靠牆而坐，身下是他胡亂鋪在壁爐前的被單。爐火早已只剩餘燼，木柴燃燒的劈啪聲也漸漸消失，房裡寧靜、溫暖，空氣中飄著睡意，而戴門卻睜著雙眼。

羅蘭在床上睡著了。

戴門在昏暗的客房中，隱約望見羅蘭的身形，月光從活動窗板的縫隙灑進來，落在枕上的淺色頭髮上。羅蘭睡得很安穩，彷彿戴門在房間的另一個角落也無所謂，彷彿戴門不過是件毫無危險性的家具。

這不是信任——羅蘭只不過是冷靜地評估了戴門的意圖，並對自己的判斷有十足把握：比起傷害羅蘭，讓他安然活著對戴門比較有利……至少，現在是如此。就像羅蘭之前將餐刀放在戴門手裡一樣，就像羅蘭把他領到王宮的澡堂，然後氣定神閒地寬衣一樣，一切都經過精密考量，因為羅蘭誰也不信任。

戴門摸不透羅蘭這個人，他不懂羅蘭為何那樣說話，也不懂那些話對自己究竟造成了什麼影響。過去發生的種種沉甸甸地掛在心頭，在靜謐的夜裡他無法分心，只能一直思索、感受與回憶。

戴門的兄長卡斯托是阿奇洛斯前任國王與情婦海波美娜塔所生的私生子，在戴門出生之前那九年，伊吉莉亞王后多次流產，眾人認為她無法生育，因此卡斯托一直被當成阿奇洛斯的王位繼承人。沒想到卡斯托九歲時王后懷了身孕，在生產過程中喪命，卻也生下了血統純正的王儲。

戴門從小仰慕卡斯托，也因為這份欽慕，他一直竭盡所能努力，以超越卡斯托為目標。當他難得勝過兄長時，父親的驕傲總是如和煦陽光，溫暖地灑在他身上。

父親病重時，尼坎德洛斯曾將戴門拉出病房，低聲說：**卡斯托從以前就相信國王陛下該立他為王儲，他覺得是你搶了他的王位。他那個人不能接受自己任何一方面的失敗，在他看來，他會輸完全是因為沒有人給他「機會」，只要有人慫恿他來爭奪王位，他就會對你出手。**

當時戴門說什麼也不信，他拒絕聽人說兄長的不是。父親在病危時將卡斯托叫到床邊，訴說他對卡斯托與海波美娜塔母子的愛，卡斯托當時的情緒顯得無比真實，當他立誓效忠下一任國王——戴門諾斯——時，那份誠心也顯得無比真摯。

托維德曾說：**我親眼見過卡斯托，他悲傷的模樣不可能是作戲**。戴門也曾這麼想——在那久遠的曾經。

戴門想起第一次取下優卡絲特的束髮夾時，那一頭金髮滑過指間，他感覺到一絲情慾油然而生，然而下一刻，涓流般的慾望化作潮湧，金色長髮與短髮在思緒中混淆，他不由得想到今晚在旅社用餐區，羅蘭近得幾乎坐到他腿上。

這時，樓下大門被重重敲響，模糊的聲音隔著層層牆壁與空間傳來，打破了他腦中的畫面。

危險預感迫使戴門一躍而起，先前的念頭全被拋到九霄雲外。戴門套上上衣與外衣，他坐到大床邊緣，輕輕搭住羅蘭的肩膀。

羅蘭睡在鋪滿棉被的床上，體溫微熱。他在戴門的觸碰下立即醒來，但沒有表現出明顯的驚慌。

「我們得盡快離開。」戴門說。樓下傳來新的聲響，應該是旅社老闆被吵醒，開啟上鎖的大門。

「怎麼又要偷溜了。」羅蘭雖這樣說，還是撐著身體起床。戴門推開窗戶遮板的同時，羅蘭也套上自己的上衣與外衣，但他沒時間綁絲帶，可見維爾服裝在緊急情況下實在一無是處。

陽臺遮板應聲而開，戶外是沁涼的晚風，以及與戴門相隔一層樓的地面。

他們沒辦法像之前在妓院那樣跳窗逃跑，從二樓跳下去不會死，但他們很可能骨折。交談聲穿透門板傳來，人應該已經到樓梯上了。戴門與羅蘭一齊向上看，旅社外牆也是灰泥，沒有能抓握的地方。戴門四處尋找爬離窗戶的路線，和羅蘭同時看見一線生機：隔壁陽臺旁有一片牆壁的灰泥剝落了，牆內的石磚突出來，有不少地方能抓握、踩踏，助他們爬上屋頂。

問題是，隔壁的陽臺距離他們約八英尺，在無法助跑的情況下，跳過這段距離可不容易。羅蘭鎮定地審視兩座陽臺之間的距離。

「你跳得過去嗎？」戴門問他。

「可能可以。」羅蘭說。

他們跨過陽臺欄杆，由戴門打頭陣，他長得比羅蘭高，他不認為八英尺難得倒自己。戴門縱身一躍，順利飛躍到隔壁客房的陽臺上，抱住欄杆。他靜止片刻，確保隔壁房的客人沒聽到聲響，接著迅速翻越欄杆。

戴門盡力保持安靜，畢竟窗戶的遮板雖然掩著，卻沒有隔音功能。鑽入耳朵的聲音雖不清楚，卻很明顯不是商人查爾斯的鼾聲，而是沃羅享用小男妓的聲音。

戴門轉身，看見羅蘭又花費寶貴的數秒重新估量陽臺間的距離，他這才驚覺羅蘭那句

「可能可以」並不是「絕對可以」，羅蘭是在認真考慮自己的能力後，誠實地回答了他的問題。戴門感覺自己的胃成了無底洞。

羅蘭猛地跳躍——在現在的情況下，身高與肌力變得非常重要。

羅蘭雖跳過了中間的八英尺，卻沒能抱住欄杆，戴門下意識抓住他，感覺到羅蘭也抓住他，將自己的全身重量託付給他。羅蘭被陽臺欄杆撞得喘不過氣，戴門拖著他越過欄杆時他沒有掙扎，也沒有立即退開，只靜靜在戴門懷裡喘息。戴門的手仍托著羅蘭的腰，一顆心在胸口撲通撲通狂跳。他們盡可能保持靜止，但已經太遲了。

房內的聲音停了下來。

「剛剛是不是有聲音？」小男妓的問句清楚地傳出來。「在陽臺那邊？」

「別怕，是風聲。」沃羅說。「快過來，我來讓你暖起來。」

「不是，那才不是風聲。」少年很堅持。「你去看——」

被單窸窣滑動，床架嘎吱作響——

輪到戴門被撞得喘不過氣了，羅蘭猛然將他向後推，戴門的背撞上窗戶旁邊的牆壁。他一時無法回神，接著羅蘭便緊貼在他身上，用身體將他緊緊壓在牆上，又令戴門震驚得失神。

羅蘭恰到好處地掌握了時機，只見下一秒窗戶隔板向外一推，他們困在牆壁與隔板間狹窄的三角形空間，簡直和躲在大開的房門後的姦夫沒兩樣。他們動也不動，連大氣也不敢喘一口，羅蘭若後退半吋便會撞上隔板，所以他全身緊貼著戴門。戴門感覺到衣服的每一道皺褶，感覺到隔著衣服透過來的體溫。

「你看，沒人啊。」沃羅說。

「我真的有聽到怪聲。」小男妓說。

羅蘭的髮絲輕搔戴門的頸項，戴門沉默地忍耐。沃羅怎麼沒聽到他震耳欲聾的心跳？他總覺得整棟建築都將隨他的心臟鼓動。

「應該是野貓吧。我都為你下床檢查了，你要怎麼補償我？」沃羅說。

「嗯，好吧。」少年說。「那你回來床上。」

沃羅離開陽臺，但鬧劇並沒有這麼結束，因為急著回少年身邊的他忘了關上遮板，戴門與羅蘭困在原地，進也不是，退也不是。

戴門硬生生吞下怨聲。羅蘭全身上下都貼著他，大腿與大腿、胸膛與胸膛緊密接觸，連呼吸都太過危險。戴門迫切需要推開羅蘭，在他們的軀體之間創造安全的空間，但他只能繼續站得筆直。羅蘭沒注意到戴門的困窘，他微微挪動身體，回頭查看自己與遮板之間的距離。**別動了**。若不是心中還存有一絲脆弱的理智，他早就衝口說出這句話了。羅蘭和戴門一樣，發現他們沒辦法在不被人發現的情況下擠出三角空間，他又動了動身體，非常小聲、非常小心地說：「這情況……不是很理想。」

這句評語說得實在太客氣了，他們現在確實不會被沃羅發現，但任何人站在隔壁陽臺上都能輕易看見他們，而且跟蹤他們的人已經闖進旅社了，他們必須盡快逃走。除此之外，還有其他急迫的「問題」。

戴門靜靜地說：「你看看上面，如果你爬得上去，我們就能從屋頂逃走。」

「等他們開始打炮，」羅蘭的聲音更細微，字句輕輕落在戴門頸邊，只有他聽得見。

「他們才不會注意外頭。」

「打炮」兩個字陷入戴門的身心，房內的少年發出意味再明顯不過的呻吟：「**那裡**——**那裡**——**快插進來**——」他們非走不可，一定要立刻離開這裡，離開這個尷尬的姿勢——

——然後，沃羅的房門被人強硬地撞開。

「他們在這裡！」陌生的男聲喊道。

房裡亂成一團，小男妓氣呼呼地粗叫一聲，沃羅大聲抗議：「喂，快放開他啊！」戴門一頭霧水，然後才想到那名陌生男人或許只聽過別人描述羅蘭，卻未曾見過本人。

「死老頭，這不關你的事，你滾遠一點。這位可是維爾王子。」

「可是——可是我只付了三枚銅錢耶。」沃羅困惑地說。

「你快穿上褲子吧。」陌生男人尷尬地補了一句：「……殿下。」

「什麼？」少年驚呼。

戴門感覺到羅蘭的身軀開始顫動，赫然發現羅蘭沒發出任何聲音，卻已忍俊不禁。

至少又有兩人走進房間，剛才的陌生男人說：「我找到他了，他假扮成旅社的小男妓，剛剛在跟這個粗人打炮。」

「白痴，這**就是**旅社的小男妓啊！拜託，維爾王子從不和人上床，搞不好十年才自慰一次，怎麼可能是他？喂，我們在找兩個人，一個是蠻族軍人，身材高大得像怪獸一樣，一個是金髮男人——跟這小子不一樣的金髮——長得很漂亮。」

「剛剛在樓下有個大人帶著金髮寵奴，」沃羅說。「那個寵奴的腦袋跟豆子一樣小，隨便便就被我騙了一大筆錢，應該不是王子吧。」

「他也不是金髮，他的頭髮比較像老鼠毛，而且他長得不算漂亮。」小男妓悶悶不樂地說。

羅蘭抖得更劇烈了。

「別笑了。」戴門低聲說。「他們隨時可能宰了我們，你還有心情笑。」

「大怪獸。」羅蘭笑著重複剛才那人的話。

「你還笑。」

房裡的人說：「去檢查其他客房，他們應該還在這附近。」腳步聲消失了。

「有辦法把我撐上去嗎？」羅蘭問。「我們必須盡快離開陽臺。」

戴門雙手交扣，讓羅蘭踩著他的手往上爬，抓住第一顆突出的石塊。

羅蘭體重較輕，不過長年勤練劍術的他上肢力量夠強，他悄無聲息地快速爬上牆。戴門小心翼翼地在狹窄空間內轉身面對牆壁，跟著爬了上去。

這面牆並不難爬，約莫一分鐘後他就爬上屋頂，看見下方向外延伸的奈松艾羅伊鎮，以及上方灑了幾點星光的夜空。他微喘著氣笑了出來，羅蘭也滿臉笑意，藍眼閃爍著狡黠、頑皮的暗光。

「我們應該安全了。」戴門說。「剛才竟然都沒人看到我們。」

「我說過吧？我比較喜歡遊戲的過程。」羅蘭說完，用靴子推動鬆脫的瓦片，瓦片滑下屋頂，在下方街道上摔得粉碎。

「他們在屋頂上！」樓下有人高喊。

這回不再是潛行與跟蹤的較量，而是火力全開的你追我趕。戴門與羅蘭在城鎮建築的屋頂上飛奔，像是障礙賽，他們不時得閃躲煙囪，腳下的瓦片出現又消失。他們在昏暗的夜裡跳過窄巷，跑在顛簸不平的房屋上，爬上傾斜的屋頂，又從另一側滑下去。

跟蹤者在平地上兵分兩翼追趕他們，街上沒有瓦片，他們不怕滑倒或扭傷。羅蘭又將一片瓦片踢下去，這次他瞄準下方的人，一個小動作換來一聲驚呼。他們爬上二樓長廊時，戴門故意打翻花盆，羅蘭隨手將掛在繩上的衣服扔下去，被布料纏住的追兵扭動、掙扎，兩人又繼續狂奔。

他們從屋簷跳到陽臺，又跳到橫跨狹窄街道的拱道，為了這場發生在城鎮天際線的追逐賽，戴門不得不用上自幼苦練出來的反射動作、速度與耐力，身形輕巧、動作迅捷的羅蘭緊跟在他身後。上方的天空逐漸亮了，下方的城鎮逐漸甦醒。

羅蘭和戴門不可能永遠待在屋頂上，他們一不小心就會摔斷手腳，或被人包抄，或跑進死路。好不容易和追兵拉開一兩分鐘的距離時，他們利用排水管爬下來，回到街上。

戴門的腳碰上鵝卵石路面，此時街上空無一人，沒有人擋住他們的去路。羅蘭比較熟悉奈松艾羅伊，他跑在前頭，兩人拐了兩個彎，來到鎮上不同的區域。羅蘭鑽進兩棟房屋之間狹窄的拱道，稍微停下腳步喘口氣，戴門的視線順著拱道望過去，前方是奈松艾羅伊的主幹道之一，路上已經有行人了。無論是什麼樣的城鎮，在光線灰暗的黎明時分，居民總是最忙碌。

他站著，一手搭著牆壁，胸膛劇烈起伏。他身旁的羅蘭也氣喘吁吁，臉頰發紅。「這邊。」羅蘭朝街道走去，戴門一回神，發現自己抓住了羅蘭的手臂，不讓他前進。

「等等，我們一出去就會被人看見。現在快出太陽了，你『老鼠色』的頭髮太顯眼了。」

羅蘭默默取出夾在腰帶的某樣物品，那是沃羅的毛帽。

這時，戴門感覺到新的情感悄然萌芽，令他頭暈目眩。他匆匆鬆手，宛如羅蘭是近在咫尺的斷崖，他感覺自己太過無助。

戴門說：「不行。你剛剛沒聽到嗎？他們分成兩隊了。」

「什麼意思？」

「我的意思是說，如果你想讓他們追著你到處跑，確保信使安全離開城鎮，那他們只要分成兩隊，你的計畫就沒用了。」

「我……」羅蘭注視著戴門說。「你的耳力不錯。」

「你趕快走吧。」戴門說。「這邊交給我。」

「不行。」羅蘭說。

「我要是想逃，」戴門說。「早就趁你洗澡或睡覺的時候跑了。」

「我知道。」羅蘭說。

「你不可能同時顧全兩邊。」戴門說。「我們必須分頭走。」

「這項任務事關重大，我一定要自己完成。」羅蘭說。

「你要相信我。」戴門說。

羅蘭默默凝視著他，良久。

「我們在奈松堡等你，」羅蘭終於開口說。「如果你一天後還沒回營，往後就只能自己想辦法跟上來了。」

戴門一點頭，離開牆壁。羅蘭邁開腳步走向主幹道，他外衣的絲帶垂在身側，金髮藏在骯髒的毛帽下。戴門目送他離開，然後他轉身，原路折返。

折回昨晚的旅社並不難。

戴門不怕羅蘭遭遇不測，他敢肯定追蹤羅蘭的那兩人會浪費好些時間東奔西跑，在羅蘭瘋狂的腦袋為他們設計的迷宮裡白費時間。

戴門知道真正的問題是什麼，羅蘭剛才也默默同意了——追蹤者兵分兩路，很可能是為了阻截信使。那名信使身上帶著王子的信物，他想必在羅蘭的計畫中扮演極重要的角色，否則羅蘭也不會拚上性命，賭他在原本的信使遲到兩週後還會守在會面地點。

那名信使留了很短的鬍子，這是帕特拉斯常見的造型。

戴門過去在維爾王宮一窺攝政王勢不可擋的陰謀，現在再次為陰謀的龐大與複雜所震懾。他這才發現，羅蘭為了對抗攝政王，費了多少心思擬定計畫，花了多少功夫執行計畫。一想到攝政王隨時可能對阿奇洛斯出手，只有蛇蠍心腸的羅蘭能阻止他，戴門不由得膽寒。他明白自己的國家此時處境危險，他歸國時，只會使全國上下在短期內更加動盪不安。

戴門小心翼翼地走向旅社，但那棟房屋沒有動靜——至少，從外觀看來是如此。他望見一張眼熟的臉，是起了個大早的查爾斯，這名商人正朝旁邊的附屬建築走去，也許是想找馬夫談話。

「啊，大人！」查爾斯看見戴門，衝口說出。「昨晚有人來找您呢。」

「他們還在嗎？」

「他們走了。整間旅社為這件事吵得沸沸揚揚，謠言滿天飛，我聽說昨晚和您一同進來的男人是——」查爾斯壓低聲音。「——**維爾王子？**假扮成——」他又壓低聲音。「——**男**

妓的維爾王子？」

「查爾斯，我問你，來找我的人後來怎麼了？」

「他們走了之後，有兩個人回來到處問問題，應該是問到了想知道的事情，很快又騎馬離開了。那應該是一刻鐘前的事了吧。」

「他們是騎馬離開的？」戴門感覺自己的胃不斷下沉。

「是的，他們往西南方走了。大人，如果我能幫上王子殿下的忙，您盡管開口。」

西南方，也就是維爾與帕特拉斯的國境。戴門對查爾斯說：「你有沒有馬？」

漫長的夜晚才剛結束，第三場你追我趕遊戲開始了。

天色已亮，過去兩週戴門在羅蘭的帳內研究地圖，他很清楚信使會選擇哪一條山間小路——他也很清楚，在那條少有人跡的蜿蜒小路上，殺死信使會是多麼簡單的差事。追蹤信使而去的人想必也明白這點，他們會想辦法在山路上攔截他。

查爾斯的馬腳程很快，只要戴門有技巧地駕馬，在長途追逐中趕上前頭的騎士並不難，關鍵是配速：戴門不能全速衝刺，他必須讓坐騎以能持續很長一段時間的速度奔馳。除此之外，還有個前提是那兩個騎士太早衝刺，將自己的馬累壞了，或者那兩人騎的是劣等馬。倘若戴門熟悉自己的坐騎，就能依馬兒的體能調配速度，可惜他對這匹馬一無所知——但查爾斯的棗紅馬似是自己找到了最適合的速度，牠抖抖健壯的頸項，彷彿想告訴戴門，牠什麼都做得到。

一人一馬接近山區，地上的岩石越來越多，道路兩側出現巨大的花崗岩塊，宛如突出地表的骨骼。還好岩石並沒有擋道，至少城鎮附近的道路整理得很好，路上沒有可能會對馬匹造成危害的岩塊。

戴門很幸運——一開始很幸運——太陽還未到天頂，他就追上了那兩人。他很幸運，他一開始選對了路，那兩名騎士也沒有保留坐騎的體力。他們看到他時並沒有分頭或催疲憊不堪的坐騎繼續前行，而是轉身應戰，而且他們並沒有攜帶弓箭。

戴門的這匹棗紅騸馬是商人的坐騎，沒受過戰鬥相關的訓練，沒辦法不顧一切地衝向對方揮舞的利劍，於是戴門在那兩人逼近時突然轉向。那兩名騎士不是軍人，他們只不過是普通暴徒，雖然他們懂得騎馬、懂得用劍，卻不知道怎麼同時做到這兩件事。戴門實在太好運了。戴門讓第一名騎士摔下馬，那人癱在地上，沒有再起身。第二名騎士掉了兵器但沒有摔下坐騎，他雙腿一夾，策馬欲逃。

……但他失敗了。戴門駕馬擠上前，兩匹馬發生小衝撞時他勉強留在馬背上，對方卻摔下馬背。那名騎士沒有像同伴那樣倒地不起，他手忙腳亂地爬起來，試圖往鄉村的方向徒步逃走，顯然幕後之人給他的酬金太少，在實力如此懸殊的戰局下他根本沒有鬥志。

戴門可以選擇坐視不管，現在他只須趕走對方的兩匹馬，等那兩人找回坐騎，信使早就遙遙領先，有沒有人追蹤他已經不重要了（前提是他們能成功找回坐騎）。但是現在戴門手裡抓著陰謀的尾巴，他無法無視摸清全局的誘惑。

於是，他選擇繼續追趕逃走的人，為避免坐騎在凹凸不平的岩石地上失足，他下馬衝了過去。對方在岩石地上七手八腳地逃了一段時間，戴門最後在一棵長滿節瘤、枝葉稀疏的樹下追上他，男人朝戴門扔了顆石頭（戴門低頭閃過），轉身要繼續跑時卻因地上鬆動的花崗岩塊而扭到腳踝，摔倒在地。

戴門一把揪起男人。「是誰派你來的？」

男人不發一語，本來就蒼白的皮膚在恐懼的作用下變得毫無血色。戴門開始思索該如何讓他開口。

一拳落下，男人的頭歪到一旁，鮮血從破裂的嘴唇滴下來。

「是誰派你來的？」戴門重複道。

「放開我。」男人說。「你放開我，搞不好還有時間救你家王子。」

「追他的人也才兩個，他哪需要我的救助？」戴門說。「要是那兩個人和你們兩個一樣無能，那更沒有我動手的份了。」

男人露出淺淺的微笑，片刻後，他被戴門狠狠撞在樹幹上，上下排牙齒「喀」一聲相撞。

「把你知道的都給我說出來！」戴門說。

男人開始吐露陰謀時，戴門駭然發現自己一點也不幸運，他抬頭望向接近天頂的太陽，瞭望空無一物的曠野。他此時離奈松堡有整整半日馬程，而且他的馬已疲憊不堪。

我們在奈松堡等你，如果你一天後還沒回營，往後就只能自己想辦法跟上來了。戴門想起羅蘭的話。太遲了——一切都太遲了。

8

戴門丟下道盡了祕密、變得空虛而殘破的男人，他扯過馬頭，快馬加鞭地奔向營地。

他別無選擇，現在已經來不及回城鎮幫助羅蘭了，他只能專注於自己仍幫得上忙的部分。現在命懸一線的，不只有羅蘭一個人。

剛才的男人是傭兵，他的傭兵團駐紮在奈松堡附近的丘陵地，預計展開三階段的攻擊：王子在鎮上遇襲之後，王子的軍隊裡將有人發起暴動，萬一軍隊與王子成功倖存，勉強南行，他們將在丘陵地遭遇傭兵團伏擊。

從傭兵口中套出這些訊息並不容易，戴門從頭到尾有條不紊、毫不手軟地提供了說話的「動機」。

太陽已爬升至最高點，開始一吋吋下滑，若要在暴動將軍營夷為平地之前趕回去，戴門就必須離開平坦的道路，在凹凸不平的野地上縱馬直奔回奈松堡。

他毫不猶豫地一踢馬腹，讓坐騎跑上最近的山坡。

一人一馬沿著山丘破碎的邊角，瘋狂又危險地奔馳。他們太慢了，慢得令人崩潰——馬無法在崎嶇不平的地面快跑，尖銳的花崗岩突出地表，而且馬兒早已疲倦不堪，牠每邁出一步，跌倒的可能性又會增加幾許。戴門盡量讓坐騎跑在最安全的位置，必要時他乾脆放鬆韁繩，讓馬兒自行在凹凹凸凸的地上行走。

花崗岩、貧瘠的土壤與粗糙的雜草遍布四周，然而這些都不及戴門心中的不安，他只能默默將傭兵團的三重威脅揣在心頭。

整項計畫都透著攝政王的影子，雖然他本人遠在雅雷斯，卻能令王子離開他的部隊與信使，即使羅蘭救得了一方，也救不了另一方。羅蘭已證明了這點，他為了保住信使而犧牲自身安全，將唯一能保護他的戴門派了出去。

戴門試著想像自己站在羅蘭的位置，假如他是羅蘭，他會如何擺脫追蹤者，如何反制叔父？他想破了頭，卻連猜也猜不出羅蘭會有什麼打算，他實在無法預測羅蘭的行動。

羅蘭不愧是羅蘭，他倔強得令人火大，滿腦子天馬行空的想法。難道他從一開始就知道自己和軍隊會遇襲？怎麼會有如此驕傲自大的人？如果他是故意放下防備，讓敵人襲擊他……如果他在自己的遊戲中受傷……戴門咒罵一聲，專心策馬回營。

羅蘭一定還活著，他一定躲開了所有的天譴、所有的報應，他那個人是如此陰險狡詐，肯定用計逃離城鎮了。他一定和平時一樣，為自己的計謀驕傲不已。

可惡的羅蘭。昨晚四肢放鬆地坐在壁爐前，與戴門輕鬆交談的羅蘭，感覺實在太過遙遠……戴門發現那份回憶已與藍寶石耳環的閃光糾纏在一起，怎麼也分不開了，他腦中飄過羅蘭近在耳邊的低語聲、屋頂上奔跑跳躍的追逐賽，全編織成永無止盡的瘋狂夜晚。

前方的地面逐漸變平緩，戴門又一踢坐騎的側腹，逼迫精神委頓的馬兒撒腿狂奔。

接近營地時，沒有先遣騎兵前來攔阻或迎接戴門，他的心不由得加速鼓動。營地上空飄著幾縷氣味難聞的黑煙。戴門強迫身下的馬匹繼續奔馳，一路跑回軍營。

整齊的一排排帳篷毀了，支柱斷折，布幔歪歪斜斜地掛在帳篷骨架上。掃遍營區的火焰，在地上留下了黑痕。戴門看見滿身塵土、疲倦且神情嚴肅的士兵，也看到了面色蒼白的愛默里克，只見包裹青年肩膀的布條上，凝結了深色的血塊。

突圍戰已經結束，現在營地裡燒的是屍體。

戴門跳下馬背。馬站在他身旁，張著鼻孔大口喘氣，側腹劇烈起伏，頸邊的毛髮被汗水沾溼而顏色變深，在斜陽下閃著水光，突出的血管在皮膚下縱橫交錯。

其他人注意到急忙趕來的他，戴門的視線掃過最近的幾名士兵，當中卻沒有戴著毛帽的金髮王子。

就在極端的恐懼開始在戴門心中蔓生，就在他這一路上堅決否認的所有想像全湧上心頭之時，戴門終於看見他了。他走出離戴門僅六步之遙、看似大致完好的帳篷，在望見戴門的瞬間，他全身靜止了。

他並沒有將毛帽戴在頭上，那頭閃亮的金髮暴露在陽光下，他從頭到腳和昨晚出浴時、被戴門喚醒時同樣乾淨。然而現在的羅蘭又回復平時的嚴肅與冷淡，外衣的絲帶繫得一絲不苟，高傲的神情與不帶一絲寬容的藍眸，再度散發出難以相處的氣息。

「你還活著。」戴門在猛然湧上心頭的寬慰驅使下，衝口說出。他感覺快虛脫了。

「我還活著。」羅蘭說，兩人注視著彼此。「我還以為你不會回來了。」

「我回來了。」戴門說。

其他的話語，被朝他們走來的喬德打斷。

「你錯過精采刺激的部分了，」喬德說。「不過你現在回來也好，既然事情都結束了，就該打掃一下了。」

「事情還沒結束。」戴門說。

他將他得知的計畫全盤托出。

「我們不必走山路，」喬德說。「我們可以繞道，找其他南下的路。有人僱用那些傭兵來伏擊我們，可是我不覺得傭兵團會願意跟著正規軍隊深入維爾領土。」

他們坐在羅蘭的帳內議事。暴動造成的破壞仍等著喬德去處理，他聽戴門說起丘陵地的伏軍，簡直像被人重擊了一拳，只能竭力掩飾自己的驚訝與挫折，而羅蘭聽到這消息卻絲毫不動聲色。戴門頻頻逼自己移開緊盯著羅蘭的視線，壓抑心中的千百個問題：你是怎麼逃離追蹤者的？逃跑的過程順利嗎？很辛苦嗎？有沒有受傷？都沒事吧？

這些是不能問出口的問題。戴門迫使自己低頭看著鋪在桌上的地圖，現在最重要的是眼前的戰役，他一手抹臉，抹去所有的疲倦，專注於此時的討論。他說：「我覺得不要繞道比較好。我覺得應該現在——今晚——和他們開戰。」

「今晚？我們今天早上才發生暴動，晚上又馬上要去打傭兵團，太勉強了吧？」喬德說。

「我知道，相信敵人也知道，所以我們也只有今晚出擊才能出奇制勝了。」

戴門聽喬德說了軍中暴動的始末，過程雖然殘酷，但沒有他想像中的嚴重，也沒有他初回營地時看上去那麼悽慘。

事端是在上午開始，當時羅蘭還未回營，一小群士兵煽動其他人發起暴動。在戴門看來，這顯然是經過安排，煽動人心的少數人也很明顯收了幕後主使的錢。這些人利用攝政王部下恨不得與王子的人馬動手的心理，唆使那些愛煽動別人的暴徒與傭兵宣洩不滿。

若是在兩週前，他們的計畫沒有失敗的道理。

兩週前，這支軍隊還是攝政王與王子兩派激烈鬥爭的烏合之眾，還未建立起現在的默契與兄弟情誼，還未在每日竭盡全力完成超高難度訓練後，拖著身體鑽進睡袋，還未詫異地發現自己不知從何時開始不再詛咒王子，開始享受每日扎實的鍛鍊。

假如戈瓦爾仍是隊長，士兵們今天必然會亂成一團，從中分裂的軍隊開始派系相爭，人人滿懷仇怨地互相砍殺，在滿心希望部下死得一乾二淨的隊長指揮下殺得血流成河。

結果今天的暴動很快便平息下來，雖有傷亡，但戰鬥沒有持續太久。能將損失侷限到僅僅二十多人死亡，營帳與糧草兵械只有輕微受損，已經非常了不起了。

戴門想到最壞的狀況：羅蘭遇害，或者回營發現軍隊已殘破不堪，信使在路上死於非命。

羅蘭還活著，軍隊並沒有嚴重受損，信使也成功脫身了，今天可以說是他們的勝利，可惜沒有人如此認為。戴門知道他們必須讓同伴意識到自己贏了，他們必須和敵人大戰一場之後獲勝，於是他甩開腦中的睏倦，試圖表達自己的想法。

「我們的士兵有能力作戰，他們只是——只是不瞭解自己的能耐而已。我們不必被敵人的威脅追著逃進山區，我們可以站穩腳步，和敵人一戰。」他說。「對方不是軍隊，他們不過是一群傭兵，而且他們的人數應該不多，否則早就有人發現他們在丘陵地紮營了。」

「丘陵地不小，他們真的要藏也藏得住。」喬德說完，又說：「就算你說得沒錯，他們真的躲在丘陵地，派偵察兵來監視我們，那我們出動的瞬間不就被發現了？」

「所以我們才應該現在出擊，他們不覺得我們會現在攻擊他們，而且我們在夜色裡又多了一分掩護。」

喬德搖頭說：「還是避免戰鬥比較好。」

羅蘭方才默默看著他們辯論，此時用微小的動作示意他們住口。戴門發現羅蘭正以難以解讀的眼神凝視著他。

「比起用蠻力破除陷阱，」羅蘭說。「我偏好用計智取。」

聽到他決定性的發言，戴門點頭準備起身，卻因羅蘭淡然的下一句話而停下動作。

「所以，我認為我們該主動出擊。」羅蘭說。「這種行為不符合我的風格，只要是對我有任何一絲瞭解的人，都不可能料到我會在今晚進攻。」

「殿下——」喬德開口。

「夠了。」羅蘭說。「我心意已決。叫拉札爾進來，順便把胡維也叫過來，他很熟悉這附近的地形。我們這就來擬定作戰計畫。」

喬德領命去辦事，有一小段時間，帳中只剩戴門與羅蘭兩人。

「我還真沒想到你會同意。」戴門說。

羅蘭說：「我最近領悟到，有時候，直接在牆上打穿一個洞比較乾脆。」

既然已經決定出擊，眾人只能將僅剩的時間用來做準備。

羅蘭對所有士兵宣布，他們預計在天黑時出動。為了成功，他們必須加速行動，拿出前所未見的效率。這支軍隊今早挨了一拳，現在到了證明自己的時刻，他們要嘛哭著爬開，要嘛挺起胸膛回敬一拳。

羅蘭簡短的演說在振奮人心的同時也令人惱火，但無論如何，他成功激勵了眾人。營中低落的情緒與緊張的能量，全被塑造成可以使用的力量，瞄準了敵人。

戴門說得對，士兵們各個躍躍欲試，以決心取代了疲倦。戴門聽到其中一人低聲說，他們要在伏軍什麼都還沒搞清楚時，就把對方打得屁滾尿流，還有一個人發誓，他會為死去的戰友奮勇殺敵。

工作的同時，戴門也漸漸摸清暴動造成的損傷，有幾次他被同袍的回答嚇了一跳。當他問起歐爾蘭的去向時，有人簡潔明瞭地回答：「歐爾蘭死了。」

「死了？」戴門重複道。「他被叛亂者殺了嗎？」

「他就是叛亂者。」那人解釋。「王子殿下回營的時候，歐爾蘭想攻擊他，那時候愛默里克也在，是他殺了歐爾蘭。他還吃了歐爾蘭好幾劍。」

戴門想起愛默里克蒼白緊繃的臉，決定在出發前去查看那名青年的狀況，沒想到王子的部下之一告訴他，愛默里克離開營地了。戴門望向那名士兵所指的方向。

他走進樹林，看見愛默里克一隻手搭著一根扭曲的樹枝，彷彿少了樹木的支撐，他隨時會倒地不起。戴門還沒打招呼就看到喬德跟著愛默里克走進稀疏的樹林，他沒有出聲，沒有讓愛默里克或喬德知道他站在一旁。

喬德輕撫愛默里克的背。

「習慣以後，你就不會再吐了。」喬德安慰道。

「我沒事。」愛默里克說。「我真的沒事。我只是，只是從來沒殺過人而已，過一下就沒事了。」

「殺人並不容易。」喬德說。「換作是別人，心裡也會覺得不舒服。」他接著又說：「他是叛徒，要不是你殺了他，他可能會害死王子、害死你、害死我。」

「叛徒。」愛默里克語調空洞地重複。「那如果你是我，你會因為他是叛徒就殺了他嗎？他是你朋友啊。」青年的聲音變了。「他是你朋友啊。」

戴門沒聽清喬德輕柔的回答，只見愛默里克被喬德擁入懷中，他們在搖曳的枝枒下相擁良久，然後戴門看到愛默里克的手指滑入喬德髮梢，聽到他說：「吻我。求你了，我想——」戴門默默後退，保留他們的隱私。喬德抬起愛默里克的下巴，樹木的枝葉來回搖曳，形成不斷變動的簾幔，將世上其餘的人阻隔在兩人世界之外。

夜間作戰並不理想。

在黑暗中，士兵很難辨別戰友與敵人，而且地形變得無比重要。奈松堡附近的丘陵地滿是岩石與地表裂痕，戴門今天就花了數小時掃視這片土地，尋找最適合馬匹行走的路線，而且那還是在光線充足的白晝。

然而就某方面而言，黑夜中突襲也是小部隊的基本任務之一。瓦斯克山區的山民部落不時會侵擾周遭城鎮，不只維爾受害，就連帕特拉斯與阿奇洛斯的北境也不堪其擾，常有指揮官率小型軍隊進山麓丘陵掃蕩劫掠者。德爾法封臣尼坎德洛斯就花了大半時間掃蕩邊境丘陵，另一半時間則用來請求國王資助他，他堅稱侵擾德爾法的瓦斯克劫掠者拿的其實是維爾的資金與物資。

戴門要執行的計畫並不複雜。

他們不知道傭兵團駐紮在何處，但他們也不打算將成敗託付給機率，這次將由戴門率五十人擔任誘餌，誘敵出巢。他們將隨馬車行動，假裝是一整支軍隊試圖在夜色的掩護下逃往南方。

待敵人攻來，他們將作勢撤退，將傭兵團引誘至羅蘭與其餘人馬所在之處，屆時戴門與羅蘭的兩支隊伍將困住傭兵團，一舉制伏他們。計畫再簡單不過。

有些士兵擁有這種戰鬥經驗，眾人也多少懂得如何在夜間執行任務，他們駐紮在奈松堡的這段期間，不時會在夜裡被叫醒，在黑暗中操練。這是羅蘭軍隊的優勢，如果能在敵軍理解狀況、整頓隊伍前出奇制勝，那就再好不過了。

可惜他們沒時間派出偵察兵，而且全軍只有胡維一人瞭解附近丘陵地的地形，這是他們從一開始就不得不面對的難題。戴門一行人帶著馬車前進，發出足以引起對方偵察兵注意的微弱聲響。同時他們周遭的地形漸漸改變，花崗岩山崖在一側升起，道路逐漸化為山路，右方是陡峭的石壁，左方是越來越陡的斜坡。

這和胡維粗略描述的地形不同，戴門開始隱隱擔憂，他再次抬頭望向右側的石崖，發現自己的精神越來越不集中。他意識到自己已經連續兩晚未眠，只能用力搖頭，勉強保持清醒。

這地方不適合埋伏——至少，不適合他們準備應付的那種埋伏。上方沒有大批弓箭手能藏身的地方，敵軍不可能騎馬衝下山崖，對方也不可能從下方來襲，那根本是自殺。情況不太對勁。

戴門用力拉緊轠繩，他開始意識到地形的危險。

「**停！**」他命眾人勒馬。「我們得盡快離開這條路，馬車就放著別管了，所有人往樹林移動。快！」他看見拉札爾眼中閃過不解，在那令人窒息的瞬間，他害怕其他人無視他的命令，怕眾人因為他是奴隸而不顧羅蘭暫時賦予他的權力，選擇抗命。幸好戴門的命令傳了下去，拉札爾率先行動，其他士兵也紛紛效仿，走在最後的士兵調轉馬頭，接著是走在中間的人，最後才是走在最前頭的士兵。**太慢了。**戴門和其餘人從擋在路中間的馬車旁擠過去時，他心想。

片刻後，他們聽見不祥的聲響。

那並不是箭矢破空的「嘶」聲，也不是長劍出鞘的金屬聲，而是隱隱傳來的隆隆聲響。

戴門很熟悉這種聲音，他從小住在伊奧斯的雪白高崖上，崖上岩石偶爾會崩裂，落在下方的海中。

那是落石的聲音。

「**快跑！**」有人大喊。五十人隊伍化作一條不住扭動、掙扎，由人與馬形成的巨龍，奮力奔向樹林。

衝在最前頭的人剛抵達樹林，隆隆聲響便化為巨吼，岩石崩裂、碰撞，足以撞碎崖壁的花崗岩塊發出如雷巨響，迴盪在山壁間。比起越滾越近，迫使眾人快馬加鞭的巨石，震耳欲聾的聲響似乎令馬匹更加驚慌。整片崖壁似乎都為之鬆動、融成液態，形成岩石雨及岩石浪。

眾人驅馬狂奔入樹林，一些士兵看見落石砸在剛才行經的路面，堵在他們與馬車之間，卻如戴門所料，沒有滾到這片樹林來。

塵埃逐漸落定，眾人邊咳嗽邊安撫馬匹，踩穩馬鐙。他們環顧四周，發現士兵一個都沒少，而且落石雖擋在部隊與馬車之間，卻沒有擋住通往羅蘭與其餘士兵所在處的路。若不是戴門及時下令，他們想必已被落石困住，無法與羅蘭會合了。

戴門一踢馬腹，騎馬回到道路邊緣，命令眾人朝王子所在的位置出發。

這一段路他們騎得很趕，每個人、每匹馬都氣喘如牛，抵達遙遠的黑色樹林時，他們剛好看見一眾黑影離開樹林，攻擊王子的隊伍。敵軍的奇襲本該將羅蘭的隊伍一分為二，沒想到戴門等五十人半路殺出來，毀了敵軍的陣形，也擾亂了他們的衝勢。

然後，眾人陷入你死我活的大混戰。

在刀林劍雨中，戴門看到敵軍果然是傭兵團，他們在第一波奇襲後隊形就衝散了，進攻策略也被打亂了。他不知敵軍如此混亂是否源自於不得不倉促集合，不過敵方見戴門等人急急趕到場，確實十分驚訝。

己方人馬成功守住陣列、保持紀律。戴門親自衝鋒，他看見喬德與拉札爾與他一同衝刺，瞥見面無血色的愛默里克毅然決然地參戰，展現出操練時為跟上同伴而將自己逼到極限的毅力。

敵人紛紛撤退，不然就是被砍殺。戴門一劍解決一名試圖用刀刺殺他的傭兵，拔劍時他看見右邊一名傭兵被人精準地一劍殺死。

「怎麼我們變成誘餌了？」羅蘭說。

「計畫趕不上變化。」戴門回答。

猛烈的近身戰鬥又持續片刻，他忽然感覺到情勢轉變，知道是己方獲勝了。「聽口令，列隊。」喬德令道。傭兵大多戰死了，也有一些人原地投降。

結束了。眾人站在山腰上，意識到自己獲勝了。

羅蘭的士兵縱聲歡呼，就連向來對戰事十分講究的戴門，考慮到軍隊的素質與今夜的戰鬥條件，也對結果感到滿意。他們做得很好了。

士兵們列隊、點過人數後，發現這一戰只有兩人喪命，剩下也就只有刀劍傷。眾人愉悅地說，這樣帕司查才不會閒著沒事做。勝利的滋味讓他們歡欣鼓舞，即使知道自己接下來得從岩石堆裡挖出物資，想辦法紮營，他們也沒有表現出任何不愉快。與戴門同行的五十人更是無比驕傲，他們用力拍著彼此的背，向其他人加油添醋地描述他們逃離落石的經過。眾人回到崖底開始挖掘被落石掩埋的馬車時，一致誇讚戴門等人的應變速度。

所有馬車中，只有一輛完全損毀，這輛載的也不是糧食或難喝的葡萄酒，士兵們見了又忍不住放聲歡呼。這回，眾人轉而用力拍著戴門的背，在他們眼中，戴門成了急中生智，救下半數人與全部葡萄酒的英雄。他們以超高效率紮營，戴門眺望一排排整齊的帳篷，不禁露出笑容。

當然，他們不能光慶祝與放鬆，還必須清點物資、修繕馬車、派出先遣騎兵，以及指派哨兵。但現在營火熊熊燃燒，大家將劣質葡萄酒傳來傳去，氣氛歡愉。

剛完成一項工作，準備著手做下一件事的戴門，望見羅蘭與喬德在營地另一頭交談。羅蘭對喬德交代幾句，喬德離開後，戴門走了過去。

「你怎麼不去慶祝？」戴門問。

他靠著羅蘭身旁的一棵樹，充分感覺到自己沉重的四肢，士兵們歡慶勝利的聲音飄過來，想必是醉了——喝了太多劣質葡萄酒、太久沒休息，還有沉浸在打了勝仗的狂喜之中，醉了。再過不久，黎明即將再次到來。

「我很少看到叔父失算。」片刻的沉默後，羅蘭開口。

「是因為他遠在雅雷斯，沒辦法就近掌控情勢吧。」戴門說。

「是因為你。」羅蘭說道。

「什麼？」

「他不曉得該怎麼預測你的行動。」羅蘭說。「我在雅雷斯對你做了那些事，他還以為你會變成——變成第二個戈瓦爾，和他的部下一樣，和今晚襲擊我們的傭兵一樣，隨時準備造反。在他的想像中，你今晚應該帶頭攻擊我才對。」

羅蘭平靜卻帶著審視的目光掃過軍隊，最後落在戴門身上。

「結果你救了我一命，救了我好幾次。你幫我訓練了這批烏合之眾，讓他們蛻變成今天的戰士，你今晚甚至幫我拿下了第一場勝仗。我叔父應該作夢都沒想過你會對我這麼有用，否則他不可能讓你隨我遠征。」

戴門在羅蘭眼中、在羅蘭的言語之間，聽到自己不願回答的問題。

他說：「我該去幫忙修東西了。」

他背部用力，離開那棵樹站直時，感受到一陣詭異的暈眩，一種近似靈魂出竅的奇異感覺。他詫異地發現羅蘭抓著他的手臂，阻止他離開，他低頭盯著羅蘭的手，在那奇妙的瞬間，他想到這是羅蘭第一次觸碰他——不對，這當然不是羅蘭第一次觸碰他。羅蘭抓著戴門的手臂，這個動作比輕輕擦過指尖的唇、比打在臉上的手、比狹窄空間中緊貼的軀體，都來得親密。

「別管那些了，」羅蘭輕聲說。「去休息吧。」

「我沒事。」戴門說。

「這是命令。」羅蘭說。

戴門沒事，但他除了依言照做外別無選擇。他倒在奴隸專用的睡墊上，在漫長的兩天兩夜過後首次闔上雙眼，不容抗拒的沉重睡意將他向下拖，穿過胸中奇妙的陌生情感，墜入虛無。

9

「所以咧？」戴門聽見拉札爾問喬德。「給貴族吸你的屌是什麼感覺？」

這是奈松堡丘陵一戰的隔夜，眾人在檢查物資與人員損傷、修復損壞的馬車後，騎馬南行了一整天。現在戴門和幾名士兵癱坐在營火前，享受短暫的空閒時間，剛才拉札爾看見愛默里克走過來坐在喬德身旁，於是大聲問道。愛默里克毫不避讓地對上拉札爾的視線。

「感覺超棒。」愛默里克說。

說得好。戴門心想。喬德的唇角微微上揚，但他沒有說話，只舉杯飲酒。

「那給王子吸你的屌是什麼感覺？」被愛默里克這麼一問，戴門發現所有人都緊盯著自己。

「我沒幹過他。」戴門刻意使用粗俗的措詞。自從他加入羅蘭的軍隊，這句話他已經重複不下百次了，他這次說得非常堅定，希望能結束這個話題，但當然毫無效果。

「那張嘴，」拉札爾說。「我好想插那張嘴啊。你們想想看，他用那張嘴命令我們做這做那，等到一天結束，你就可以讓他乖乖閉嘴，那不是超爽的？」

喬德嗤之以鼻。「我猜他光是看你一眼，就能把你嚇尿。」

羅薛爾表示同意。「對啊，如果是我，我也站不起來。哪有人看到黑豹張開嘴，會笨到把屌塞進去？」

眾人一致同意，卻又開始為另一個問題爭論不休：「如果他真的性冷感，都不跟別人上床，那也不好玩。他那種冷血處男，幹起來無聊得很。」

「你一定沒幹過冷血處男。我告訴你，表面上像冰塊的那種人啊，在你插進去以後馬上就會變得比火還要熱。」

「你是他身邊最資深的侍衛，」愛默里克對喬德說。「他真的從來沒有過情人嗎？追求他的人應該不少吧？你都沒聽那些人說過什麼嗎？」

「你想聽宮廷八卦？」喬德語帶笑意地問。

「我是今年年初才北上，那之前我一直住在浮泰茵。我們那邊什麼消息都聽不到，只知道哪裡又有劫掠者出沒、哪裡的牆又要修繕、我那三個哥哥生了幾個小孩。」拐彎抹角地說了這麼多，愛默里克真正要表達的是，他想聽宮廷八卦。

「是有很多人追求他，」喬德說。「可是沒有一個人成功把他拐上床過。那些追求者為了和他上床真的是費盡了心思，你們可能覺得他現在長得漂亮，我還記得他十五歲的時候，那真的是絕色啊——比尼凱絲好看兩倍，智力是那小子的十倍。每個人都想方設法誘惑他，如果有人成功，應該會拿這件事到處炫耀，而不是保持沉默。」

拉札爾不信地哼了一聲，不過聲音裡不帶惡意。「快告訴我們，」他對戴門說。「你跟他，到底是誰在上面？」

「他們沒上過床啦。」羅薛爾說。「戴門以前在澡堂對王子毛手毛腳，就被鞭得死去活來了，王子怎麼可能跟他打炮？對不對啊，戴門？」

「對。」戴門說完就站起身，逕自離開營火。

奈松堡丘陵一戰過後，部隊到達顛峰狀態，馬車修好了、帕司查包紮好受傷的人，羅蘭也沒有被落石砸死。更重要的是，昨晚歡快的氣氛一直延續到今日，士兵們在逆境中學會團結，就連愛默里克與拉札爾，也在一番糾結後學會好好相處。

沒有人提起歐爾蘭，即使是和他交情甚篤的喬德與羅薛爾也隻字不提。

棋子已經布置完畢，軍隊將完好無缺地抵達邊境，到時會有更多敵人來襲，他們必須打一場規模更大、更血腥的戰役。最後羅蘭也許會死，也許會活下來，總之屆時已完成使命的戴門將越過國境，回歸阿奇洛斯。

這是羅蘭對他的要求。

戴門在營地外圍停下腳步，背靠一棵扭曲的樹木而立，他在這裡能眺望整片營地。他看見羅蘭點了燈、掛了旗幟的營帳，遠遠看上去就像顆石榴，內在比寶石還華美精緻。

今早，戴門模模糊糊地醒來時，聽到隱含笑意的慵懶聲音說：「早啊。我不用你服侍。」然後又聽到那人說：「穿上衣服，去找喬德報到。等馬車全數修好之後，我們就出發。」

「早安。」戴門坐起來抹了抹臉，只說得出這兩個字。他發現自己呆呆地盯著羅蘭，羅蘭已經穿上皮革馬裝了。

羅蘭揚眉說：「從睡墊到帳篷門口有足足五步距離，需要我抱你出去嗎？」

戴門收回思緒，感受背後結實的樹幹。夜晚清涼的空氣，乘載著營地的種種聲響飄送過來，有修繕馬車與器械的敲打聲、有士兵的低語聲，有馬匹踩踏地面的馬蹄聲。眾人昨晚面對共同敵人，產生了屬於兄弟與戰友的情誼，戴門現在產生同樣的感覺（或類似的感覺）也是理所當然，畢竟他陪羅蘭玩了一個晚上的追逐遊戲、且和他並肩抗敵。這是一股醉人的情感，但戴門不能陷進去，他的主人不是羅蘭，效忠的對象也不是羅蘭。他必須為阿奇洛斯而戰，那是屬於他的戰爭、屬於他的國家、屬於他的奮戰。

第一名信使在隔日早上抵達營區，解開了至少一道謎。

離開王宮後，羅蘭經常接見與派出信使，有些人捎來地方貴族的信箋，邀羅蘭至他們的領地作客或補充糧草軍備。今早羅蘭剛派人快馬回奈松艾羅伊歸還查爾斯的馬，並將羅蘭的賞金與謝語帶給那名商人。

然而現在乘馬來到營地的信使卻與眾不同。此人身著皮革裝束，這不是制服，也沒有任何一位貴族的家徽，來者騎著一匹外貌普通的良馬，而且最令人驚訝的，是厚重的斗篷帽揭開時暴露在眾人視線下的面容——竟然是女人。

「帶她去我的帳篷。」羅蘭令道。「監護人就由奴隸來當。」

監護人。那名女人年約四十，一張臉長得像懸崖峭壁，且看上去對羅蘭毫無性愛方面的想法。不過在維爾人眼裡，私生子女——以及產生私生子女的行為——是絕對的禁忌，禮教甚至不允許羅蘭在無人陪同的情況下私會女性。

進了營帳，女人向羅蘭行禮，並獻上裹著布的禮品。羅蘭點頭示意戴門接過包裹，將它放在桌上。

「起來吧。」羅蘭用瓦斯克的一種方言對女人說。

他們毫無障礙地交談片刻，戴門盡量仔細聽，耳朵自動挑出他聽得懂的幾個單字：安全、通過、族長。戴門能用女帝的官方瓦斯克語與人交談，但羅蘭和女信使說的是韋瓦索方言，而且是方言中的山區俚語，戴門對此一竅不通。

「你可以打開來看看。」女人離開後，羅蘭對戴門說。布包裹靜靜躺在桌上，令人好奇。

戴門攤開包裹時一張羊皮紙掉了出來，他讀過紙上的文字：紀念您在薮店度過的美好早晨。下次若需喬裝出行，也許有幸能再度派上用場。

他好奇地揭開第二層布，只見裡頭是更多布料：一件絲滑如水的華麗藍裙，而且還十分眼熟。戴門上次看到時，它還袒胸露乳地穿在一位金髮美人身上。當時她幾乎爬上了戴門的大腿，他用雙手觸碰過這身織繡華美的布料。

「你又回妓院了？」戴門說完，意會到「再度」這兩個字暗指了什麼。「你該不會是**變裝成**——？」

羅蘭靠坐在椅子上，冷淡的藍眸沒有回答戴門的問題。「那是個非常有趣的早晨，我叔父不喜歡她們，所以我平時很少有機會和她們相處。」

「『她們』是指妓女？」戴門問。

「女人。」羅蘭糾正道。

戴門說：「那你叔父要怎麼和瓦斯克帝國交涉？」

「他都派凡妮絲當我方的代表。他需要凡妮絲，可是每次不得不用凡妮絲都讓他咬牙切齒，凡妮絲也深知這點。」羅蘭回答。

「才過兩天而已，」戴門說。「你沒死的消息應該還沒傳回他耳裡。」

「那還不是他的最後殺招。」羅蘭說。「等我們抵達邊境，棋局才到尾聲。」

「你知道他打算怎麼對付你？」戴門問道。

「我知道若換作是我，我會怎麼對付自己。」羅蘭說。

四周的風景開始改變。

山丘上零零星星的小鎮與村莊出現不同的風貌，低矮的屋頂、長形房屋等建築風格，顯然受了瓦斯克文化影響。戴門從沒想過維爾與瓦斯克的貿易對邊境會造成這麼大的影響。喬德告訴他，現在是夏季，兩國之間的貿易較為興盛，到了冬季跨國貿易的商人就少多了。

「瓦斯克邊境的丘陵地也有很多山民部落，」喬德說。「有些人會和他們貿易，不過有時會直接搶走他們要的東西。走這條路的人，通常會有護衛同行。」

日間逐漸升溫，夜晚也越來越炎熱。眾人穩定南行，現在他們的列隊整整齊齊，走在前頭的騎士能有效率地清空道路，將偶爾遇上的運貨馬車領至路邊，讓大隊人馬先行。此處距亞奎塔僅兩天路程，當地居民得知王子過境，有時會一臉喜悅地夾道歡迎，在戴門看來這表示這些人一點也不瞭解羅蘭。

戴門等到喬德身邊無人時走上前，在營火前一根挖空了的圓木上坐下。

「你真的在王子衛隊待了五年？」戴門開口問。

「是啊。」喬德回答。

「所以你和歐爾蘭也有五年交情了？」

沉默片刻後，喬德說：「不只。」戴門本以為他不會說下去，孰料喬德又說：「這種事以前也發生過——王子發現王子衛隊裡有他叔父的耳目，就直接把人趕出去。有些人把錢財看得比忠誠更重，我原本以為自己已經看透這件事了。」

「抱歉，讓你想起不好的回憶了。我可以想像，當叛徒是你的——你的朋友，你心中一定不好過吧。」

「我還記得有一次他想用對練當藉口殺了你。」喬德說。「他大概覺得先把你除掉，他再去刺殺王子就少一層阻礙了吧。」

「喔，難怪。這事我之前一直想不明白。」戴門說。

兩人又沉默半晌。

「我想，在那一晚之前，我一直沒意識到這是場殺戮遊戲。」喬德說。「部隊裡應該有一大半的人都沒想過自己真的得上戰場殺人吧。他不一樣，他從一開始就很清楚，我們一定會弄髒雙手。」喬德用下巴示意羅蘭的營帳。

他說得沒錯，戴門也望向羅蘭的帳篷。

「他很少說出自己的想法，你別放在心上。」

「我不怪他，我也只想在他手下戰鬥。他應該是世界上少數幾個能治治攝政王的人了。就算他做不到——現在攝政王惹毛我了，我很樂意站在王子這邊戰死。」喬德說。

隔晚，又一名瓦斯克女人乘馬來到營地，但她並不是來送衣服的。

羅蘭列了張清單，要戴門從載貨馬車挑出幾件特定的物品，用布裹起來放入那名女人的鞍袋。戴門依照羅蘭的指示，找了三只雕琢華麗的銀製酒碗、裝滿香料的小箱、幾匹絲絹、一組女人首飾，以及雕刻得十分精緻的髮梳。

「給她這些做什麼？」

「這是禮物。」羅蘭說。

「比起禮物，我覺得更像賄賂。」過了半晌，戴門才皺著眉頭說。

阿奇洛斯與瓦斯克的山民部落素來不睦，不過戴門知道維爾和那些人的關係比較好，甚至好過帕特拉斯與瓦斯克各部落的交情。照尼坎德洛斯的說法，維爾刻意透過繁複的賄賂與資助系統，維持他們與山民部落的聯盟，而瓦斯克人收了維爾的錢財，自然會配合維爾的要求燒殺擄掠。戴門注視著送給那名女信使的包裹，心想維爾應該就是用這種方式收買那些山民部落的吧。若攝政王和羅蘭一樣，送禮時出手闊綽，那要求劫掠者騷擾尼坎德洛斯一輩子都不成問題。

戴門看著女信使收下價值不斐的銀器與珠寶首飾，在她與羅蘭的對話中，又重複了「安全」、「通過」與「族長」幾個詞彙。

戴門這才明白，之前那名女信使的任務，也不光是送衣服給羅蘭。

到了隔天晚上，羅蘭與戴門獨自在帳內時，羅蘭忽然開口：「我們漸漸接近邊境了，我想，用你的語言來議事會比較安全，比較……隱密。」

他小心翼翼地咬字，用阿奇洛斯語說出這句話。

戴門愣愣地盯著他，感覺世界顛倒過來了。

「怎麼？」羅蘭說。

「你的口音很有趣。」戴門的唇角忍不住微微上揚。

羅蘭瞇起雙眼。

「你是說，『以免隔牆有耳』，對吧。」戴門這麼說，主要是想看看羅蘭懂不懂阿奇洛斯語的「隔牆有耳」。

羅蘭平靜地回答：「對。」

於是，兩人開始用阿奇洛斯語交談。羅蘭懂的軍事術語不多，只能由戴門教他。戴門也發現羅蘭的單字庫包括許多優美詞句與惡毒的髒話，卻無法用阿奇洛斯語和人深入討論正經議題，當然，戴門對此一點也不驚訝。

在談話過程中，戴門不得不時時提醒自己忍笑。他自己也不懂，看著羅蘭試圖用阿奇洛斯語和他溝通究竟哪裡好笑。羅蘭說話時確實帶著維爾腔調，子音在他的口中變得含糊不清，特定的音節被加重，語句多了一種難以言明的節奏感。戴門熟悉的語言在羅蘭口中染上了異國色彩，染上了維爾的奢華。不過羅蘭使用阿奇洛斯語的態度，像是有潔癖的人用拇指與食指拈起骯髒的帕巾，精準、明確的用字遣詞與發音讓字句稍微少了些雍容華貴。

對戴門而言，能夠自由用母語與人交談，簡直如釋重負，他之前根本沒發現自己默默承受了多少壓力。羅蘭結束談話時，帳外已夜幕低垂，他推開半滿的水杯，伸了個懶腰。

「今晚到此為止，你來服侍我。」

這句話在戴門腦中不斷迴響，他緩緩起身，總覺得自己若服從阿奇洛斯語道出的命令，就更像個奴隸了。

羅蘭背對著他，他將熟悉的畫面收入眼底：挺直的肩膀、背脊與窄腰。幫羅蘭脫下盔甲與外衣已是例行公事，戴門早就習慣了。他踏上前，兩手放上羅蘭肩胛之間的布料。

「拖拖拉拉的做什麼？幫我寬衣。」羅蘭說。

「寬衣而已，不必用到阿奇洛斯語吧？」戴門說。

「你不喜歡？」羅蘭說。

戴門當然不可能如實回答。他們還沒換回維爾語，但他聽得出羅蘭發現他不自在，語調隨即多了一絲危險的興致。

「也許是我學得不夠道地。」羅蘭說。「阿奇洛斯人通常怎麼使喚暖床奴隸？你教我。」

戴門的手指忙著解開絲帶，外衣下的白色布料露出來時，他停下動作。「教你怎麼使喚暖床奴隸？」

「上次在奈松，你說你用過奴隸。」羅蘭說。「你不覺得應該教我怎麼對奴隸下令嗎？」

戴門強迫手指繼續工作。「既然你是主人，那你想怎麼使喚奴隸就怎麼使喚，沒有人管得著。」

「這可不符合我蓄奴的經驗。」

「我希望你把我當個普通男人看待。」戴門聽到字句脫口而出，他的手還沒離開羅蘭，羅蘭便轉身面對他。

「解開前面的絲帶。」羅蘭說。

戴門聽話地解開絲帶，然後踏上前幫羅蘭脫下外衣，雙手滑到外衣之下。兩人之間只剩最親密的空間，他感覺自己的語氣變了。「但是，如果你寧可——」

「後退。」羅蘭說。

戴門倒退一步。此時羅蘭身上只剩襯衣，優雅、自制與危險的本性顯露無遺。

兩人互相凝視。

「沒有其他吩咐的話，」戴門聽見自己的聲音響起。「我去給火盆多拿一些煤炭回來。」

「去吧。」羅蘭說。

早晨來臨，天空呈明豔的鮮藍，炎炎陽光灑在營地上。所有人穿上馬裝準備上路，至少他們穿的是皮革而不是盔甲，否則到正午大家早就烤熟了。戴門抱著馬具和拉札爾討論今日的路線，遠遠望見營地另一頭的羅蘭，只見羅蘭跨上馬背，上身挺直，一隻戴了手套的手握著韁繩。

昨晚，戴門為火盆補充煤炭，也完成其他工作後，便到附近的小溪洗澡。小溪兩岸都是碎石，溪水乾淨清澈，流速適中，靠近溪流中央的部分較深。儘管天色昏暗，還是有兩名僕人在洗衣服，在炎熱的夏季，布料晾到早上就乾了。夜晚的空氣相當溫暖，相較之下溪水冷得令人精神一振。戴門將整顆頭埋進水面，讓水流過胸膛與肩背，接著洗刷身體後上岸，兩手抹乾溼透的頭髮。

站在他身旁的拉札爾仍然說個不停：「我們距離亞奎塔大概還有一天路程，喬德說這是我們到拉芬奈之前的最後一站，你知道——」

羅蘭的外貌標緻、精明能幹，而戴門是個男人，他和其他男人差不多，既然部隊裡有一半的人想將羅蘭壓在身下，戴門產生這種慾望也再正常不過。他可以像之前在旅社時一樣，堅決否定自己的生理反應——換作是別人，即使知道那顆戴著耳環的腦袋揣著什麼樣的心思，也會受到假扮成寵奴、幾乎坐到自己腿上的羅蘭吸引。

「好啦，我相信你了。」他聽到拉札爾的說話聲。

戴門都忘了一旁還站著拉札爾，過了漫長的一瞬他才從羅蘭身上移開視線，轉頭看向拉札爾。拉札爾盯著他，扭著嘴角露出微笑，那是個故作正經，同時又盡在不言中的笑容。

「相信什麼？」戴門問。

「我相信你真的沒有幹過他。」拉札爾說。

10

「歡迎來到我的老家。」羅蘭的冷淡語氣中藏了一絲諷刺。

戴門斜睨他一眼，然後視線掃過亞奎塔老舊的外牆。

那塊封地沒有部屬軍隊，也沒有戰略上的重要性。攝政王沒收羅蘭其他幾塊封地那天，羅蘭在眾位大臣面前如此描述亞奎塔。

亞奎塔城堡老舊且規模不大，一座村莊緊貼著內城底部，但其實這座「村莊」也不過是一小群簡陋的石屋。這裡沒有農耕用地，即使到附近狩獵也只找得到岩羚羊。這種動物見人就跑，隨隨便便就能跳上馬匹難以接近的高處。

儘管如此，戴門接近城堡時發現它維護得不錯，營房整理得很乾淨，內部庭院也同樣一絲不苟，而且在城堡工作的僕人已經備好糧草、兵械與修復馬車的器材。戴門環顧四周，看出這是經過計畫與安排的事前準備，城堡裡的物資並非來自亞奎塔附近的區域，而是為羅蘭一眾人專程從遠處運來的。

城堡管理人是個名叫亞爾努的老人，眾人一來到城堡，他就自動自發地使喚僕役、安排停放馬車的區域，還有指揮所有士兵。看見羅蘭時，他皺紋滿布的臉露出笑意，目光落在戴門身上時，皺紋又皺了回去。

「我記得你說過，就算你叔父想沒收亞奎塔，他也做不到。」戴門對羅蘭說。「為什麼？」

「這個區域的統治權是獨立出來的。這其實很可笑，畢竟在地圖上亞奎塔也就是一個不起眼的小點，但這表示我同時有維爾王子和亞奎塔親王的身分，而且亞奎塔有自己的一套法，我不用年滿二十一就能即位。這是我的領地，我叔父沒辦法從我手上搶走亞奎塔。」羅蘭解釋道。他接著說：「他倒是可以派兵入侵亞奎塔。」他想了想，又說：「他的人馬可以在樓梯間和亞爾努搏鬥。」

「亞爾努看到我們要在這裡過夜，好像心情很複雜。」戴門說。

「我們今晚不會在這裡過夜。天黑後，你完成平時的工作後就到馬廄和我會合，這件事別讓其他人知道。」羅蘭用阿奇洛斯語說。

戴門完成所有工作時，天已經黑了。平時負責顧馬車與糧草軍備的人今晚不用值班，羅蘭也允許其他士兵放鬆享受，眾人開了酒桶，營房滿是笑鬧聲。馬廄附近沒有人站哨，往東方的路也無人看守。

戴門在亞奎塔堡裡拐了個彎，聽到談話聲，他想到羅蘭的囑咐，決定留在原地而不是上前打招呼。

「我覺得還是睡在營房比較好。」喬德說。

他看見喬德被一臉堅持的愛默里克牽著走，想到自己即將在貴族的臥房過夜，喬德神色尷尬，與愛默里克嘗試罵粗話的表情很像。

「你會這麼說，是因為你沒睡過王家城堡的房間。」愛默里克說。「我保證，這絕對比睡袋和旅社那種凹凸不平的床墊好睡。而且——」他壓低聲音湊到喬德耳邊，但戴門還是聽到他說：「我想在床上被你幹。」

喬德說：「那你過來。」

喬德扶著愛默里克後腦杓，慢慢給他一個長吻。愛默里克柔順地配合喬德，他摟著喬德的頸項，平時惹人火大的行為都不知所蹤，看樣子喬德能引出他最好的一面。

他們和僕人、和營房裡的士兵一樣，無暇注意戴門與羅蘭的去向。全亞奎塔的人都無暇注意戴門與羅蘭的去向。

戴門悄悄溜走，前往馬廄。

有了上次慘痛的教訓，這次他們離開營地的計畫比較周全，行動也更加謹慎。戴門想到要離開部隊仍感到不安，但他別無他法。他來到安靜的馬廄，在馬匹的低鳴與乾草窸窣聲中找到羅蘭，羅蘭在等待的期間已為自己和戴門的坐騎上了馬具，和戴門會合後他們立刻上馬東行。

今晚很溫暖，蟬聲在黑暗中迴響。兩人離開亞奎塔的種種聲響與燈火，駕馬馳騁在夜空之下，這次與上次在奈松艾羅伊一樣，即使在黑暗中前進，羅蘭也沒有迷失方向。

他們來到某座山的山腳下，周圍盡是岩石裂谷。羅蘭勒馬停下。

「你看，還真有比亞奎塔更破爛的地方。」羅蘭說。

此處看上去像座高聳的堡壘，然而月光從破舊的拱門上灑下來，照在高低不一的牆上，有些地方的牆壁甚至崩毀、消失了。這幢一度宏偉的建築已成廢墟，只剩布滿青苔與藤蔓的斷垣殘壁，年代顯然比亞奎塔久遠，應該是在羅蘭的家族與戴門的家族掌權前，過往的某位君王所建造的城堡。地上長了夜間開花的植物，白色的五瓣花朵才剛綻華，釋放著芬芳。

羅蘭跳下馬背，領著坐騎走到一塊古老的石牆旁，將馬繫在突出的岩石上。戴門依樣畫葫蘆，然後跟隨羅蘭穿過一道石拱門。

這座廢墟令他惴惴不安，它提醒了戴門，王國能輕易從興盛邁向衰亡。

「我們來這裡做什麼？」

羅蘭踩著鮮花走出幾步，靠著一面幾乎完全坍倒的石牆而立。

「我小時候常和哥哥來這裡。」羅蘭說。

戴門全身一僵，一股寒意油然而生，但下一刻傳來的馬蹄聲迫使他迅速轉身，長劍霍然出鞘。

「急什麼，這些是我要見的人。」羅蘭說。

來者，是一群女人。

隊伍之中也有少少幾個男人。一行人七嘴八舌地交談，由於語速太快，戴門無法聽清他們用瓦斯克的山區方言說了什麼。

有人取走戴門的劍，以及他掛在腰帶上的小刀，戴門對此非常不滿，極度不滿。也許因為他是王子，羅蘭的武器並沒有被取走。戴門環顧四周，發現那些瓦斯克人之中只有女人佩帶武器。

然後，羅蘭說出令戴門更不舒服的話：「他們不准任何人知道營地的確切位置，所以我們必須蒙上眼睛。」

蒙上眼睛？戴門還來不及消化這句話，就看見羅蘭轉向離他最近的女人，任那個女人將布條繞過他的雙眼綁在腦後。戴門愣愣看著他們，羅蘭的眼睛被遮住後，反而襯托出臉上其他部位的美：下顎乾淨俐落的線條、落在臉畔的淺色細髮，還有讓戴門移不開視線的唇線。

片刻後，有人將布條安在戴門眼前，用力綁緊，奪走了他的光明。

那群男男女女領著他們徒步前行，瓦斯克人帶著戴門與羅蘭直截了當地前進，與戴門在雅雷斯王宮被蒙眼時不同，當時那些領路的守衛刻意帶他繞道蛇行。走了大約半個鐘頭，他們聽見低沉而穩定的鼓聲，鼓聲越來越響。

比起防止外人得知營地位址，蒙眼反而更像表示服從的儀式，因為對戴門這種受過軍事訓練的人，還有羅蘭這種善於計算的人而言，走回廢墟或從廢墟再次回到營地都不是難事。

有人取下戴門的蒙眼布，他放眼望去，只見營地裡有數頂長形皮革帳篷，還有兩處火堆。有一些人在營火周圍走動、舞動，還有鼓手忙著將鼓聲傳到夜晚的山谷中，在戴門眼裡，這些人非常活躍，甚至有些狂野。

戴門轉向羅蘭。「我們今晚該不會要在這裡過夜吧？」

「如此才能表現出信任與誠意。」羅蘭說。「你對他們的習俗和文化有幾分認識？等等若是有人給你食物或酒水，你都得接受。現在站在你旁邊的女人叫卡薛兒，今晚她負責招呼你；臺上的女人叫哈爾韋克，等會你要記得對她下跪，然後坐在地上。別跟著我上臺。」

戴門不同意羅蘭的說法，他們已經獨自前來，被人蒙住眼睛，武器也被取走了，難道還不夠有誠意嗎？哈爾韋克所在的平臺在營火前，那是個鋪了獸皮的木製平臺，同時充當王座與床鋪。哈爾韋克坐在臺上看著羅蘭與戴門走近，那雙黑眼讓戴門聯想到亞爾努。

羅蘭泰然自若地走上臺，慵懶地半癱坐在哈爾韋克身邊。

反觀戴門，他被人推得跪倒在地，片刻後又被人拉到木臺旁邊，有人推著他席地而坐。營火周圍堆了一些獸皮，戴門便坐在獸皮上，卡薛兒也在他身旁坐下，將一個杯子遞給他。

儘管心中煩悶，戴門還記得羅蘭的叮囑，他謹慎地將杯子舉到唇邊。杯中飲料呈乳白色，帶有酒精的火辣，他光是淺嚐一口就覺得一股熱火沿著食道流入腹中，再鑽入四肢百骸。

他看到臺上的羅蘭揮手婉拒同樣的一杯飲料，彷彿剛才囑咐戴門的話一點也不重要。果然，羅蘭怎麼可能喝酒？他像名妓一樣，周遭擺滿了奢侈品，自己卻過著禁慾者的生活。戴門實在想不透，怎麼會有人以為他們上過床？只要是認識羅蘭的人，就知道那根本是痴人說夢。

戴門舉杯，一飲而盡。

兩個人在場中為訪客表演摔角，獲勝的女人實力很強，她熟練地制伏了對手。戴門覺得這算是場精采演出。

三杯飲料下肚後，戴門喜歡上那又烈又令人精神振奮的味道。

他發現幫他斟飲料的卡薛兒也越看越順眼，她和羅蘭年歲相仿，成熟的軀體楚楚動人，一雙溫暖的棕色眼眸不時隔著長長的睫毛凝視戴門。她的黑色長髮編成了辮子，垂在胸前，髮梢躺在圓潤的胸脯上。

來這裡其實也不錯，戴門心想。這個部落民風純樸，女人絲毫不做作，食物簡單卻又豐盛美味，有好吃的麵包與插在火上炙烤的鮮肉。

羅蘭與哈爾韋克正熱烈交談，兩人一來一往，似乎在討價還價。哈爾韋克的眼神堅定不移，羅蘭以藍眸中的淡漠回敬，戴門覺得自己在看兩顆岩石協商。

他不再關注木臺，轉而享受自己與卡薛兒的無聲對話，他們眉目傳情，視線久久停留在對方身上。卡薛兒從戴門手中取過杯子時，兩人的手指交扣。

卡薛兒起身走到木臺上，在哈爾韋克耳邊低語。

哈爾韋克向後一靠，目光落到戴門身上，她對羅蘭說了幾句，羅蘭跟著轉向戴門。

「哈爾韋克很有禮貌地問你，你願不願意為她的女孩們服務。」羅蘭用維爾語告訴他。

「什麼服務？」

「部落的傳統服務。」羅蘭說。「這是瓦斯克女人會要求最高位的男人提供的服務。」

「我是奴隸，最高位的應該是你吧。」

「這和身分階級沒有關係。」

這時，哈爾韋克突然開口，帶著濃濃的口音用維爾語解釋道：「他比你瘦小，又像妓女一樣油嘴滑舌，生不出強大的女人。」

羅蘭似是完全不介意哈爾韋克對他的評價。「我們家似乎都生不出女兒。」

戴門看著卡薛兒走回來，聽見另一處營火傳來的低沉鼓聲。

「這是——這是你的命令嗎？」

「你還需要命令？」羅蘭說。「如果你不會，我可以指導你。」

卡薛兒在戴門身邊坐下，她注視著他，絲毫不掩飾自己熱切的眼神。她的上衣不知何時微微鬆開，滑到一邊肩膀下，只剩豐滿的雙乳撐著布料，胸部隨著呼吸起伏。

「吻她。」羅蘭說。

戴門不需要羅蘭指導他，他用深長的一吻證明了這點。卡薛兒發出順從的甜美聲音，指尖已順著方才雙眼走過的路線滑過去，戴門的手也從下方滑入她的衣衫，握住她的盈盈纖腰。

「幫我跟哈爾韋克說，和她族裡的女孩共寢，是我的榮耀。」戴門退開時，用充滿慾望的低沉嗓音說。他的拇指輕輕擦過卡薛兒嘴唇，她探出舌頭淺嚐戴門的味道，兩人滿懷期望、呼吸急促地注視著彼此。

「果然公羊騎母羊群的時候，心情最愉悅。」他聽到哈爾韋克用維爾語對羅蘭說。「走，我們把交合火留給他們，去別地方商量吧。等他結束後，自然會有人帶他去找你。」

戴門隱隱意識到羅蘭與哈爾韋克離開木臺，也注意到其他男男女女來到火堆前的獸皮堆，但這些很快就被他對卡薛兒的慾望吞沒了，兩人的身體迅速結合在一起。

第一次，他們做得很火熱。卡薛兒年紀輕，而且面貌與身材都十分吸引人，她強烈的慾望與戴門不相上下，在拉扯戴門的衣服時，她忍不住笑出聲來。戴門已經很久沒這樣毫無顧忌地與人以肢體和快感交流了。他第一次接觸維爾服裝時笨手笨腳的，但卡薛兒的手指比較靈巧，不然就是她比較積極——她非常積極。臨近令人顫抖的高潮時，她翻身騎到到戴門身上，低頭讓不知何時散開的黑髮垂落，隨著她的動作形成晃動的簾幔。

第二次，柔若無骨的卡薛兒顯得更加可人，也更願意讓戴門探索她的身體。她在戴門的愛撫下情慾高漲，雙眼迷離、嬌喘連連地任他擺布，戴門最喜歡這樣的她了。

結束後，卡薛兒氣喘吁吁地躺在獸皮墊上，戴門單手撐起上身臥在她身側，滿意地看著她癱軟的嬌軀。

也許乳白色飲料摻了什麼東西，戴門已經高潮兩次，卻還沒有感到困乏。他正在自得意滿，心想瓦斯克女人並不如世人想像中有耐力時，一名年輕女人走過來調侃卡薛兒，然後不顧戴門驚愕的神情，逕自投入他的懷抱。卡薛兒坐起身，擺出觀眾的姿態，說了幾句像是鼓勵的話。

然後，就在戴門開始面對新的挑戰，鼓聲迴蕩在他耳邊之時，他感覺到又有人貼上他的背。戴門這才發現，他身邊多了不只一個女孩。

衣服太麻煩了，他怎麼也沒辦法繫好綁帶，試了幾次以後他決定放棄上衣，現在光是提著褲腰就耗盡了他的心神。

戴門找到羅蘭所在的帳篷時，羅蘭已經睡了，不過他在門簾被推開時眨了眨鑲著金色睫毛的雙眼，抬眼望向入口。望見戴門時，他單手撐起上半身，睜大了眼睛緩緩眨眼。

然後，他摀著嘴無聲發笑。

戴門說：「別笑了，你要是害我跟著笑，我就站不住了。」

戴門瞇眼盯著羅蘭旁邊的另一堆毛皮，努力讓搖曳不定的身體走過去，直直倒在獸皮堆上，他感覺自己完成了艱巨的任務。戴門翻身仰躺，止不住臉上的笑容。

「哈爾韋克族裡的女孩可多了。」他說。

這句話說出口，完全傳達了戴門此時的感受：性慾得到了滿足、身心疲憊，卻又十分愉悅。他身下的獸皮很溫暖，心情舒暢的他感到昏昏欲睡，距夢鄉僅幾步之遙。

他說：「你還笑。」

轉頭看過去，只見羅蘭單手撐著頭側躺，閃閃發亮的藍眼注視著他。

「我還真是長見識了，你平時和六七個人對練也不會流汗，今晚竟然落得這副德性。」

「我現在完全沒力氣對練了。」

「我看得出來，我准你明早休息。」

「唉呀，你人真好。我起不來了，現在就讓我躺著吧，還是你有什麼別的吩咐？」

「喔，你怎麼知道？」羅蘭說。「和我上床。」

戴門哀號一聲，終於在用獸皮蓋住頭的前一秒笑了出來。他聽到羅蘭輕笑出聲，那是他進入夢鄉前聽見的最後一道聲音。

他們在黎明時分騎馬回營，一路上風景宜人，戴門感到身心舒暢。天上不見半朵雲，剛升起的太陽已經閃亮明媚，今天將會是美好的一天。戴門的心情很好，和羅蘭默默騎馬也不感到尷尬，所以兩人並肩而行，快抵達亞奎塔時，他才想到要問羅蘭：「你們協商得怎麼樣了？」

「我們交了不少新朋友。」

「你應該多跟瓦斯克人打交道。」

他愉悅的心情在這句話中表露無遺。羅蘭沉默半晌，才猶豫地問：「跟女人上床，感覺和跟男人上床不一樣嗎？」

「對啊。」戴門說。

跟每個人上床的感覺都不一樣，但他並沒有將這件理所當然的事說出口。他本以為羅蘭會追問下去，但羅蘭繼續毫不害臊地注視著他、端詳他，沒有說話。

戴門說：「你會好奇嗎？這是你們維爾的禁忌吧？」

「是禁忌沒錯。」羅蘭說。

兩人又沉默半晌。

「有人說私生子會給家族帶來厄運、讓牛奶腐壞、讓作物枯萎、讓太陽從天上掉下來，但這都和我無關，我只和血統純正的人鬥爭。」羅蘭說。「我們回去以後，你還是洗個澡比較好。」

戴門完全同意最後一句話，一回到亞奎塔他就準備去沐浴。兩人從一條隱密的窄道回到羅蘭的臥房，通道狹窄到戴門不得不用力縮緊小腹才擠得出去，當他推開羅蘭的房門來到走廊上時，發現愛默里克就站在他面前。

愛默里克愣住了，他盯著戴門，又看向羅蘭的房門，視線又回到戴門身上。戴門發現自己仍滿臉喜色，在旁人看來，他像是花了一整晚與人交歡後從密道爬回來。這也離事實不遠。

「我們敲過門，可是都沒人回應。」愛默里克說。「喬德派人去找你們了。」

「有什麼事情延遲了嗎？」羅蘭也走到門口，問愛默里克。

羅蘭從頭到腳散發冷淡、潔淨的氣息，他與戴門不同，每一根髮絲都梳理得一絲不苟，看上去神清氣爽，昨晚似乎一夜好眠。愛默里克直勾勾地盯著他看。

然後，他收回分散的注意力，對羅蘭說：「消息是一小時前傳來的，我國邊境遭到攻擊了。」

11

初次望見拉芬奈堡的人，必定會為之震懾，眾人騎馬穿過城門時，戴門充分感受到這座堡壘的雄偉與壯闊。若說城堡對陌生人不友善，它對一再逃避守衛邊境之職，在叔父幾番催促下才勉為其難地來到這裡的王子，更是毫無歡迎之意。一眾大臣聚集在城堡大庭院的平臺上迎接羅蘭，但每個人的臉都比岩石外牆還要僵硬冰冷。對於戴門這個阿奇洛斯人，大臣們更是公開展露敵意，當他隨著羅蘭踏上平臺，大臣們潮湧般的憤怒與恨意幾乎化為實質。

戴門未曾想過自己這輩子有踏進拉芬奈堡的一天，沒想過自己騎馬上前時高大的升降門會為他上升，巨大的木門會為他開啟，允許他走入城堡地界。他父親希歐米狄斯曾告訴他，他們不能小覷維爾的堡壘要塞。當年希歐米狄斯率軍北伐，到瑪拉斯便不再前進，當時他若堅持攻打拉芬奈、繼續北進，將耗損大量的資源圍城，代價如此高、耗時如此久的征戰，只會使諸侯收回對戰爭與王室的支持，甚至動搖整個王國。

希歐米狄斯做了明智的選擇，沒有攻打維爾南境的兩大軍事重鎮——浮泰茵與拉芬奈。

維爾邊境這兩座重要的軍事基地，迫使阿奇洛斯邊境區域維持一定程度的警戒，駐守當地的軍隊人數眾多、軍備精良。結果兩國疆界的堡壘時時處緊張狀態，太多軍人聚集在一處卻甚少打仗。

阿奇洛斯與維爾沒有正式開戰，但也不存在真正的和平。每當邊境發生小規模劫掠事件或小衝突，兩方皆全盤否認己方有出兵，情勢也越來越緊張。兩國之間沒有正式的挑戰賽或決鬥，能讓雙方在有明確規則、有觀眾、有點心酒飲的場合，帶著笑容互相廝殺。

只要是稍微精明 些的統治者，就會派經驗老道的外交使臣來邊境，而不是派羅蘭過來。羅蘭就像戶外筵席中突然出現的黃蜂，惹得所有人心浮氣躁。

「臣等早在兩週前便在此恭候殿下大駕，但據說您很享受奈松的旅社，臣等也為殿下感到高興。」圖瓦思勛爵說。「希望您滯留拉芬奈這段期間，臣等能為您準備同樣有趣的消遣活動。」

圖瓦思勛爵是拉芬奈的領主，他擁有軍人的體魄，一道疤痕從眼角延伸至唇邊，說話時目不斜視地盯著羅蘭。圖瓦思的長子希維寧站在他身旁，這名矮胖、蒼白的九歲男孩也學父親的模樣，冷冷地注視著羅蘭。

站在領主父子身後的貴族們動也不動，戴門感覺到他們沉重且飽含敵意的視線緊鎖在他身上。在城堡庭院迎接羅蘭等人的貴族全是邊境住民，他們與阿奇洛斯征戰了一輩子，每個人心頭都壓著戴門今早接獲的消息：一座名叫布麗托的村莊在阿奇洛斯的襲擊下毀於一旦。空氣中瀰漫著濃濃的火藥味。

「我來這裡不是為了消遣，是來聽你們報告今早我國村莊受阿奇洛斯侵襲的事。」羅蘭說。「叫你的隊長與參謀在大廳集合。」

一般情況下，客人會小憩片刻、換下馬裝，不過圖瓦思勛爵用手勢表示同意，聚集在臺上的大臣紛紛移向室內。戴門正準備同其他士兵離去，卻驚訝地聽到羅蘭簡短的命令：「不，你隨我進去。」

戴門再次抬眼望向拉芬奈堡堅不可摧的高牆，現在可不是羅蘭一意孤行的時候。他們走到大廳門口，一名身著制服的僕人來到他們面前，淺淺鞠躬後說：「王子殿下，圖瓦思勛爵希望這個阿奇洛斯奴隸待在大廳外。」

「我希望他進去。」羅蘭說完便逕自走進大廳，戴門別無選擇，只能硬著頭皮跟上去。

換成是別的王子、別的城鎮或別的時機，王子光臨城堡周圍的小鎮時，小鎮通常會遊行歡迎，領主也會命人準備各式各樣的餘興節目與接連數日的盛宴。然而，羅蘭帶隊騎進拉芬奈時，街上沒有盛大的遊行，倒是有不少人跑上街頭，伸長了脖子遙望王子那顆燦金色的腦袋。若平民原先對羅蘭懷有一絲反感，也在他們瞥見羅蘭本尊的瞬間消失無蹤，取而代之的是狂熱的崇拜，和羅蘭騎馬走在雅雷斯與其他城鎮街頭引起的反應無異。只要站在六十步之遙，不會受他那惡毒天性殘害的地方，任誰都會對這位金光閃閃的王子心生愛慕。

從踏進城堡到現在，戴門一直留意著拉芬奈的防禦工事，現在他將壯觀的大廳收入眼底：這是個易守難攻的廣大空間，雙開門足足有兩層樓高，即使要召集整座城堡的士兵與居民來發配任務，空間也綽綽有餘，士兵們領命後也能迅速前往城牆上的各個崗位。倘若城堡外牆失守，士兵也能退到大廳，堅守大門。戴門估計整座城堡內有兩千名士兵，與之相比，羅蘭手上區區一百七十五名騎兵猶如滄海一粟，如果拉芬奈是陷阱，他們就死定了。

又一個人走上前擋道，這人穿了連著披風的肩甲，披風的布料品質高昂，顯然是貴族的飾物。這名男人開口說：「殿下，相信您也明白，阿奇洛斯狗不配和真男人共處一室。」

「我的奴隸莫非讓你感到不自在了？」羅蘭說。「這我明白，畢竟只有真男人才應付得了他。」

「我知道怎麼應付阿奇洛斯狗，我們從不邀他們進門。」

「這個阿奇洛斯人是侍奉我的奴僕。」羅蘭說。「隊長，讓開。」

對方默默退開，讓羅蘭在長形木桌的主位坐下，圖瓦思勛爵則坐在他的右首。戴門聽過其中一些人的名號，剛才那名穿著肩甲與披風的男人是恩果蘭，他是圖瓦思勛爵手下的指揮官，長桌邊還有策士荷斯陶。今天，就連年僅九歲的希維寧也坐在桌邊，加入會議。

沒有人為戴門準備座位，於是他站在羅蘭左後方，看著一個男人走進大廳。這個人他看過很多次，但這是他首次站著面對那人，之前幾次他都被五花大綁或受到鍊條拘束。

來者是維爾先前派至阿奇洛斯的使臣，是維爾議會的議員，同時也是浮泰茵的領主、愛默里克的父親。

「桂恩議員。」羅蘭說。

桂恩並沒有向羅蘭打招呼，他的視線掃過戴門，貌似完全無意隱藏臉上的疏遠。

「您怎會將野獸帶到會議桌邊？您叔父指派的隊長呢？」

「我用劍刺穿了他的肩膀，命人剝光他的衣服，將他趕出軍隊了。」羅蘭答道。

桂恩議員無言以對，片刻後又說：「您叔父知情嗎？」

「你是說，他知不知道我閹了他養的狗？他當然知情。議員，我們現在應該無暇閒聊吧？」

沉默越拖越長，最後恩果蘭隊長簡潔有力地說：「殿下說得是。」

眾人開始討論阿奇洛斯人攻打維爾村莊的事件。

戴門今早在亞奎塔，和羅蘭一起聽了初步的報告：阿奇洛斯人毀了維爾境內的一座村莊。他很氣，但他氣的不是這個，他之所以火大，是因為這是阿奇洛斯人的反擊——前一天，阿奇洛斯境內的一座村莊才遭邊境劫掠者掃蕩。

當時，已習慣對羅蘭懷有怒意的戴門勉強保持冷靜地提問：你叔父付錢讓劫掠者攻擊阿奇洛斯的村莊。「對。」死了很多阿奇洛斯人。「對。」你早就知道會發生這種事？「對。」

他還記得羅蘭平靜的話語：「你也知道我叔父想挑起邊境的衝突，不然你以為他會怎麼做？」問答結束後，戴門只得無奈地上馬，出發前往拉芬奈。一路上他死死盯著羅蘭金色的後腦勺，不過再怎麼氣憤，他也不能名正言順地怪罪羅蘭。

他們在亞奎塔接獲的初步報告，並沒有提及阿奇洛斯軍反擊的規模與尺度，到現在戴門才得知全貌。反擊行動於黎明展開，而且對方並沒有喬裝或掩飾，派出的也不是一小群劫掠者，而是全副武裝的阿奇洛斯軍隊，他們宣稱自己攻擊布麗托是為了替受襲的阿奇洛斯村莊報仇。待朝陽升起，布麗托死了數百人，其中包括雅德利克與夏榮兩位小貴族，他們特地帶著自己的侍從，從一英里外的營地趕去援救村民。阿奇洛斯軍放火燒村，殺了牲畜，殺了男人、女人，甚至殺了孩童。

眾人討論一番後，羅蘭忽然說：「之前有阿奇洛斯村莊受襲？」戴門驚訝地看向他。

「確實有，但規模沒這麼大，襲擊村莊的也不是我們這邊的人。」

「那是誰做的？」

「要嘛是劫掠者，要嘛是山區部落，誰知道呢？反正那些阿奇洛斯狗巴不得找藉口來鬧事。」

「所以你們沒有嘗試找出攻擊阿奇洛斯村莊的始作俑者？」羅蘭又問。

圖瓦思勛爵說：「若是找到這個人，我一定會和他握握手，感謝他殺死阿奇洛斯狗。」

羅蘭仰頭靠著椅背，目光掃向圖瓦思的兒子。

「他對你也這麼寬容嗎？」羅蘭問希維寧。

「沒有。」希維寧不經思索就說，說完才感覺到父親漆黑的眼睛緊盯著自己，整張臉脹得通紅。

「王子殿下說笑了。」桂恩議員看著戴門說。「阿奇洛斯人犯錯時，殿下似乎不喜歡責怪他們。」

「巢窩被踢翻的蜜蜂嗡嗡亂叫，我該責怪牠們嗎？」羅蘭說。「我倒想知道，是誰想看我被蜜蜂螫。」

大廳又是一片沉默，圖瓦思勛爵冰冷的視線看向戴門，又回到羅蘭身上。「我們不能在阿奇洛斯狗面前討論軍事機密，請殿下讓他出去。」

「我尊重勛爵的意思。你出去吧。」羅蘭頭也不回地命令。

羅蘭硬是帶戴門進來，已經充分展現出自己的權威了，現在他在其他維爾人面前展現自己對戴門的控制，對他比較有利。戴門告訴自己，這場會議也許會引爆戰爭——也可能阻止戰爭爆發，而戰爭將左右阿奇洛斯的命運。他鞠了個躬，聽話地走出大廳。

到了戶外，戴門沿著城堡內牆繞了一圈，試圖甩脫維爾政治角鬥那蛛網般黏膩的噁心感覺。

圖瓦思勛爵想出兵，桂恩議員甚至毫不忌諱地顯露出主戰立場，一想到自己國家的命運落在羅蘭手中——落在羅蘭嘴裡——戴門就感到惴惴不安。

戴門也明白，這些邊境貴族是最大力擁護攝政王的一群人，他們與攝政王是同一世代的維爾人，過去六年收了攝政王不少好處。而且這些人的領地位處邊疆，若年輕不懂事的王子即位，他們有可能失去握在手心的一切。

戴門邊走邊打量堡壘的高牆，他看得出拉芬奈軍的隊長有條不紊地布置了守衛，哨兵的站位十分妥當，防衛措施做得井井有條。

「喂，你來這裡幹什麼？」

「我是王子衛隊裡的人，王子命令我回營房。」

「營房不在這邊。」

戴門故意揚起眉毛，瞪大眼睛，指向一個方向。「這邊不是西方嗎？」

那名士兵說：「**那邊**才是西方。」他對旁邊另一名士兵打了個手勢。「你帶這個人回王子衛隊待的營房。」下一秒，一隻手緊緊抓住戴門上臂。

士兵帶他走到營房門口，一路上視線從未離開他，最後他被拉到負責站哨的胡維面前。

「別再讓他亂跑了。」

胡維咧嘴一笑。「迷路啦？」

「是啊。」

胡維又笑嘻嘻地問：「累到沒辦法專心看路了？」

「又沒有人告訴我要怎麼走。」

「原來如此。」他咧嘴一笑。

從早上開始，愛默里克逢人便說戴門與羅蘭的八卦，現在戴門還得面對同袍的調侃，走到哪都有人用力拍他的背或露齒燦笑。至於羅蘭，他受到全新的矚目，在士兵心中的形象又更上一層樓，所有人認為自己原先對羅蘭的各種猜想都錯了，顯然在床上他管這名野人奴隸管得很嚴。

戴門無視眾人的注目禮，現在可不是聊八卦的時候。

見戴門這麼快回來，喬德一臉驚訝。他說帕司查那邊需要人手，既然王子今晚應該會關在大廳裡開會，敲醒那些冥頑不靈的邊境貴族，沒有人比戴門更適合去幫帕司查一把了。

早在踏進長形房間以前，戴門就該意識到這是什麼樣的一份工作。

「喬德派你來的？」帕司查說。「他也懂諷刺啊。」

「還是我去叫別人來。」戴門說。

「不必了，我正需要一個手臂強壯的人。幫我燒水。」

戴門將燒開的水帶到帕司查面前，帕司查正忙著將被砍傷的人從鬼門關救回來。

戴門緊閉著嘴，專心完成帕司查指定的任務。一名傷者的衣服被拉開，戴門看見那人肩膀的傷口——太接近脖頸的傷口——那是斜斜向下的砍劈，是阿奇洛斯軍人針對維爾鎧甲設計的攻擊招式。

帕司查一面工作一面說：「有人認出雅德利克隊伍中的幾個倖存者，把他們帶回來了，這些人都不是貴族子弟。他們被人用擔架抬回來，碰碰撞撞地走了好幾英里，好不容易來到拉芬奈，結果呢？你也看到了，拉芬奈的醫師根本沒有好好照護他們。至於不是軍人的平民，就幾乎沒受到治療。把那把刀拿過來。你的心志夠堅強吧？來，這樣按住他。」

戴門看過醫師工作，對軍隊的指揮官而言，探視傷者是家常便飯。他也有一些基本的急救知識，以免自己哪天受傷後與部下失散。對小時候的他來說，與部下失散會是場刺激的大冒險，不過小時候的他根本沒機會用上急救知識。今晚，戴門首次幫醫師打下手，竭力保住傷者的性命，他必須投入全身、全心，不能休息。

有一兩次，他的目光落在房間另一頭，那裡光線昏暗，有一張蓋著布的擔架。數小時後，有人推開門簾綁在一旁，一批人走進房間。

三個男人和一個女人走進來，他們都是平民。剛才揭開門簾的人領著他們來到擔架前，女人重重坐了下來，喉頭發出低鳴。

她是個僕人，看她的前臂與帽子樣式，應該是洗衣女。女人的年紀很輕，戴門猜擔架上的人不是她丈夫就是家人，也許是表親、堂親或兄弟。

帕司查小聲對戴門說：「回去找隊長報到。」

「那這裡就交給你了。」戴門點頭說。

雙眼泛淚的女人猛然回頭，顯然是聽出了他的口音。戴門的外觀像阿奇洛斯人，尤其是阿奇洛斯的南方人，但在維爾與阿奇洛斯邊境這並不突出，是口音暴露了他的身分。

「這裡怎麼會有阿奇洛斯狗？」女人說。

帕司查對戴門說：「還不快走。」但為時已晚。

「是你——是你們阿奇洛斯狗幹的。」女人不理會朝她走去的帕司查，大步走向戴門。

場面變得很難看。女人年輕力壯，身體因日復一日的挑水與敲打布料而強壯結實，戴門不得不抓住她的雙手手腕，費好一番功夫才推開她，過程中不慎撞倒帕司查的工作桌。與她一同進房的兩名男人好不容易拉著她退開時，戴門抬手撫過自己被抓傷的臉頰，指尖沾了血跡。

女人被兩個男人拉出去之後，帕司查默默整理被撞亂的器具。過了半晌那兩名男人又回到房間，抬起擺放屍體的擔架，其中一人走到戴門面前時停下腳步，視線平穩地凝視著他，然後在他腳邊吐一口唾沫。他們抬著屍體離開。

戴門的嘴裡發苦。他清楚記得瑪拉斯決戰前，維爾派使者來到阿奇洛斯的軍帳，那名使者在戴門父親的腳邊吐了口唾沫，神情與剛才那人一模一樣。

戴門看著帕司查。維爾人對阿奇洛斯人的看法，他再清楚不過了。

「他們恨我們。」

「不然呢？」帕司查問。「他們經常受到阿奇洛斯人侵擾，而且六年前他們才被阿奇洛斯軍趕出家鄉與祖傳田地，他們看到家人朋友遇害，看到孩子被抓去當奴隸，能不恨你們嗎？」

「維爾人也殺了阿奇洛斯人啊。」戴門反駁道。「我們的優安德洛斯王在位時，維爾搶了德爾法，這片土地自然該回歸阿奇洛斯。」

「它確實回歸了阿奇洛斯。」帕司查說。「至少，現在是如此。」

羅蘭冷淡的藍眸沒有透露任何與會議相關的內容，戴門甚至找不到一絲倦意。羅蘭看上去不像是剛花了四個鐘頭議事，他的外衣仍一絲不苟地穿在身上，馬靴也穿在腳上。他端詳戴門。

「匯報。」

「我走到西側就被人帶回來了，沒有繞城堡走完一圈，不過看樣子拉芬奈有一千五百到一千七百人，應該和平時駐紮在這裡守衛城堡的人數差不多。倉庫都備了不少物資，但還有一些空間。除了派出去的先遣騎兵和今早開始的雙倍守衛以外，我沒看到準備發動戰爭的跡象，他們事前應該不知道布麗托會受襲。」

「我觀察大廳開會的人，得到了相同的結論。圖瓦思勛爵雖然好戰，表現與言論卻不像是事前知道要作戰。」

戴門說：「所以邊境這幾個領主沒有幫你叔父挑起戰爭？」

「至少圖瓦思勛爵沒有。」羅蘭說。「我們明天動身去布麗托。我爭取到了兩三天，貴族們不想乾等，但我叔父的指令至少也得等兩三日才能送過來，圖瓦思勛爵不想等也得等，不然就必須獨力向阿奇洛斯宣戰。」

兩三天。

戰爭即將到來。遠在天邊，卻又近在眼前。戴門深吸一口氣。他將在雙方兵馬聚集在國境兩邊之前回到阿奇洛斯，為阿奇洛斯奮戰，他看著羅蘭，試著想像自己和他在戰場上相遇。

戴門之前被捲入隨行軍中打造紀律與完成任務的氛圍，深受羅蘭堅定的意志力與險中求活的能力觸動，但現在這不是城鎮中的追逐遊戲，也不是撲克牌賭局。現在，維爾最有權有勢的貴族已經舉起戰旗。

「那我們明天就去布麗托。」戴門說。

他開始準備就寢，沒有再看羅蘭一眼。

最先抵達布麗托的，並不是羅蘭與戴門。

圖瓦思勛爵派了一支隊伍來保護生還者與倖存的資產，並幫忙掩埋或火化屍體，以免滋生疾病或吸引食腐動物。

這支隊伍人數不多，但工作時不遺餘力，一一檢查了穀倉、小屋與附屬建築，將找得到的幾個倖存者送到醫師的帳篷。空氣中飄著木材與乾草燃燒的沉重焦味，地上的餘火已經撲滅，埋屍體的大坑也挖了一半。

戴門的視線掃過空無一人的小屋、插在屍身上的斷矛、一片狼藉的戶外聚餐會場、傾倒在地上的酒杯。村民顯然沒有乖乖受死，有些死去的維爾人手裡仍緊緊握著鋤頭、石頭、剪刀，或平民百姓短時間內找得到的簡單武器。

羅蘭的部下到場後開始埋頭工作，他們不發一語以示尊重，清掃的動作有條不紊，處理孩童屍體時動作變得輕柔了一些。他們似乎忘了戴門的身分，給了他相同的工作，和他並肩勞作，然而戴門感覺自己光是站在此處便玷汙了死者，感到尷尬不已。戴門看見拉札爾用斗篷覆蓋一具女屍，做了個南方人慣用的道別手勢，戴門突然發自內心感覺到，這座未受到保護的村莊是如此無助。

他告訴自己，阿奇洛斯人不過是以牙還牙——他甚至能理解事發原因與經過。阿奇洛斯境內的村莊遇襲，阿奇洛斯自然必須反擊，但維爾邊境的要塞難以攻破，當年就連獲得諸侯支持的希歐米狄斯也不願攻打拉芬奈。阿奇洛斯軍不能攻擊維爾的堡壘，但一小批軍人或許能從堡壘之間越過國界，找到維爾境內一座未受保護的村莊，將村莊付之一炬。

羅蘭走過來，站在戴門身旁。

「我們找到倖存者了。」羅蘭說。「你去審問他們。」

戴門想到奮力掙扎、扭動，恨不得將他撕成碎片的洗衣女。「還是派別人去比較——」

「是阿奇洛斯方的倖存者。」羅蘭說。

戴門吸了一口氣，心中萬般不願。

他小心翼翼地說：「如果維爾人對阿奇洛斯的村落發動這種攻擊，被抓到的維爾人必死無疑。」

「他們過不久就會被處決了。」羅蘭說。「你去問出阿奇洛斯村莊受襲的細節。」

戴門本以為阿奇洛斯方的倖存者會被五花大綁，沒想到他並沒有被綁在床上，戴門走近一看，發現這名阿奇洛斯俘虜已經不需要被束縛了。戴門站在陰暗小屋裡一張睡墊旁，傾聽阿奇洛斯同胞痛苦的呼吸聲，有人稍微包紮了他腹部的傷口，但他已經回天乏術。

戴門在睡墊旁坐下。

他不認識這個人，這個男人有一頭深棕色頭髮、深棕色眼眸與長長的睫毛。他的頭髮被汗水沾溼而凌亂，額頭上滿是汗珠。男人睜著眼睛看戴門。

戴門用阿奇洛斯語說：「能說話嗎？」

男人呼吸時胸口呼嚕呼嚕作響。「你是阿奇洛斯人。」

戴門仔細一看，才發現男人雖沾了滿身血汙，卻相當年輕，只有十九或二十歲。

「我是阿奇洛斯人。」戴門回答。

「我們……把村子搶回來了？」

這是戴門的同胞，他已奄奄一息，戴門不能對他說謊。「我是維爾王子的人。」

「你怎麼有臉面對自己的先祖。」男人憤恨地用盡所剩無幾的力量，擠出這一句。

戴門靜靜等男人的痛苦稍微緩下來，等他的呼吸恢復一開始沉重的節奏，然後說：「你們攻擊這座村莊，是因為有阿奇洛斯村莊受襲？」

男人奮力呼吸，吸氣、吐氣。「是你那個維爾王子叫你來問我的嗎？」

「是。」

「你告訴他……他那個懦夫派人來攻擊阿奇洛斯，沒什麼了不起的。我們殺的人比較多。」他說得無比驕傲。

怒火如潮湧襲來，但憤怒沒有用，所以戴門沉默半晌，死死盯著這名瀕死的男人。

「是哪一座村莊受襲？」

男人呼出苦笑般的一口氣，闔上雙眼，戴門以為他不願再說了，但男人開口回答：「塔拉希斯。」

「攻擊塔拉希斯的，是山民部落嗎？」那座村莊位於山麓丘陵之中。

「一定是拿了維爾的錢。」

「他們是從山上來的？」

「你主人關心這個幹嘛？」

「他想阻止那個下令攻打塔拉希斯的人。」

「他是這樣告訴你的嗎？別傻了，他是維爾人，他一定會……利用你……利用你完成他自己的目標……利用你從你自己的同胞口中套話。」

男人越說越喘不過氣。戴門的目光掃過那張憔悴的臉、那頭汗溼的鬈髮，改用不一樣的語氣問：「你叫什麼名字？」

「納奧斯。」

「納奧斯，你是麥卡頓的部下嗎？」納奧斯的皮帶上有眼熟的刻痕。「麥卡頓有時連希歐米狄斯王的話也不聽，但他向來忠於阿奇洛斯人民。他這次違反卡斯托和維爾的盟約，想必是真心想為塔拉希斯討回公道吧。」

「卡斯托。」納奧斯重複道。「他才不是什麼國王。戴門諾斯……才應該當國王，他殺了維爾的王子，他知道維爾人都是騙子。他死都不可能……像卡斯托一樣……跟維爾人卿卿我我。」

「你說得對。」戴門沉默半晌，對納奧斯說。「好吧，納奧斯，我告訴你，維爾已經在整兵了。你不是很希望兩國開戰嗎？戰爭很快就會開始了。」

「要打就來啊……維爾人都是懦夫，他們躲在城堡裡……不敢面對面打仗……等他們出來……我們就砍死他們……給他們好看。」

戴門沉默不語，想著這座只剩死寂的村莊。他坐在納奧斯身旁，等青年艱苦的呼吸聲完全消失，他才站起身走出小屋，穿過村莊，回到維爾軍的營地。

12

戴門平鋪直敘地轉述納奧斯說的話，沒有絲毫加油添醋。羅蘭聽完，語調平板地說：「不幸的是，一個阿奇洛斯死人的證詞沒有任何份量。」

「你還沒派我去審問他，就知道他會說什麼了。劫掠者來自山麓丘陵地帶，有人算準了你要來的時間發動攻擊，把你引出拉芬奈。」

羅蘭若有所思地凝視著戴門，過了半晌他才說：「對，陷阱即將閉合，我們能做的都已經做了。」

羅蘭的營帳外，士兵們仍在清掃村落。戴門準備前去幫馬匹上鞍具，路上遇到了愛默里克，他用力拖著對他而言太重的帳篷布幔。戴門看著青年疲憊的面龐與沾滿塵土的衣服，出身貴族世家的愛默里克本該坐享榮華富貴，不知他現在有什麼感想？戴門第一次想到，加入羅蘭的軍隊，與自己的父親作對，不知是什麼感覺？

「你要出營？」愛默里克看著戴門提在手上的包袱問道。「要去哪？」

「就算我告訴你，」戴門告訴他。「你也不會信。」

若要暗中在丘陵地尋找突擊部隊的蹤跡，人再多也派不上用場，你只會因馬蹄聲或盔甲反光而暴露自己的位置。真正的關鍵，是速度、潛行與對地形的熟悉程度。

羅蘭執意在奈松艾羅伊獨自行動時，戴門勸他三思。**你一離開軍隊，就是你叔父除掉你的好機會，這你不可能不知道吧？**他當時這麼說。這回，羅蘭計畫穿行邊境守備最嚴密的區域之一，戴門卻沒有爭辯。

他們會沿著一條路騎馬南行一整天，尋找軍隊駐紮的痕跡，若找不到，他們會嘗試與當地的部落會合。他們總共有兩天的時間。

上馬一小時後，兩人與羅蘭的軍隊相隔數英里，羅蘭突然拉住一邊轡繩，繞著戴門的馬轉了一圈。他似乎在等待什麼事情發生，一直緊盯著戴門。

「怎麼，你覺得我會把你賣給最靠近的阿奇洛斯軍隊？」戴門問。

羅蘭說：「我很擅長騎術，你要抓到我可不容易。」

戴門估量他們兩匹馬之間的距離，其實也不過三個馬身，即使羅蘭搶先奔逃也不見得能逃出多遠。他們的馬開始互相繞圈。

戴門已有心理準備，羅蘭猛踢馬腹的瞬間他也追了上去，地面模糊地閃過，兩匹馬奔馳了一段路。

戴門與羅蘭無法維持這樣的高速，他們只各自帶了一匹馬，而且他們開始下坡時前方有樹木與樹叢擋道，不得不策馬繞過障礙物，根本無法加速。兩人慢了下來，在疏林中找到鋪滿落葉的小徑，高掛在空中的午後斜陽灑下暖光，光線從上方的枝椏間透下來，地上落葉灑上斑駁金輝。戴門從未與另一人兩人騎馬走在鄉間，他只有和大部隊一同行進的經驗。

羅蘭漫不經心地騎在前頭，戴門看著他的背影，發現自己的心情不錯。他喜歡這次的任務，因為他能以行動左右任務結果，不必仰賴他人。他知道維爾邊境那些好戰的貴族不會心甘情願地採納不合乎計畫的證據，但無論結果如何，戴門會追蹤他在布麗托找到的線索，走到它的源頭。他來這裡是為了尋找真相，一想到這點，戴門就感到很高興。

數小時候，戴門離開疏林來到小溪邊的一塊空地，羅蘭已經那裡等著他，讓自己的坐騎休息了。小溪清澈而湍急，羅蘭允許坐騎伸長脖子，不以為意地讓六英寸長的韁繩滑過指間。他端坐在鞍上，任由馬兒低頭飲水、在小溪表面噴氣。

陽光下，羅蘭神態放鬆地看著戴門騎馬走近，彷彿歡迎著自己的舊友。耀眼陽光映在羅蘭身後的水面上，戴門讓坐騎咬住馬勒，駝著他往前走。

阿奇洛斯軍隊常用的號角聲劃破了此時的寧靜。

突兀、響亮的聲音驚起附近樹上的鳥兒，牠們驚慌地鳴叫幾聲，飛離枝頭。羅蘭拉著韁繩轉向聲音來源，從鳥群飛散的狀況來看，號角聲是從山坡另一邊傳來的。羅蘭的視線對上戴門，隨後駕馬躍過小溪，朝山丘騎去。

他們騎上山丘時，流水聲逐漸被另一種聲響蓋過，那是戴門熟悉的聲音，像是許多雙腳半同步地行進。那不只是皮靴踏在地上的聲音，還包括馬蹄聲、盔甲的金屬碰撞聲與車輪轉動的聲音，所以整體聽來並不整齊。

他們並肩騎上山丘，勉強躲在突出的花崗岩後。羅蘭勒馬停步。

戴門往下一望。

山谷裡滿是穿著紅披風、排得整整齊齊的人，戴門遠遠看見提著號角的人，那人將彎曲的象牙白號角舉到唇邊，吹口處閃過青銅光澤。麥卡頓指揮官的旗幟在風中獵獵飛揚。

戴門認識麥卡頓，他見過這樣的陣勢，他熟知那套戰甲的重量，他幾乎能感覺到矛柄的觸感——一切是如此熟悉。熟悉的家鄉，以及對家鄉的渴望，幾乎吞噬了他的心。他恨不得遠離灰霧般的維爾政壇，回到那些人身邊，回到他能理解的世界：他只須瞭解自己的敵人，與之全力一戰。

他轉頭。

羅蘭注視著他的一舉一動。

戴門還記得羅蘭估量兩座陽臺之間的距離後，只說：**可能可以**。一旦做出這個判斷，他便毅然決然地跳了出去。現在，他帶著同樣的神情端詳戴門。

羅蘭說：「最靠近的阿奇洛斯軍隊比我想像中近很多。」

「我可以現在把你抓過來，丟在我的馬背上。」戴門回道。

其實他甚至不必抓羅蘭，只須在原地等待，既然大部隊在山谷裡，先遣騎兵應該已經來到山丘上了。

又一聲號角響徹雲霄，戴門的心弦隨之震顫，他的家鄉近在眼前，他現在完全可以帶羅蘭騎下山坡，將他送到阿奇洛斯軍手中。背叛羅蘭的慾望隨著每一拍心跳鼓譟，現在沒有任何人能阻止他。戴門短暫闔眼。

「我們在偵查兵的巡視範圍內。」戴門說。「你先找地方躲著，我騎馬在附近監視他們。」

羅蘭的視線平穩地注視著戴門，一拍心跳過後，他終於說：「好。」

約好會合地點後羅蘭策馬離去，他必須在被人發現前將足足十六個手掌長的棗紅色騸馬藏起來，但儘管他的動作匆促，卻不顯得慌張。

戴門的任務就更難了，羅蘭才剛離開他的視線範圍不到十分鐘，戴門便聽見逐漸接近的馬蹄聲，他差點來不及下馬。他牽著馬靜靜躲在樹叢中，等那兩名騎士離開。

他必須謹慎行事——而且這不只是為了羅蘭，也是為了他自己的人身安全，因為他身上穿的是維爾服裝。在一般情況下，維爾人即使遇上阿奇洛斯的先遣騎兵也無性命危險，兩方至多會裝腔作勢、口頭威脅對方。但現在領兵的是麥卡頓，毀了布麗托的士兵就在他的隊伍中，在那些人眼裡，羅蘭可是無價之寶。

戴門有心收集情報，於是他盡力幫坐騎挑了個好藏身處——那是兩塊突出岩塊的陰暗縫隙，再徒步朝麥卡頓的軍隊走去。他花了大約一小時記下騎兵隊的陣型，以及主力軍隊的人數、意圖與行進方向。

這支隊伍少說有一千人，他們全副武裝、備齊了糧草向西行，這表示他們是為邊境要塞補充物資的隊伍。拉芬奈堡沒有做這樣的準備，阿奇洛斯竟然已經開始補齊物資、招兵買馬，做好開戰的準備。這，就是戰爭，一切從制定防守計畫開始。現在邊境村莊受襲的消息應該還未傳入卡斯托耳裡，但北方諸侯不需要卡斯托的指示，戰爭的籌備工作難不倒他們。

麥卡頓帶兵攻打了布麗托，等同將戰帖送到維爾人手裡，現在他應該是準備將手下的兵馬帶到他效忠的封臣——尼坎德洛斯——面前，不久後其他的北方將領與貴族也將率軍前來集合。此時，尼坎德洛斯多半在西方，甚至可能在瑪拉斯堡。

戴門回去找到他的坐騎，上了馬，然後小心翼翼地駕馬沿著鋪滿岩石的溪岸前行，來到一座乍看下空無一物的小山洞。這是個很好的地點，外面的人只有從特定角度才看得見入口，被發現的可能性很低。先遣騎兵的工作是確保前方沒有阻礙軍隊前進的障礙物，而不是翻遍附近的每一個岩洞與岩縫，檢查裡頭是否藏了個維爾王子。

馬蹄踏在岩石上的低響傳來，羅蘭坐在馬背上，從陰暗的山洞內部走出來，一派輕鬆的態度顯得有些刻意。

「我還以為你早就回布麗托了。」戴門說。

羅蘭若無其事的神情沒有變化，不過臉上和肢體中藏著一絲警戒，似乎隨時準備策馬奔逃。「我想，我作為政治棋子的價值太高了，那些士兵不會隨便殺死我。即使我叔父不認我這個王子，留我一條命對阿奇洛斯還是比較有利。假如我被捕，狀況就對我叔父極為不利，我倒想看看他接獲消息時會露出什麼表情。你覺得我和德爾法封臣尼坎德洛斯合得來嗎？」

一想到羅蘭在北阿奇洛斯政治圈撒野，戴門就不禁皺緊眉頭。

「就算你不是王子，我也能把你賣進他們的軍隊，賣個好價錢。」

羅蘭絲毫不讓步。「喔？我好歹二十歲了，他們不嫌老？還是他們喜歡金頭髮？」

「還不是因為你氣質出眾、性格迷人。」戴門調侃他。

儘管嘴上這麼說，戴門心中卻出現一個想法：假如我帶他回阿奇洛斯，他不會成為尼坎德洛斯的俘虜，他會是我的人。

「先別急著把我抓去賣掉。」羅蘭說。「麥卡頓的軍隊是什麼狀況？下面的軍隊舉著他的軍旗，他是在尼坎德洛斯的指示下出兵嗎？還是他不顧上命，自行攻打我國村莊？」

「我猜是他抗命。」戴門思索片刻，誠實回答。「塔拉希斯遭受攻擊，麥卡頓應該氣炸了，所以才不顧尼坎德洛斯的命令，自己帶兵攻打布麗托。尼坎德洛斯不會擅自派兵去報復，他是個忠君的封臣，一定會等到國王的命令才動手。可是既然麥卡頓出兵了，尼坎德洛斯就會支持自己的部下。他這個人跟圖瓦思有點像，支持阿奇洛斯和維爾之間的戰爭。」

「等他嚐到戰敗的滋味，就不會這麼想了。眼下阿奇洛斯北方的省份有可能動搖卡斯托的政權，犧牲德爾法對卡斯托最有利。」

「卡斯托怎麼可能——」戴門說到一半，突然說不下去了。卡斯托也許不會如羅蘭馬上想到此計，畢竟德爾法也是他自己辛苦得來的疆土，但即使卡斯托想不到，優卡絲特也想得到。連戴門自己也明白，他回國時阿奇洛斯王權將變得更不穩定。

羅蘭說：「如果你想得到什麼，就必須自問，你願意為此犧牲多少？」他定定凝視著戴門。「這點粗淺的道理，你心愛的優卡絲特女爵不會不懂吧？」

戴門深吸一口氣，強迫自己定下心，然後呼出那口氣。「你不用再拖延時間了，現在先遣騎兵應該已經離開，沒有人會擋我們的路了。」

理論上應該無人擋路才對。戴門已經小心查探過了，沒想到還是出了紕漏。

他剛才觀察了先遣騎兵的行進路線，也確認他們隨著軍隊移動的方向開始歸隊了，不過他忘了算入騎兵出差錯或發生意外的可能性。一名騎兵不知怎地遺失了坐騎，正獨自步行回去。此時羅蘭已行至小溪對岸，戴門仍在溪裡，他看見對岸樹叢中閃過一絲紅色，距離羅蘭的馬非常近。

他只來得及看到這一幕，而羅蘭什麼也沒看見。

那名士兵舉起十字弓，朝毫無防備的羅蘭射出短箭。

那之後是一片混亂，混亂中發生了不少事情：羅蘭的戰馬對突然的動態、箭矢破空聲與附近的窸窣聲極為敏感，牠驚得猛然後退幾步。戴門沒聽見短箭刺入人體的聲響，但就算有也被馬兒的嘶鳴聲蓋過去了——羅蘭的馬踩在溪邊滑溜的石頭上，滑倒時激起了大片水花。馬兒重重摔倒在溼滑的岩石灘上，發出可怕的碰撞聲。羅蘭不是很幸運就是懂得如何在坐騎摔倒時保護自己，他沒有被馬的身體壓在地上，雙腿與背部貌似無礙，但他沒時間起身。羅蘭還未落地，那名士兵已抽出佩劍。

戴門離他們太遠，他知道自己沒法及時衝到羅蘭與敵人之間，他知道的——儘管如此，他還是拔出長劍，勒馬迴旋，感覺到馬背的肌肉在身下繃緊。他只有一個選擇，當水花隨馬蹄的踩踏高高濺起時，戴門舉起長劍，換了個握法，用力將劍拋擲出手。

這是足足六磅重的維爾鋼劍，是須以雙手持握的重劍，根本不適合當暗器使用，而且戴門騎在移動中的馬上，距離敵人太遠，而且敵人也正快速走向羅蘭。長劍劃破空氣，直直插入男人的胸膛，將他撞倒後釘在地上。

戴門跳下馬，單膝跪在羅蘭身旁溼滑的石地上。

「我看到你落馬，」戴門聽見自己嘶啞的聲音。「有沒有受傷？」

「沒有。」羅蘭說。「你把他解決了。」他撐著身體坐起，雙腿仍攤在地上。「他還沒……」

戴門一隻手撫過羅蘭脖子與肩膀相連的位置，又皺著眉頭檢查他的胸口，沒看到任何鮮血、短箭或箭羽的蹤跡。羅蘭聽上去有些恍惚，莫非是落馬時摔傷了？戴門全神貫注地檢查羅蘭的身體，擔心羅蘭受了傷，只隱約意識到羅蘭也正看著他。溪水滲入戴門的衣褲，在他的手掌下，羅蘭的身體動也不動。

「你還好嗎？站得起來嗎？待在這裡很危險，要殺你的人太多了，我們要盡快離開。」

片刻後，羅蘭說：「所有南方人都想殺我，半數北方人也想殺我。」

他直直盯著戴門。戴門向他伸出一隻手，他緊緊抓住戴門的手臂，以此為支點拉起自己溼淋淋的身體。

周遭除了泠泠水聲與溪石碰撞的輕響外，沒有任何聲音。羅蘭的騸馬早在數分鐘前便用後腿吃力地撐起身體，現在牠背著歪掉的馬鞍慢慢走動，左前腿似乎出了問題。

「抱歉。」羅蘭說。「我們不能把他丟在這裡。」

他說的並不是馬。

戴門說：「我來吧。」

結束後，他走出樹叢，找地方清洗長劍。

「我們得走了，」他回到羅蘭身邊，簡短地說。「再過不久，他們就會發現他失蹤了。」

他們只能共乘一匹馬。

羅蘭的騸馬瘸了腿。羅蘭單膝跪地，一隻手順著馬的前腿往下摸，馬兒突然抽起前蹄，羅蘭說牠的韌帶扭傷了，以後可以幫忙駝物資，但沒辦法繼續載人了。戴門牽著自己的馬走過來，他看著羅蘭，頓了一下。

「我的體型比較適合騎加鞍，」羅蘭說。「你先上馬，我坐你後面。」

戴門先跨上馬背，片刻後感覺到一隻手搭上他的大腿，羅蘭踩上馬鐙，身體貼上他的背。羅蘭調整姿勢，直到兩人之間幾乎沒有空隙，髖部緊靠著戴門的臀，然後兩條手臂圈住戴門的腰。戴門心裡很清楚，兩人共乘時，他們貼得越近，對馬而言越不費力。

他聽見羅蘭的聲音從身後傳來，語氣似乎比平時拘謹了些。「我被你丟上馬背了。」

「你居然讓我控制轡繩？真不像你會做的事。」戴門忍不住揶揄他。

「你的肩膀擋在我面前，我看不到前方的路，抓著轡繩又有什麼用。」

「我們可以試試別的做法。」

「有道理，應該是我坐在前面，你扛著馬走路才對。」

戴門闔眼片刻，然後雙腿一夾，策馬前進。他感覺到羅蘭溼透的身體貼在背後，羅蘭現在應該很不舒服，不過幸好他們穿的是皮革馬裝而不是鎧甲，否則兩人現在只有被彼此的鎧甲戳來刺去的份。坐騎穩定的步伐讓兩人前後微晃，身體隨著固定的節奏相碰。

為了隱藏蹤跡，他們必須沿著小溪行走。麥卡頓的軍隊也許過一個小時才會發現有先遣騎兵未歸隊，再過一小段時間他們才會找到那人的馬，但他們不會找到那名騎兵。附近沒有可追尋的蹤跡，也沒有搜尋的出發點，他們必須做決定：花費人力和時間尋找一個失蹤的先遣騎兵，真的划算嗎？是不是該繼續前行呢？他們究竟該從哪裡開始找，找什麼呢？光是做決定，也會花費一些時間。

即使是兩個人騎著一匹駝馬，羅蘭與戴門仍有安然脫身的可能性，不過如此一來他們必須繞遠路，避開麥卡頓的軍隊。數小時後，戴門讓馬離開溪床，這附近的樹叢長得茂密，能隱藏他們路過的蹤跡。

到了日落時分，他們知道阿奇洛斯軍隊並沒有跟上來，終於能緩下前進速度。戴門說：「我們可以在這裡停下來休息，就算生火應該也不會被人看見。」

「那就在這裡休息。」羅蘭說。

羅蘭負責安頓馬匹，戴門負責生火。戴門知道羅蘭花在馬匹身上的時間太長，平時根本不須要花這麼多時間安置兩匹馬，但他沒有多說。戴門自顧自地清出一片空地，收集枯枝並將它們折成合適的長度，生了火，然後默默在火堆旁坐下。

戴門不知道剛才的阿奇洛斯士兵為何攻擊羅蘭，也許他擔心自己的隊伍遭遇危害，也許他在塔拉希斯或布麗托見了太多血腥暴力、殺紅了眼，也許他只是想偷羅蘭的馬。

他不過是邊將軍隊中的三流士兵，一輩子都沒機會和自家驍勇善戰的王子面對面作戰。

過了好一段時間羅蘭才提著鞍袋走過來，開始脫去身上的溼衣服。他將外衣掛在一根突出的樹枝上，用腳趾除下靴子，甚至解開了上衣與長褲的部分綁帶，衣褲鬆鬆掛在他身上。羅蘭在其中一個鋪蓋捲上坐下，讓火堆的熱氣烤乾身體與衣衫，他此時衣衫不整，絲帶垂掛在身前，身上還微微冒蒸氣，兩隻手在面前輕鬆交握。

「對你而言，殺人不是很容易嗎？」羅蘭靜靜地說。「我以為你連想都不用想，就能輕鬆殺人。」

「我是軍人，」戴門說。「我已經當了很久的軍人，不管是在訓練場還是在戰場上，我都殺過人。你說的『容易』是這個意思嗎？」

「你知道我不是那個意思。」羅蘭說話的音量依然極低。

現在火堆穩定燃燒，橘色火焰逐漸掏空了中心較粗的圓木塊。

「我知道你對阿奇洛斯的看法，」戴門說。「布麗托發生的事……那真的很血腥、很不應該。我看到布麗托的慘狀也覺得很遺憾——我這種話，在你心裡應該沒什麼份量吧？我不瞭解你，可是我知道戰爭只會帶來更多慘劇，而且這裡只有你為了阻止戰爭而辛勞奔波，我怎麼能讓剛才那個人傷害你？」

「屬下或僕從做了值得褒獎的事情時，我們維爾人習慣給予獎賞。」羅蘭沉默了一段時間後，對戴門說。「你有什麼願望嗎？」

「我有什麼願望，你應該很清楚。」戴門說。

「我不會放你自由。」羅蘭回答。「你就沒有其他願望了嗎？」

「那就除下其中一個金銬？」戴門提議。他有些詫異地發現，自己越來越瞭解羅蘭的喜好了。

「我平時對你太寬容，都把你慣壞了。」羅蘭說。

「我倒覺得你不管是對誰，都能抓好取捨的分寸。」戴門聽到羅蘭不帶怒意的語氣，於是便回敬一句。說完他垂下眼簾，別開視線。

「其實我有個願望。」

「說。」

「不要利用我對付我的同胞。」戴門說。「如果又發生——我無法再一次動手。」

「我也不可能要求你這麼做。」羅蘭說。他對上戴門不可置信的眼神，補充道：「這當然不是遷就你的感受。要一個人在較強與較弱的兩種責任感之間做出選擇，是非常不明智的行為。在這種情況下，一個有頭腦的領導人不會期望下屬繼續忠誠於他。」

戴門沒有回話，視線又回到火堆上。

「我沒看過有誰像你那樣擲劍，」羅蘭說。「從來沒看過。每次看到你和人戰鬥，我便感到疑惑，卡斯托當初究竟是如何制伏你，將你送到我的國家呢？」

「對方……」戴門頓了頓。他原本要說的是：對方人太多了，我應付不了。但事實比這更簡單，今晚，他誠實道出真相：「我沒料到他會來抓我。」

過去，他從未想過要從卡斯托或身邊其他人的角度看事情，他未曾考慮過這些人的野心與動機，甚至天真地相信，只要不是與他公然敵對的人，本質上都和自己相差不遠。

戴門看著羅蘭，看著他刻意擺出來的姿勢，看著那雙冷冽、難懂的藍眸。

「如果是你的話，應該能輕易拆穿他的計謀吧。」戴門說。「我還記得你叔父第一次派人刺殺你的那一晚，你看上去一點也不驚訝。」

羅蘭沉默半晌，似乎正小心翼翼地思索是否該開口。四周夜色漸濃，火光卻依舊溫暖。

「第一次那時，」羅蘭終於說。「我也很驚訝。」

「第一次？」戴門重複道。

又是沉默。

「他對我的馬下毒。」羅蘭說。「我們去狩獵那天早上，你也看到了吧？我們還沒出發，我的馬就感到不適了。」

戴門也記得那一天，當時羅蘭的馬似乎很暴躁，還滿身大汗。

「那……那是你叔父害的？」

沉默逐漸延伸。

「是我害的。」羅蘭說。「我讓托維德把阿奇洛斯奴隸帶回帕特拉斯，就是強迫我叔父動手，我當時心裡也明白……再過十個月我就會繼承王位，他已經快要沒時間了，必須盡快剷除我。這些我都知道，是我逼他動手，我想看看他究竟會怎麼對付我，但是我……」

羅蘭頓了頓，唇角微微捲起，露出毫無笑意的微笑。

「我沒想到他真的打算置我於死地。」他接著說。「發生了那麼多事……即使發生了那麼多事，我也沒想過他真的會殺我。你瞧，我還是會驚訝的。」

戴門說：「你不過是信了自己的家人，這不算天真。」

「你錯了，即使是自己的家人也不能輕信。」羅蘭說。「但我偶爾會想，相信親人和相信一個被我虐待過的陌生人──一個敵國的野蠻人──究竟何者比較天真？」

他注視著戴門，時間在兩人四目相對時無限延長。

「我知道你準備在這場邊界爭端結束後離開，」羅蘭說。「你還打算用那把刀嗎？」

「我沒這個打算。」戴門回答。

「現在下定論還操之過急。」羅蘭說。

戴門別開臉，視線掃過營地之外的黑暗。「你真覺得現在還能阻止戰爭嗎？」

回頭時，他看見羅蘭微微頷首，動作雖小，卻清楚傳達了他驚人的回答：對。

「你當時怎麼沒有下令中止狩獵？」戴門發問。「你都知道自己的馬中毒了，為什麼一定要繼續狩獵，掩飾你叔父的惡行？」

「我——我認為他設下了陷阱，想讓人以為是其中一個奴隸下的毒。」羅蘭有些不解地問，彷彿答案太過明顯，他甚至懷疑自己誤解了戴門的問題。

戴門垂下頭，似是發笑地呵出一口氣，但他不知自己心中感受到了什麼樣的情緒。他想到確信維爾人罪大惡極的納奧斯，他很想將自己此刻的感受怪到羅蘭身上，但連他也說不出自己有什麼樣的感受。最後，戴門不發一語地戳弄火堆，一段時間後，他鋪開睡墊，陷入夢鄉。

再次睜開眼睛，面前多了一支十字弓的短箭。

現在是羅蘭守夜的時間，他站在離戴門數英尺遠的位置，一個部落戰士緊抓著他的上臂，他瞇著藍眼但沒有出言譏諷對方。戴門知道羅蘭得面對多少個弓箭手才會乖乖閉嘴：六個。

站在戴門面前的男人用瓦斯克語的某種方言下了道簡短的命令，聽起來像是「起來」，他粗壯的手指握著十字弓，蠢蠢欲動。戴門和羅蘭的營地內全是部落戰士，十字弓又直直對準戴門的頭，他發現自己只能用性命賭自己沒有聽錯。

羅蘭用維爾語清清楚楚告訴他：「起來。」

說完，羅蘭腳下踉蹌，抓著他的戰士狠狠將他的手臂扭到背後，又抓住他的金髮，將他的頭往下按。戰士們用長條皮革將羅蘭的雙手綁在背後，接著用更寬的一條皮帶遮住他的眼睛，過程中羅蘭沒有掙扎，他靜靜垂頭而立，金髮垂落臉畔，被抓住的那一把頭髮除外。羅蘭雖然沒預料到塞口布，卻也沒有抗拒，戴門只看到布塊塞進他嘴裡時，羅蘭的頭微微往後一抽。

戴門聽命起身，他面對眼前的十字弓，什麼都不能做。有好幾把十字弓直指羅蘭。過去，戴門為了不被自己的同胞捕獲而大開殺戒，現在他卻無能為力，任異族戰士緊緊束縛他的雙手、遮擋他的雙眼。

13

戴門被緊緊綁在一匹滿身粗毛的馬背上，在永無止盡的黑暗、觸感與聲響中行進，周遭盡是緊促的馬蹄聲、馬匹的呼吸聲，以及馬具的吱嘎聲。他聽著馬匹粗重的喘息，猜測他們應該正往山區前進，遠離阿奇洛斯與拉芬奈，現在多半走在山中小路上，兩旁是令人頭暈目眩的陡坡，一失足就會落入萬丈深淵。

他大概能猜到綁匪的身分，所以更焦急地尋找逃生機會，他竭力拉扯束帶，感覺皮帶深深陷入皮肉，卻無法掙脫。一行人沒有停步，身下的馬先是往下又猛地用後腿往上撐，戴門不得不全神貫注確保自己不摔下馬背。他無從逃脫，若是掙扎或故意落馬，只會摔下好幾座山崖後粉身碎骨——不過綁匪已將他五花大綁在馬背上，這時候落馬更可能會一路在銳利岩石上拖行。無論如何，戴門此刻掙扎對羅蘭沒有半點幫助。

過了彷彿數小時的好一段時間後，戴門終於感覺身下的馬緩下步伐，停了下來。片刻後，有人粗魯地拉戴門下馬，他重重摔在地上，嘴裡的塞口布被取出，蒙眼的皮帶被取下。

雙手仍被綁在身後的戴門，撐著上身跪起。

他對營地的第一印象，是閃爍的光影：右邊遠處，營地中心的大篝火在夜間的微風中搖曳，金紅光芒映著周遭人的面龐。在戴門身邊，其他綁匪紛紛下馬。離溫暖的篝火較遠處，黑暗中的空氣飄著山區涼意。

眼前的營地，證實了戴門最不願相信的猜測。

他知道山民部落多居住在丘陵地，他們沒有永久居住地也不屬於任何國家，族長多是女性，這類部落平時在野外狩獵、捕魚、挖掘可食用的根莖植物，若還有任何需求就劫掠附近的村莊。

但這群綁匪不是這種部落，他們全是男人，顯然很熟悉彼此與集體生活，更熟悉他們身邊的武器。

就是這些人毀了塔拉希斯，戴門和羅蘭要追捕的就是這群人，沒想到對方先將了他們一軍。

他們必須立即逃離此處，在這座荒山野嶺讓羅蘭死於非命非常容易，而且沒有任何人會起疑。至於為什麼不直接殺死他們，為什麼要帶他們回到營地——戴門很清楚這群人有什麼變態的打算，但無論戴門與羅蘭被迫上演何種餘興節目，終究逃不過一死。

他下意識四下尋找羅蘭的金髮，發現羅蘭在自己左邊。剛才命令同伴綁縛羅蘭的男人，正拖著羅蘭走過來，戴門看著羅蘭和自己一樣被扔下，肩膀重重撞上地面。

羅蘭撐著身體坐起來，雙手被綁在背後所以平衡不良，但還是搖搖晃晃地跪起身。在挺身跪直之前，羅蘭的藍眸瞥了戴門一眼，戴門在他鋼冷的眼神中，看見自己猜想的一切。

「這次，別爬起來。」羅蘭簡短地說。

他站起身，對男性族長喊出一句話。

這是瘋狂、冒險的一步棋，但他們的時間不多了，阿奇洛斯的一批批軍隊正朝國境移動，攝政王的使者正從雅雷斯快馬奔向拉芬奈。戴門與羅蘭距離國界、距離拉芬奈將近兩天馬程，阿奇洛斯與維爾邊境的情勢逐漸脫離掌控，此時他們的性命卻握在這個部落手裡。

族長似乎不想讓羅蘭站著，他大步走來，厲聲下令。

羅蘭並沒有遵從命令，他用瓦斯克語回應，此時卻發生了他這輩子從來沒遇過的事——族長做了大多數人與羅蘭交談時恨不得做的事：重重賞了他一拳。

如果站在這裡挨打的是愛默里克，他應該會應聲撞上牆，然後癱倒在地上，羅蘭卻只有踉蹌倒退一步。羅蘭頓了片刻，接著亮光驚人的藍眼回到對方身上，他口齒清晰地用瓦斯克的山地方言說出一句話，數名旁觀者聽了之後勾著彼此的肩膀捧腹大笑，族長轉頭喝斥他們。

羅蘭的伎倆差一點就成功了。被喝斥的人停止嘻笑，開始回罵，眾人的注意力從羅蘭轉移到彼此身上，他們也放下了瞄準羅蘭與戴門的弓箭。

當然，並不是所有人都放下了弓箭。戴門深信若給羅蘭一兩天時間，他一定有辦法讓這個部落起內鬨，可惜他們並沒有一兩天的時間。

戴門感覺到眾人緊繃的精神，幾乎能感覺到潛藏在表面下的暴力，但他明白，現在的紛爭不足以讓他們彼此內鬥。

他們沒時間了，即使是這一絲渺茫的機會也必須把握住。戴門詢問的目光對上羅蘭的雙眼，這是他們唯一的機會，儘管成功的希望不大，他們也必須動手。羅蘭衡量成功的機率後，卻得到相反的結論，他對戴門微乎其微地搖頭。

戴門感覺腹部被煩躁與挫敗感揪緊，可是良機已逝，族長不再與部下對峙，他又將注意力轉回單獨站在他面前的羅蘭身上。羅蘭孤身站在原處，顯得毫無防備，儘管這裡離主營地與篝火較遠，光線較暗，一頭金髮仍在黑暗中隱隱發亮。

這次，羅蘭挨的將不只是一拳。從族長走近的模樣，戴門看出羅蘭將被飽揍一頓。

族長高聲令下，兩個人上前抓住羅蘭的雙臂，手臂緊鎖著雙手仍被綁在身後的羅蘭。羅蘭並沒有嘗試掙脫，他身體緊繃地站著，等待即將到來的暴行。

族長湊得很近，這不是毆打羅蘭的距離——一隻手順著羅蘭的身軀緩緩下移，族長的氣息吹在羅蘭身上。

戴門發現自己動了，他聽見撞擊與抵抗的聲響，感覺到體內烈焰燒灼。怒火占據了他的意識，他沒有考慮策略，滿腦子只想殺了那個觸碰羅蘭的男人。

回過神時，戴門意識到有不只一人壓制著自己，他的手仍綁在身後，四周卻亂成一團，地上還多了兩個死人，其中一人被硬推到另一人的刀尖上，第二人則是倒地後被戴門一腳踩碎了咽喉。

現在，沒有人注意羅蘭了。

然而這都不夠，戴門雙手被縛，而且對方人多勢眾，他的手臂與肩膀再怎麼用力，還是無法掙脫皮帶與緊抓著他的數人。

接下來的瞬間——肌肉緊繃、胸膛劇烈起伏的瞬間——戴門明白了一件事。攝政王想殺死羅蘭，但這些人不一樣，在他們對羅蘭失去興趣前，他們不會讓他死，羅蘭自己也曾漫不經心地說過，南方人喜歡他這種金髮美人。

戴門就沒這麼受歡迎了。

眾人用瓦斯克語粗聲交談幾句，即使聽不懂山區方言，戴門也很清楚對方下了什麼命令：殺了他。

他太愚蠢了，是他自己步向了死亡，他將死在荒郊野外，到時就無人能撼動卡斯托了。他想到阿奇洛斯，想到王宮外白色斷崖與大海的美景，從雅雷斯大老遠來到邊境的這一路上，戴門一直深信自己終有一天能回到故土。

他猛烈掙扎，但雙手被綁得死緊，身旁的敵人都全力壓制著他，再怎麼掙扎也沒用。刀劍出鞘的聲響從左側傳來，刀刃輕觸他後頸，接著向上舉——

然後，羅蘭的聲音中斷了這一幕，那是一句瓦斯克語。

兩拍心跳之間的空檔，戴門等著長劍斬下來，卻什麼也沒等到。沒有金屬砍入筋骨，戴門的頭也依舊接在脖子上。

戴門在接下來震耳欲聾的沉默中靜靜等待，在這種情況下，他實在想不到任何言語能改變他的處境，他更無法相信羅蘭僅憑一句話就能讓人移開架在他頸邊的劍、讓族長收回成命，並讓部落稍微接納羅蘭。然而此刻的沉默似乎告訴戴門，羅蘭做到了。

戴門一頭霧水地思索羅蘭究竟說了什麼，很快就有人為他解惑了，羅蘭那句話深得族長的心，族長甚至湊到戴門面前翻譯。

他粗啞的嗓子用帶著濃濃瓦斯克腔的維爾語說：「他說的是：『死得太快，就不痛苦了。』」說罷，一顆拳頭重重打在戴門腹部。

戴門的身體左側被打得最慘，那群人毫無新意地打了一下又一下，他掙扎時有人用木棍狠敲他的頭，眼前的營地搖晃起來。他死守最後一絲意識，結果沒有令他失望，族長見部下為了毆打戴門而怠忽職守，命令他們將戴門拖去別地方繼續施暴。

四個人拖著戴門起身，持劍逼他走到看不見營火、聽不到鼓聲的地方。

他們沒有特別壓制戴門，他們以為他的雙手被綁著就夠了，卻沒有考慮到戴門的體型，而且他早就被打到完完全全火大了。剛才他們在營地裡，周圍是五十個敵人，戴門還得顧及羅蘭的安危，但現在他們來到了靜僻處，敵人只剩下四個。

既然羅蘭決定不接著上一步險棋走下去，戴門很樂意憑蠻力脫身。

擺脫束縛很簡單，他用肩膀狠狠一撞左側的男人，對方摔倒在上坡路上時，戴門趁機將背後的皮帶放在那人一時間無法移動的長劍上，割斷了束縛。他趁勢雙手向後握住劍柄，刺入男人的腹部，對方痛苦地蜷縮身體。

戴門的手重獲自由，手裡還有了一把劍，他舉劍撞開另一人襲來的長劍，往前刺穿那人的身體。劍尖刺穿皮革、羊毛與肌肉，他感覺到對方的體重壓在劍上。這樣殺人的效率太低，戴門還得浪費時間拔出卡在敵人體內的武器，但這不要緊，因為另外兩人遲疑了。

他抽出長劍。

戴門認為之前攻擊塔拉希斯的是這些人，不過那畢竟只是他的猜測，現在他看見兩名敵人改變陣形，採用專門對付阿奇洛斯劍術的打鬥方式，戴門心中的疑問消失無蹤。他瞇起雙眼。

戴門讓那個按著自己腹部的男人起身，如此一來，另外兩人才會誤以為他們三個能贏過戴門，而不是跑回營地求救。然後，他用毫不留情的劈砍殺死三人，拋棄手上那把武器，將最好的劍與刀占為己有。

他花了點時間找武器、觀察四周，以及評估自己的身體狀況，現在他的身體左側稍微弱了些，打鬥倒不成問題。這時羅蘭還困在營地，不過戴門不擔心羅蘭遇害，是羅蘭堅持要用這種方式逃跑的，而且他也不是什麼害怕貞節被奪走的小處子。

在戴門看來，羅蘭應該已經用計處理掉幾個敵人了。

戴門想得一點也沒錯。

回到營地，入眼的是一片混亂。

這群劫掠者攻擊塔拉希斯時，村民應該也是這般慌亂——黑暗中降下死亡之雨，馬蹄聲迴響在營地裡。

部落毫無預警地受襲，這就是山民戰爭的常態：營火旁一個男人低頭，發現自己胸口插著一枝箭，另一人被箭雨射得跪倒在地。乘馬而來的敵軍在箭雨結束後出現，戴門滿意地看著這個部落受到命運戲弄，這些人之前在阿奇洛斯境內燒殺擄掠，現在居然被另一個山民部落攻擊了。

在戴門的注目下，新來的部落騎手訓練有素地分隊，五名騎手穿行營地，兩側則各有十名騎手。一開始，那些人不過是黑暗中難以辨別的黑影，接著火光一閃——兩名騎手從火堆中撿起燃燒到一半的樹枝丟到帳篷上，皮革帳篷燒了起來——戴門這才看清來襲的戰士。新到來的部落顯然遵循傳統，戰士全是女人。她們騎著能如岩羚羊跳躍奔竄的小馬，一群騎手宛若清澈小溪中的魚群，排成攻擊陣形。

然而男人的部落對這種戰術瞭若指掌，他們沒有驚慌失措，而是在短暫的混亂後開始迎戰，幾人飛奔向周圍的岩石與暗處，一面揮砍一面尋找對方的弓箭手，其餘人奔向自己的馬匹，躍上馬背。

戴門從未見過這樣的交戰，無論是凶猛的劈斬、精湛的馬術、凹凸不平的地面或黑暗中曲折離奇的戰術，全都十分陌生。這，就是夜晚的部落之戰，換作是羅蘭的軍隊或阿奇洛斯軍隊，應該一瞬間就被擊潰了，世上只有山民部落懂得如何在山中征戰。

戴門不是來觀戰的，他還有自己的任務。

羅蘭那一頭金髮相當顯眼，他不知怎麼跑到營區外圍了，正在趁其他人替他戰鬥時，想辦法鬆開手上的束縛。

戴門從藏身處走出來，緊緊抓住羅蘭將他轉過來，然後用小刀割斷繩帶。

羅蘭說：「你怎麼現在才來？」

「你老早就計畫好了？」戴門問。他不知自己為什麼這樣問，因為羅蘭顯然從一開始就計畫好了。他再次開口，說的就不是問句了：「你安排女戰士攻擊這個部落，然後自己當誘餌，引這個部落的人出來。」戴門一臉嚴肅。「既然你早就知道會有人來救我們——」

「我以為我們為了避開阿奇洛斯軍隊，已經偏離原本的路線太遠，沒辦法和女戰士會合了。我也被打了。」羅蘭說。

「你才被打那麼一下。」戴門一揮手臂，長劍往跑向兩人的男人身上招呼，對方本以為自己能殺死戴門，沒想到自己的攻擊被架住了。下一秒，他就死了——羅蘭從男人肋間拔出刀刃，沒有繼續和戴門鬥嘴，專心應付眼前的戰鬥。

羅蘭的應戰方式顯得深思熟慮，他拿起死人的短劍站到戴門左側，戴門毫不訝異地發現自己扛下了較沉重的負擔……至少，他原本是這麼想的。一個敵人從左方襲來，戴門正準備強迫自己傷痕累累的左側身體迎戰，羅蘭卻接下敵人的攻擊，優雅又迅速地解決對方，保護了戴門的弱點。戴門有些不知所措，但他沒有提出異議。

兩人從那一刻開始並肩作戰。羅蘭跑到營地外圍——來到此處——並非偶然，這裡是離開營區的北面道路，也是戴門方才被拖走的方向，若羅蘭不是羅蘭，戴門還可能會以為羅蘭是來救他的。當然，羅蘭就是羅蘭，他來到此處並不是為了拯救戴門。

北邊小路是唯一一條通往外界且沒有女戰士防守的路線，試圖逃跑的男人三三兩兩衝過來。羅蘭和戴門當然不能讓這些人逃出去向攝政王打小報告，於是他們並肩而戰，果斷地殺死任何妄圖離開的人。他們的戰術確實很成功，然而這時，一名男人騎著馬朝他們奔來。

用劍殺死奔行的馬非常困難，殺死高高坐在馬背上的人就更困難了。戴門看見那匹馬衝向羅蘭，羅蘭沒有動，似乎將眼前情境視為數學問題般考慮著對策。戴門一把揪住羅蘭外衣背部，將他拖離險境。一名女戰士騎馬猛追過來，男騎手被女戰士殺死，身體向前癱在馬鞍上，他的坐騎則慢下腳步，最後停了下來。

周圍的帳篷漸漸焚盡，但仍有足夠的光源，讓戴門看見己方正處上風。營地中半數的男人已死，另一半的人投降了——「投降」兩個字不太精確，實際上他們是被一一制伏後綁縛，成為女戰士的戰俘。

月光與最後的火光映在新出現的一名女性身上，她在左右的簇擁下穿過營地，策馬走向羅蘭與戴門。

「我們兩個要有一個人去看看死者和俘虜，確認沒有人成功逃走。」戴門看著女人走近，對羅蘭說。

羅蘭說：「我晚點去。」

戴門感覺羅蘭的手緊緊抓住他的上臂往下拉。

「跪下。」羅蘭說。

戴門依言下跪，羅蘭的手指仍搭在他的肩頭，提醒他不可隨意行動。

那名女性跨下她健壯的馬，身上穿著華美的毛皮斗篷，顯示出地位不凡。她比其他女戰士年長，而且至少年長三十歲，戴門見過那張嚴肅的臉、那雙黑色眼瞳，她是哈爾韋克。

戴門上一次與哈爾韋克打照面時，她坐在矮平臺與毛皮堆上，對族人發號施令。她剛硬的語氣與聲音戴門都記得一清二楚，不過這次她並不是使用瓦斯克的山區方言，而是帶有濃濃瓦斯克腔的維爾語。

「我們會重新點火，今晚在這裡紮營，我會派人守著那些男人。這是一場好戰鬥，我們抓到很多俘虜。」

羅蘭問：「他們的族長死了嗎？」

「死了。」說完，哈爾韋克又說：「你打得很好，可惜你個子太小，生不出強大的戰士。其實你也沒有缺陷，也許你的女人不會討厭你。」她又施恩般地說：「你的臉比例很好。」她拍拍羅蘭的背，表示鼓勵。「你的睫毛很長，像牛一樣。來，我們一起坐下來喝酒吃肉。你的奴隸性能力很強，晚點讓他去交合火旁服務我的女孩。」

戴門每一次呼吸都感覺到身體左側一陣陣的疼痛，而且兩條手臂剛才被綁縛太久，他又長時間全力使用肌肉，現在若不刻意控制，手臂還會隱隱發抖。

羅蘭毫不讓步地回答：「我的奴隸只能上我的床。」

「你跟其他維爾男人一樣，跟男人交合？」哈爾韋克說。「那就讓我們幫他做好準備，我們會給他最好的肉和『哈克緒』，等等他上你的時候就能持久，帶給你更多快樂。這就是我們瓦斯克式的待客方式。」

戴門已經做好心理準備，集中所剩無幾的精神接受接下來要發生的事，沒想到沒有人硬撐開他的嘴給他灌哈克緒，沒有人強迫他做任何事情，他被當成客人——或者說，他被當成客人的所有物，哈爾韋克的族人清理他、擦亮他，把他帶到羅蘭指定的地方。

女人們帶戴門到營地另一邊，幫他洗掉騎了一整天馬、被綁匪一再推倒在地、殺死數名綁匪的過程中沾上的塵土與血汙。

她們將一桶又一桶的水潑在戴門身上，用刷子刷洗他的身體，接著動作俐落地幫他擦乾身體。她們幫他穿上瓦斯克男人的腰布，一條皮革繩綁在腰間又穿過兩腿之間，前面掛了一塊遮擋下體的布，能在恰當的時機向旁撥開。其中一個女戰士甚至示範了撥開布塊的動作，戴門只好無奈地讓她示範。

這時營地已清理乾淨，新搭起的帳篷狀似散發微光的球體，內部的油燈讓皮革帳篷透出溫暖的金黃色。戰俘由女戰士看守，營火被重新點燃，哈爾韋克專用的平臺也搭建完畢。有人拿了大量食物給戴門吃，戴門被她的禮貌嚇到了。

他知道自己不可能被帶到營火前「服務」羅蘭，即使被帶到營火前，他也只會看到羅蘭找到各種富有創意的藉口閃避。

但是，沒有人帶他到營火前，他被帶到一頂低矮的帳篷裡，有人將哈克緒倒入罐子，罐子與雕木杯子都放在帳篷內，讓戴門自行取用。那名女人以剛才掀開腰布的俐落動作，掀開帳門口的布幔。

羅蘭並不在帳內，女人設法向戴門解釋，羅蘭等等才會來。

看來羅蘭早就找好了藉口。

這頂帳篷非常小，又長又矮，裡頭鋪了厚厚一層毛皮，其下是好幾層岩羚羊皮，上層則是比兔子腹部還柔軟的精緻狐皮，布置得相當溫暖舒適。除此之外，帳內還備有男人交歡所需的物品，帳篷一端擺了方才那罐哈克緒、一罐清水、一盞掛燈、幾塊布，以及三個用瓶塞封住的小瓶子，裡頭裝了不是用來點燈的油。

戴門進入帳篷，他坐著時頭上僅有不到一英尺的空間，他若站起身，整座帳篷都會被他的頭頂起來。戴門無事可做，他穿著幾乎無布料可言的腰布，躺在柔軟的毛皮上。

毛皮很溫暖，若是和伴侶一起躺在帳內應該相當舒適，然而戴門獨自躺在那裡，不由自主地想到自己身在何處，假如今天事態往不同的方向發展，那他現在還會在這裡嗎？戴門放鬆、伸展疼痛的身體。

他還沒完全伸直雙腿，腳就碰到帳篷的外皮，即使他斜躺，這頂帳篷也不夠長，當他側躺時，背部頂到帳篷支柱。他尋找能放左腿的空間，忍不住輕笑出聲，即使是疲憊不堪的現在，他仍然意識到此時此刻的幽默：帳篷這麼小，羅蘭還是等天亮再進來比較好。戴門蜷起身體，為四肢找到合適的姿勢，讓身體沉沉陷入柔軟的毛皮與軟枕堆。

就在這時，門口的布幔被拉開，一顆金色的腦袋探了進來。

羅蘭彎腰站在門口，顯然也洗過澡、擦乾了身體，同樣換上了乾淨衣服。他的肌膚乾淨無暇，裹著哈爾韋克身上那種瓦斯克毛皮斗篷。在油燈的燈光映照下，看似端坐王座上的王子會穿的華麗斗篷。

戴門用手肘撐起上半身，頭擱在手掌上，手指插在自己髮間。他發現羅蘭在看他——不是平時那種觀察的眼神——而是看見雕像，注意力被吸引的眼神。

他最終對上戴門的視線，說：「這就是瓦斯克式的待客方式啊。」

「這是傳統服飾，瓦斯克男人都這樣穿的。」戴門邊說邊好奇地打量羅蘭的毛皮斗篷。

羅蘭讓斗篷滑下肩膀，裡頭穿的是某種瓦斯克睡衣，那是細緻的白色亞麻上衣與長褲，正面由幾條繩子鬆鬆綁著。

「我的布料比較多，你是不是很失望？」

「我本來很失望，」戴門再次調整自己兩條腿的姿勢。「不過燈掛在你背後，我看得很過癮。」

羅蘭不由得止住動作，單膝與一隻手撐在毛皮堆上，愣了片刻，才在戴門身旁舒展身軀。

他並沒有像戴門那樣躺下，而是雙手撐著毛皮堆坐下。

戴門開口：「謝謝你剛才……」他想不到合適的措詞，只好揮手示意帳篷內部。

「行使初夜權？……你現在到底是多想要？」

「少來，我又沒喝哈克緒。」

「我問的是這個嗎？」羅蘭說話時，語氣染上了和眼神同樣的色彩。「這裡真擠。」

「擠到我都能數你的睫毛了，」戴門說。「你的個子太小，生不出強大的戰士，該說你運氣好嗎？」他阻止自己說下去，現在的氣氛不對，這是他和溫暖、順服的床伴閒聊時的氣氛，他通常會這樣逗弄床伴，同時將對方拉到懷裡。羅蘭就不同了，他是貞潔的冰雕。

「我的身高，」羅蘭說。「正常得不得了。不是我個子小，是站在你旁邊才顯得太矮。」

戴門感覺自己像是在親近荊棘叢，被刺得發疼還是感到開心——再這樣下去，他就要說出這樣的蠢話了。

柔軟的毛皮在身下升溫，戴門舒適、慵懶地躺著凝視羅蘭，他知道自己的嘴角微微上揚。

沉默片刻後，羅蘭開口，幾乎是小心翼翼地說：「我知道你平時在我身邊，沒什麼機會接觸你習慣的……洩慾管道。如果你想去交合火——」

「不用，」戴門說。「我不想要女人。」

帳外，低沉鼓聲持續傳來。

羅蘭說：「你坐起來。」

戴門坐起身時占據了帳篷裡所剩無幾的空間，他低頭看著羅蘭，視線緩緩掃過精緻的肌膚、在燈光下微暗的藍眸、顴骨優雅的弧度，以及一簇落在臉畔的金髮。

他差點沒注意到羅蘭從斗篷裡取出一塊布，羅蘭將那揉成一團的布拿在手中，那似乎是敷用藥物。羅蘭看著戴門的身體，彷彿準備親手為他敷藥。

「你在做——」戴門開口。

「別動。」羅蘭說完便舉起布團。

驚人的冰寒緊貼皮膚，某個又溼又冷的物品貼在戴門胸肌下方的肋骨上，冷得他的腹肌猛然收縮。

「你以為是藥膏嗎？」羅蘭說。「這是哈爾韋克的人特地爬上山幫你取來的。」是冰，是用布包裹的冰塊，穩穩按在瘀青的右側胸口。戴門的胸膛隨著呼吸起伏，但羅蘭沒有鬆手，適應了冰塊的溫度後，戴門感覺到冰塊帶走瘀傷的熱痛，冷感與麻木逐漸擴散，冰塊融化的同時，傷處附近緊繃的肌肉開始放鬆。

羅蘭說：「是我吩使那些人先讓你飽受痛苦，再讓你死。」

戴門說：「是你救了我一命。」

羅蘭沉默片刻，又說：「因為我不像你，我可沒辦法擲劍。」

戴門自己按住布團，羅蘭抽離他的手，說：「你現在應該也知道，那些人正是襲擊塔拉希斯村的人。哈爾韋克和她的戰士會帶著十個俘虜，伴隨我們回布麗托，再和我們回拉芬奈，屆時我會設法解開邊境的僵局。」他幾乎是帶著歉意補充：「剩下的男人和武器都歸哈爾韋克。」

戴門順著這條思路想下去。「她同意用那些武器來劫掠阿奇洛斯村莊，不去騷擾你境內的人民，是吧。」

「差不多。」

「等我回到拉芬奈，你打算揭露事實，讓所有人知道你叔父是買通山民部落、命令他們攻擊阿奇洛斯的罪魁禍首。」

「對。」羅蘭說。「我想……事態將變得非常危險。」

「『將』變得非常危險？」戴門問。

「我必須說服圖瓦思。假如你是他，你這輩子最恨阿奇洛斯，」羅蘭說。「現在眼前擺著全力攻擊阿奇洛斯的機會，你願意罷手嗎？你為什麼要放下已經舉起的劍？」

「如果我是他，我不可能隨便放棄，」戴門說。「除非有其他對象讓我更火大。」

羅蘭呼出一口意味不明的氣息，別開了視線。帳外的鼓聲連綿不斷，卻變得比剛才遙遠，帳內安靜的空間儼然是截然不同的世界。

「我本來不打算這樣度過戰爭前夕的。」羅蘭說。

「你是說和我同床共枕嗎？」

「還有對你說出真心話。」羅蘭說。

這句話說出口時，羅蘭再次對上戴門的雙眼，在那短暫的瞬間他似乎想說些什麼，但他沒有說出口。羅蘭推開斗篷躺下來，轉換姿勢的同時結束了談話，不過他的手背若有所思地貼著額頭。

他說：「早點睡，明天還要帶俘虜走三十英里的山路。」

冰已融化殆盡，只留下一塊溼布。戴門移開布團，抹去沾在胸腹的水珠，將布團丟到帳篷角落。他感覺到羅蘭的視線，此時羅蘭放鬆身體躺著，金髮融入柔軟的獸毛，瓦斯克睡衣的前襟露出胸腹一道細緻的皮膚——但過了片刻，羅蘭移開視線，闔上了雙眼，兩人陷入夢鄉。

14

「殿下！」喬德騎馬上前打招呼，身旁是另外兩名騎士，他們舉著火炬，照亮了黑暗。

「我們派了哨兵去找您。」

「把他們召回來。」羅蘭令道。

喬德點點頭，拉緊轠繩。

帶俘虜走三十英里的山路花了十二個鐘頭，馬匹緩緩前行，俘虜在馬鞍上搖晃、掙扎，偶爾被女戰士用棍棒打到不得不眼神呆滯地服從。戴門還深刻記得那種感受。

戴門感覺這一天太過漫長，這一天的開端又太過不適。他一早全身僵硬地醒來，每次變換姿勢都換來身體的抗議，身旁是一堆空無一人的毛皮，羅蘭已不見蹤影。羅蘭躺臥的痕跡都在離戴門一隻手掌遠的位置，他們昨晚睡得很近，但沒有肢體接觸。也許是戴門自保的本能阻止他無意識地往內滾，阻止他抱住羅蘭的腰拉近兩人之間的距離，在小帳篷中騰出更多空間。

多虧了他的本能，戴門仍四肢健全，甚至有人將他的衣物還了回來。感謝羅蘭，穿著腰布騎馬走在崎嶇的山路上，可一點也不好玩。

接下來一整天的路程平靜無事地過去了，他們下午走到較平緩的丘陵區域，一路上難得沒有遭人伏擊或干擾。平緩起伏的山丘朝南方與西方延展，平和而靜謐，破壞了祥寧氣氛的反倒是羅蘭一行人古怪的組合：羅蘭騎馬走在一批騎著長毛小馬的瓦斯克女人前頭，後面是十名綁在各自馬背上的俘虜。

夜幕低垂，有的馬匹精疲力竭地垂著頭，俘虜也好一段時間沒有掙扎了。喬德加入他們的隊伍。

「布麗托已經清掃乾淨，」喬德向羅蘭報告。「圖瓦思勛爵的部下今天早上就騎馬回拉芬奈了，我們剩下的人決定留在布麗托等您。不管是國境或是其他堡壘都沒有殿下的消息，大伙兒等得有點著急了，現在看到您回來，大家一定很高興。」

「叫他們做好準備，我們明天黎明出發。」羅蘭說。

喬德點點頭，又不解地望向那群女戰士與俘虜。

「沒錯，他們正是引起邊境紛亂的人。」羅蘭回答了喬德沒說出口的疑問。

「他們不像是阿奇洛斯人。」喬德說。

「嗯。」羅蘭說。

喬德嚴肅地點頭。一行人爬上最後的山坡，俯瞰夜間營地的暗影與點點光輝。

士兵們一再重複羅蘭的故事，越說越加油添醋，故事在傳遍軍營的同時染上離奇色彩。王子只帶了一名士兵就探入深山，找到挑起糾紛的那群鼠輩，把他們從藏身處揪出來，在一比三十的險峻情況下奮戰，然後帶著五花大綁、順從聽命的俘虜回到營地。這就是士兵們的王子，他是陰險狡詐的魔鬼，要是惹到他，你哪天就會看到自己的五臟六腑堆在盤子上，擺到你眼前。這個王子之前為了比帕特拉斯王子托維德更快捕獲獵物，還把自己的馬給活活累死了呢！

在眾人眼中，羅蘭完成了不可能的瘋狂任務，消失兩天後帶著一群戰俘在夜間回營，彷彿是將俘虜丟在地上，對眾人說：你們不是想知道是誰引起糾紛嗎？就是他們了。

「你被打得好慘。」帕司查為戴門療傷時說。

「一比三十嘛，這很正常。」戴門說。

帕司查嗤笑一聲，然後說：「你和這個國家沒有任何情義羈絆，你卻願意和他並肩作戰，時時待在他身邊，你做的這是好事。」

那晚，戴門沒有應其他士兵的邀請到營火旁談天，他獨自走到營區外圍，後頭的交談聲變得越來越遙遠——羅薛爾說到金髮和性情，拉札爾回憶起羅蘭與戈瓦爾的決鬥。

布麗托和之前的模樣大相逕庭，地上一堆堆燃燒的木材不見了，大坑填平了，斷矛與打鬥的跡象已消失無蹤，無法修復的建物也被拆除，建材拿去重複利用。

軍營位在村莊西邊，帳篷布幔繃出整齊的線條，一排排帳篷井井有條。即使羅蘭不在，還是有人在營地另一頭幫他架起帳篷。以軍階排序的帳篷之間，士兵們在營帳與營火間閑散地來回走動。

他們還未獲勝，布麗托距離拉芬奈有一天馬程，這表示羅蘭的軍隊至少要花四天才能回到拉芬奈，這還是較樂觀的估計，前提是馬匹體力夠好、道路夠平坦安全。待一行人回到拉芬奈，攝政王的信使一定已經到了，而且至少比他們早一天抵達。

說不定就是在今天早上呢，戴門在帳內獨自醒轉的同時，信使想必正快馬加鞭騎進堡壘巨大的庭院，被守軍帶進大廳向聚集於此的勛爵與軍官報信。在那些爵爺的眼中，羅蘭是個在危機當頭時跑得不見蹤影的廢人王子，他沒有遵守數日前的承諾，及時趕回，錯過了做決策、掌控事態、讓其餘人聽信他的機會。如此看來，羅蘭現在回去也晚了。

儘管如此，今日軍隊與俘虜能走在丘陵路上，朝拉芬奈前進，已經展現出戴門不曾預期的遠見與睿智。羅蘭早在得知布麗托遇襲的**前一天**晚上，就和哈爾韋克協調了反攻計畫。而且羅蘭與哈爾韋克之間的往來與賄賂，在那之前數日便開始了。羅蘭想必是猜到叔父會利用男性部落挑起邊境的爭端，並且未雨綢繆，準備回敬他叔父。

戴門還記得他們在夏思提隆度過的第一晚，軍中散漫無紀律，還有士兵互毆。攝政王給了姪子一群烏合之眾，羅蘭將眾人操練成整齊劃一的軍隊；攝政王給了他一位不聽指揮的隊長，羅蘭成功驅逐他；攝政王在邊境栽植了危險的勢力，這次羅蘭拔去對方的爪牙、五花大綁帶回來。成功、成功、成功，所有的紊亂，都在羅蘭無可比擬的控制下化解。

這些人的身心靈和腦袋都屬於王子，他們的努力與紀律在營區與附近村莊當中展現得一覽無遺。

戴門讓沁涼夜風拂過身體，允許自己在心中讚嘆他參與的這場旅程，以及他們一路走來的艱辛與成就。

然後，在沁涼夜風的吹拂下，他放下心中的壓抑，允許自己面對一直以來不敢面對的事物。

家鄉。

家鄉就在國界另一端，距離拉芬奈不遠，他離開維爾的日子即將到來。

戴門對歸鄉之途瞭若指掌。首先，他將越過國界到阿奇洛斯境內，到時就能輕易請鐵匠移除手腕上的金銬與脖子上的金項圈，再用金子買通會見阿奇洛斯北方諸侯的路。他在北方最強大的支持者非尼坎德洛斯莫屬，這位封臣對卡斯托的敵意未曾動搖，他肯定會出兵助戴門南下奪回王位。

戴門遠望羅蘭掛滿絲布的帳篷，看著微風中搖曳的星芒旗幟，遠處的人聲變得喧鬧，然後再度歸復寧靜。未來將不再有這番光景，他將隨著阿奇洛斯北方諸侯的軍隊南下至伊奧斯，召集所有支持他的封臣。他不會在深夜溜出營地、執行瘋狂的計畫、穿上異國服飾、和野蠻部落結盟，或與騎著小馬的女戰士聯手拿下山中的劫掠者。

他再也無法過這樣的生活了。

戴門走進帳篷時，羅蘭一隻手肘撐著桌面，正在研究地圖。火盆溫暖了帳內的空氣，油燈的火光照亮了這塊空間。

「再一晚。」戴門說。

「不能讓俘虜死，不能讓女人惹事，不能讓士兵碰那些女人。」羅蘭彷彿列著代辦清單上的事項。「過來討論地理。」

戴門聽命在羅蘭對面坐下，兩人之間隔了一張地圖。

這次，羅蘭想再次鉅細靡遺地討論營地與拉芬奈之間的每一吋土地，以及國界東北部分的地形。戴門盡己所能回答羅蘭的種種問題，兩人花數小時比較邊境的山坡、地勢，與他們今日行經的地區。

帳外，軍營已陷入深夜的寂靜，羅蘭終於移開緊盯著地圖的視線，說道：「好了，再不暫停討論，我們就別想休息了。」

戴門看著他起身。羅蘭很少顯露疲態，他對軍隊的掌控其實源自於他對自己的絕對控制，但戴門還是看得出他累了，他的用字遣詞變得不太一樣。羅蘭的下顎還看得出被揍的橘紅色瘀痕，那身尊貴的細緻皮膚宛如過熟的水果，輕輕觸碰就會留下傷痕。他心不在焉地開始解開袖口的絲帶，臉在燈火的映照下陰晴不定。

「讓我來吧。」戴門說。

戴門熟練地起身踏上前，手指解開羅蘭前臂的絲帶，接著又解開背部的絲帶，最後幫羅蘭脫去豆莢般攤開的外衣。

外衣的重量消失後，羅蘭轉了轉肩膀，有時他騎了一整天的馬，也會稍微動動肩頸。戴門下意識伸出手，輕輕按捏羅蘭的肩膀——然後停手。羅蘭全身靜止，戴門這才意識到自己做了什麼，意識到自己的手仍然搭在羅蘭的肩頭，掌下的肌肉繃得像木塊。

「肩膀僵硬？」戴門故作輕鬆地問。

羅蘭頓了片刻——戴門的心在胸中鼓動兩次——然後說：「有一點。」

戴門的另一隻手也搭上羅蘭的另一邊肩膀，主要是防止羅蘭無預警地轉身或甩開他的手，然後他盡可能不帶任何感情地站在羅蘭背後，雙手搭在羅蘭肩頭。

羅蘭說：「難不成卜斯托的軍人都受過按摩的訓練？」

「沒有。」戴門說。「不過基本的動作應該不難，你要的話我可以幫你按按。」

他稍微用拇指下壓，接著說：「你昨晚不是也幫我拿冰塊嗎？」

「這，稍微，」羅蘭說。「比冰塊——」他的咬字清楚如針尖。「——親暱了一點。」

「太親暱了？」戴門邊說邊緩慢按壓羅蘭的雙肩。

他自認平時沒有自殺傾向，現在卻為全身僵硬、直挺挺站在原地的羅蘭按摩。

然後，就在他的拇指指節下，一條肌肉鬆動了，一系列連鎖反應傳下羅蘭的背部。羅蘭不甘願地說：「我……就是那裡。」

「這裡？」

「對。」

戴門感覺羅蘭將自己交付給他的雙手，但這不是投降或順從，而是站在崖邊闔上眼睛的感覺，身心依舊緊張。戴門本能地持續用簡單的動作按摩，就連呼吸也小心翼翼，他能感覺到羅蘭背部的架構：肩胛的弧度、中央那片使劍時必然緊繃的肌肉。

他繼續動作緩慢的按壓，羅蘭的身體再次發生變化，又是微小、壓抑的反應。

「這樣嗎？」

「對。」

羅蘭的頭微微垂下。戴門不曉得自己在做什麼，他隱隱記得自己上次隨意觸碰羅蘭的身體的情景。現在想來，那段回憶顯得萬分不真實，但那次與此刻截然不同的經驗卻又緊緊相依——現在的戴門小心翼翼，過去的他則毫無顧忌地讓雙手滑下羅蘭溼潤的肌膚。

戴門向下一看，注意到羅蘭的襯衣在他手下微微移動，兩人的肌膚之間只剩那一層布料。他的視線沿著優雅的後頸上移，落在羅蘭耳後的一小簇金髮上。

他小心控制雙手，動作侷限在尋找緊繃肌肉的任務上，然而羅蘭的身軀一直沒能放鬆。

「放鬆真的有那麼難嗎？」戴門靜靜地問。「你只要走出這頂帳篷，就能看到你的成就，外面那些人都對你死心塌地。」他沒有注意到種種跡象，沒注意到羅蘭變得更加緊繃。

「不管明天如何，你已經做得很好了，換作是別人——」

「夠了。」羅蘭突然離開戴門的雙手。

轉身面對戴門時，他的藍眼蒙著陰影，雙唇微啟，他伸手輕撫自己的肩膀，彷彿追憶散去的觸感。他並沒有放鬆身體，但舉手的動作似乎沒有剛才那麼困難了，他想必也注意到這點，以幾乎可說是尷尬的語氣說：「謝謝。」又挖苦自己道：「雙手被綁的感覺令人印象深刻呢，我先前都不曉得當俘虜有多不舒服。」

「是很不舒服。」戴門說出這句話時，較接近平時的語調。

「我保證，我永遠不會把你綁在馬背上。」羅蘭說。

兩人沉默半晌，羅蘭尖刻的視線落在戴門身上。

「是啊，我還是你的俘虜。」戴門說。

「你的雙眼好像在說：『這是暫時的。』」羅蘭說。「從一開始，你的雙眼就一直告訴我：『這是暫時的。』」他又說：「假如你是寵奴，現在應該拿了我不少賞賜吧，要花錢中止契約也不成問題。」

「就算是這樣，我也不會離開，」戴門說。「我會一直留在你身邊。我早就說過了，我會幫你想辦法解決邊境問題，你覺得我會食言嗎？」

「不會。」羅蘭的語氣彷彿是現在才發現這一點。「我不認為你會食言，但我知道你不喜歡當奴隸或俘虜。我還記得你在王宮裡完全沒有自由、完全無計可施時，你幾乎要瘋了。昨天也是，我看得出你非常想開打。」

戴門發現自己不自覺地動了，手指自動移向羅蘭下顎的瘀痕。他說：「我想打那個傷了你的男人。」

字句脫口而出，指尖下溫暖的肌膚吞噬了他的所有注意力，片刻後才注意到羅蘭已猛然退開，正睜著一雙瞳孔放大的藍眼盯著他。

戴門忽然意識到自己失控了——無論是行為還是情緒，全都失控了，他粗暴地喚出所有控制力，試圖阻止——此時此刻。

「抱歉，我……我知道我不該這樣。」他也強迫自己退開，繼續說：「我……我還是去幫忙守夜好了。」

他轉身就走，正要撥開帳篷布幔時，他被羅蘭叫住。

「不，等等，我……等等。」

戴門停下腳步，轉身面對羅蘭，羅蘭眼裡多了一種難以揣測的情緒，下顎一凜。他們沉默良久，羅蘭最終開口時，戴門還嚇了一跳。

「戈瓦爾說我和我哥哥……那不是真的。」

「我從沒信過那些流言。」戴門不自在地說。

「我的意思是，我的家族也許很……很汙穢，但奧古斯是乾淨的。」

「汙穢？」

「我告訴你這些，是因為你……」羅蘭似乎費了一番功夫才擠出這句話。「看到你，我就會想到他，他是我這輩子見過最好的人。這是你應該知道的事，你也應該受到公平的……

「在雅雷斯，我當時殘忍、狠毒地對待你。我不會妄圖用言語償還欠你的一切，那只是對你的侮辱，但我再也不會那樣對待你了。我過去很氣憤——不對，不是氣憤。」句尾被硬生生咬斷，只剩破裂的沉寂。

羅蘭的語氣又回復平穩。「你發誓會一直留在我身邊，直到邊境問題結束？那我也發誓，這件事解決後，我會解下金銬和項圈，放你自由。到時你我之間還有什麼恩怨，就以自由之身面對彼此。」

戴門注視著羅蘭，感到胸口出現一種奇怪的壓迫感。油燈的火光微微搖擺、閃爍。

「這不是陷阱。」羅蘭說。

「你願意放我自由？」戴門說。

這回換羅蘭陷入沉默，直直凝視著戴門。

戴門問：「那——在那之前呢？」

「在那之前，你是我的奴隸，我是你的王子，我們之間就是如此。」說完，羅蘭換回近似平時說話的語氣。「還有，你不用守夜，」他說。「你睡得不夠。」

戴門的目光在羅蘭臉上游移，卻找不到自己讀得懂的線索，他一面伸手解開自己外衣的綁帶一面想：這才是正常的狀態。

15

早在黎明到來前，戴門便醒了。

帳內、帳外都有工作等著他，起床工作前，他將一隻手臂壓在額前，敞開著衣襟在散亂的睡墊上躺了很久，盯著掛在上方的一條條斜紋絲布。

戴門走到帳外，此刻外頭的動靜並非來自早起之人，那是軍營中從夜間延續到早晨不間斷的工作：有的人顧火炬與營火；有的人靜靜來回踱步，為其他人守夜；有的則是騎馬歸來的哨兵，他們下馬向夜間值勤的長官報備。

戴門開始替羅蘭準備盔甲，他將每一個配件擺好，用力拉扯每一條皮帶，仔細檢查每一顆鉚釘。這副精緻盔甲上的凹槽與裝飾性邊框，已變得和戴門自己的盔甲同樣熟悉，現在他對如何保養維爾盔甲已經不陌生了。

接著，他開始檢查兵器，確認刀刃與劍刃沒有任何凹痕或刮痕，檢查握柄與圓球底部光滑無缺、不會鉤到東西，以及確保兵器的重量與平衡一如往常，以免讓使用者表現失常。

回到帳內，戴門發現羅蘭已經離開，不知去哪忙了。營地仍籠罩在破曉前的昏暗之下，一頂頂帳篷與裡頭的士兵仍在沉睡。戴門知道士兵們期待今日帶俘虜回到拉芬奈時，能受到羅蘭昨日回營那般的熱烈歡迎。

其實戴門無法想像羅蘭該如何利用俘虜說服圖瓦思勛爵放棄開戰，他再怎麼能說善道，能否說服沒耐心聽人說話的圖瓦思勛爵還是未知數。即使他們成功勸退維爾邊境的領主，也無法讓尼坎德洛斯麾下的將領放下兵戎，而且他們不只拿著刀劍兵器，國境兩邊已經發生武裝衝突，羅蘭與戴門也親眼看見阿奇洛斯軍隊的動向了。

一個月前，戴門也許會和其他士兵一樣，認為羅蘭會將俘虜拖到圖瓦思面前，大聲說出真相，並將攝政王的所作所為公諸於世。但是現在……戴門能想像羅蘭裝作毫不知情，讓圖瓦思自行循著線索找到攝政王——他幾乎能看見羅蘭睜大藍眼，表現出十分關切的模樣，以及真相浮出水面時，那雙藍眼駭然圓瞪的模樣。光是尋找真相的過程就會耗費時間，這是拖延戰略。

欺詐蒙騙、口是心非，不愧是維爾人能想出的策略。戴門甚至認為，若羅蘭堅守立場，或許能成功也說不定。

那之後呢？就這麼對全世界公開攝政王的罪行，然後在最後一夜，由羅蘭親手放戴門自由？

戴門回過神，發現自己站在營帳陣列之外，身後是無法再擺脫死寂的布麗托。不久後陽光將普照大地，鳥兒將唱出今晨第一首歌，天空將漸漸亮起，星辰在旭日東昇時悄悄消失。他闔上雙眼，感覺自己的胸膛緩緩起伏。

戴門允許自己想像不可能的一幕：他和羅蘭，以自由之身面對面……倘若兩國之間不存在敵意，羅蘭以特使的身分出使阿奇洛斯，戴門想必會被他的金髮與美貌吸引，兩人一同參與盛宴與體育競賽，而羅蘭……戴門見過羅蘭文雅迷人、言詞鋒利卻不殘忍的那一面。戴門不會欺騙自己，他知道若遇上這樣的羅蘭，他必然會被那閃亮的金色睫毛與狡黠的言語交鋒捕獲。

他睜開雙眼，同時聽見馬蹄聲。

戴門循聲走出疏林，來到瓦斯克部落營地的外圍，兩名女騎手乘著滿身大汗的馬匍回營地，還有一名騎手正準備離開。他想到羅蘭昨晚花了不少時間和女戰士協商議事，他也記得羅蘭嚴令禁止男人靠近女戰士的營地——想到這裡，一支被人穩穩握在手裡的矛出現在他面前。

戴門舉起雙手，提著長矛的女人並沒有在他身上刺個窟窿，反而細細端詳他，然後示意他上前。長矛抵在他背上，催促他走進營地。

瓦斯克部落的營區和羅蘭的營區不同，此時諸位女戰士已經起床勞動，她們一一解開十四名俘虜的繩索，重新綁緊。她們工作的同時，注意力也被某件事物吸引，戴門發現他背後的女戰士正領著他走向羅蘭，而羅蘭正和兩名下了馬，站在精疲力竭的坐騎身旁的騎手交談。看見戴門時，羅蘭結束談話走過來，方才持長矛的女人不知何時消失了。

羅蘭說：「抱歉，你沒時間找女人了。」他的語氣十分平靜。

戴門說：「謝了，不過我是聽到馬蹄聲才過來的。」

羅蘭說道：「拉札爾也說他是走錯路才不小心晃過來的。」

戴門沉默片刻，吞下原本的回覆，最後才以和羅蘭相同的語調說：「原來如此，你不喜歡被別人看見，是吧？」

「即使我想，我也不能這麼做。在你看來她們不過是幾個瓦斯克金髮女人，但我一旦和她們發生關係，就可能被逐出王室。我從以前到現在，」羅蘭特別強調。「都沒有和女人做過。」

「很舒服喔。」

「你比較喜歡女人。」

「大致上是。」

「奧古斯也偏好女人，他曾經告訴我，我總有一天會和他一樣喜歡上女人。我對他說，他負責和女人生下子嗣，我看書就好……那時候我才九歲？還是十歲？我以為自己已經長大了，過分的自信真可怕。」

戴門開口回應，卻在最後一刻阻止了自己。他知道羅蘭能一直這樣說下去，有時他看不出羅蘭的心思，但他看得出羅蘭現在的想法。

戴門說：「別緊張，你可以說服圖瓦思勛爵，沒問題的。」

他看見羅蘭微微一頓，在逐漸從墨黑轉為暗藍的光線下，他只看得到羅蘭的金髮，看不清面部表情。

戴門發現，他有個一直很想問羅蘭的問題。

「我不懂，你為什麼會被你叔父逼得這麼狼狽？你其實有辦法勝過他的吧？我明明看你成功過。」

羅蘭說：「也許你現在覺得我有勝算，但當年遊戲開局的時候，我還……很年輕。」

他們回到軍隊的營區，營帳陣列中傳出起床令，士兵在暗淡晨光中漸漸甦醒。

年輕。瑪拉斯決戰那一年，羅蘭十四歲，不過……戴門在腦中梳理月份。那場戰役發生在初春，羅蘭的生日在晚春，所以決戰當時他還沒十四歲。

戴門試著想像十三歲的羅蘭，卻腦中一片空白。他無法想像十三歲上戰場的羅蘭，也無法想像跟著敬愛的兄長到處跑的小小羅蘭。他無法想像羅蘭敬愛或崇拜任何人。

帳篷已拆解完畢，士兵跨上馬背，戴門看著面前那筆直的背脊與金髮——戴門曾在多年前的戰場上，和髮色更濃豔的另一位王子對決。

奧古斯。在那片險惡的戰場上，唯獨奧古斯堅守榮譽。

當時，戴門的父親邀維爾傳令官進入營帳，提出合理的條件：只要維爾交出土地，阿奇洛斯就放他們一條生路。傳令官一口唾沫吐在地上，說：**維爾永不對阿奇洛斯投降**。與此同時，帳外傳來維爾軍突襲的聲響——兩國國王御駕親征，維爾卻假藉談判之名發動攻擊，再厚顏無恥不過。

你只能和他們奮力一戰，戴門的父親曾這麼說。**不能信任他們**。

他父親說得對，而且在瑪拉斯戰場上，父親也做好了全力一戰的準備。

維爾人都是懦夫與騙徒，他們在偷襲時遭到阿奇洛斯軍全力反擊，本該一哄而散才是，沒想到維爾人並沒有在雙方交鋒時敗下陣，反而不屈不撓地堅守陣地。雙方熱戰了好幾個鐘頭，直到阿奇洛斯軍顯露頹勢。

帶領維爾軍浴血奮戰的，並不是國王，而是他們二十五歲的王子。

父王，我能打敗他。戴門說。

那就去吧，父親告訴他。**願你凱旋歸來。**

這片原野被稱為赫雷，在羅蘭的地圖上，是紙上僅僅半英寸寬的一片土地。戴門曾在帳篷的燈光下，坐在羅蘭對面研究這個區域。昨晚和羅蘭談到赫雷的地形時，戴門說：「今年夏季不算太炎熱，現在那裡應該是一片草原，如果我們有離開大路的必要，就可以騎馬穿過草地，對馬、對騎士來說都比較輕鬆。」他說得沒錯，道路兩旁的草地茂密又柔軟，前方是連綿的山丘，東方也同樣是丘陵地。

太陽漸漸攀升，眾人早在黎明前就拔營出發，來到赫雷時天色已經足夠明亮，他們能分辨平地與山坡、草原與天空——天空，以及天邊的事物。

陽光灑在他們身上時，南邊的山丘頂忽然開始移動，移動中的線條變得越來越粗，閃爍著銀色與紅色。

戴門騎馬走在隊伍最前頭，他勒馬往旁一拐，身旁的羅蘭同樣勒馬，視線緊鎖在南邊山坡上。線條不再是線條，化為不同的形狀——戴門和羅蘭遠遠能辨識的形狀——這時，喬德也下令全軍停步。

紅色。紅色，屬於攝政王的紅色，以及邊境堡壘的徽飾，一面飄蕩一面接近。那是拉芬奈的旗幟，而且不只是旗幟，就連拉芬奈的士兵與騎士也如同從杯緣溢出的紅酒，順著山坡湧下來，形成山坡上不斷擴散的深色印漬。

現在，戴門能看見對方的陣列，也能大致估算對方的人數：騎兵約五六百人，還有兩支各約一百五十人的步兵縱隊。根據戴門對拉芬奈堡的觀察，這些是拉芬奈所有的騎兵，而步兵並沒有全數出動，但眼前已經是不少的兵力了。他的坐騎在身下緊張地挪動身體。

下一秒，右側的山丘也冒出許多人影，對方的位置更接近，近到戴門能認出一個個士兵的身形與制服。這些是圖瓦思派去布麗托的分隊，在一天前率先離開布麗托——但顯然沒有回到拉芬奈，而是埋伏在這裡。對方又多了兩百人。

戴門感覺到身後其他士兵的緊張與不安，他們有一半人打從心底不信任攝政王的人馬，而且對方的人數是羅蘭軍隊的十倍。

拉芬奈軍在山丘上分為兩翼，逐漸擴大的V字形一步步逼近羅蘭的軍隊。

「他們想包圍我們，難道是把我們誤認成敵軍了？」喬德不解地問。

「不是。」羅蘭回答。

「北方沒有人，我們可以北行。」戴門說。

「不。」羅蘭說。

一小群人脫離拉芬奈的主軍隊，朝他們直直行來。

「你們兩個跟上。」羅蘭說完便雙腿一夾，策馬上前。

戴門和喬德跟著策馬前行，三騎人馬穿過長草原野，和圖瓦思勛爵與他的部下會面。

打從一開始，這場會面的儀式與規矩就錯了。通常兩軍交鋒前，也許會派使者前去談判，或者由雙方主將最後一次討論休戰條件或試圖威嚇對方。戴門駕馬前奔，打從骨子裡對即將面臨的戰前宣言感到不安，對方前來會談的對象與人數加深了這種感覺。

羅蘭勒馬。對方一行人以圖瓦思勛爵為首，一旁是桂恩議員與恩果蘭隊長，他們身後則跟了十二名騎兵。

「圖瓦思勛爵。」羅蘭開口。

對方省略了開場白。「我們有多少人馬，您都看見了，請務必隨我們走。」

羅蘭說：「看來從我們上次見面到現在的中間這段時間，你收到我叔父的指令了。」

圖瓦思勛爵不發一語，和背後那些披著斗篷的鎧甲騎兵一樣面無表情，迫使羅蘭打破沉默，而不是如往常那般等對方先開口。

羅蘭說：「你要我隨你們去做什麼？」

圖瓦思勛爵冷著帶有疤痕的臉，面露鄙夷。「我們知道您買通了瓦斯克劫掠者，我們知道您和那個阿奇洛斯狗關係匪淺，也知道您和瓦斯克密謀劫掠我國邊境，毀了布麗托。您將回拉芬奈接受審判，最後以叛國者之名處死。」

「叛國者。」羅蘭重複道。

「您想否認嗎？您不是正要護送攻擊阿奇洛斯的人回拉芬奈，讓他們依您的指示誣衊攝政王嗎？」

這句話，宛如斧頭的一斬。**你其實有辦法勝過他的吧？**戴門今早是這麼問羅蘭的，但他已經數週沒見識到攝政王的力量了，直到此時他才心底一涼，想到那些俘虜很可能真的受過某人的指示，只不過那個人不是羅蘭。換言之，對羅蘭而言最致命的武器，已被羅蘭親自帶到圖瓦思面前。

「我當然可以否認這一切。」羅蘭說。「你們沒有證據。」

「他有證據——他有我的證詞，我全都看到了。」一名騎兵推開其他人策馬上前，拉下斗篷帽，穿著貴族鎧甲、深色鬈髮梳得漂漂亮亮的他，顯得與平時截然不同，然而那雙誘人的唇、那尖酸的語氣與挑釁的眼神，戴門卻再熟悉不過。

是愛默里克。

世界顛倒了，無數個乍看之下不存在疑點的瞬間，在新的認知下呈現出真實面貌。冰冷、沉重的認知落入戴門腹部時，羅蘭已經展開行動，他並沒有用漂亮的言詞反駁，而是掉轉馬頭擋在喬德面前說：「回部隊去，馬上走。」

喬德面無血色，彷彿被長劍刺穿了身體。愛默里克昂首看著他們，但他並沒有特別在意喬德。背叛與內疚清楚寫在喬德的臉上，他硬是從愛默里克身上移開視線，對上羅蘭堅定不移的雙眼。

內疚——羅蘭最忠實的軍隊核心竟出現了裂痕。愛默里克失蹤多久了？出於對愛默里克的情義，喬德究竟為他隱瞞了多久？

在戴門眼中，喬德一直是個稱職的隊長，即使到現在，喬德也沒有找藉口，沒有要求愛默里克說明這一切，只有默默遵從羅蘭的旨意，面色蒼白地策馬離開。

現在羅蘭只能獨自面對圖瓦思等人，身邊只剩他的奴隸一人。戴門彷彿能感覺到敵方每個人的劍刃、每個人的箭尖、山坡上每一名士兵的存在，也清晰感覺到身旁的羅蘭用冰冷藍眸凝視愛默里克，彷彿拉芬奈軍隊根本不存在。

羅蘭說：「既然你選擇成為我的敵人，就別怪我對你無情。」

愛默里克說：「你跟阿奇洛斯人上床，讓他們操你。」

「你是說，像你讓喬德操你那樣？」羅蘭問。「這就是我和你的不同之處——你真的和喬德上了床。這也是你父親的指令嗎？還是是你自行發揮創意？」

「我和你不一樣，我不會背叛我的家族。」愛默里克說。「你恨你的叔父，還對你哥哥抱持著變態的感情。」

「十三歲的我，對兄長抱持著變態的感情？」羅蘭從冷若冰霜的藍眸到擦得雪亮的靴尖，都不像是會對任何人產生感情的人。「原來我比你還早熟啊。」

愛默里克聽了更火大。「你以為你那些小把戲，都沒有人發現嗎？要不是在你手下工作讓我反胃，我還想對著你大笑呢。」

圖瓦思勛爵說：「您可以自願隨我們回拉芬奈，也可以在我們制伏您的部下之後被我們帶回去，相信您會選擇明智的那條路。」

羅蘭沒有說話，目光掃過山坡上的軍隊：兩側包抄的騎兵隊、人多勢眾的步兵隊，以及他自己聲勢單薄、人數少得無法與敵軍硬碰硬對戰的的隊伍。

若他接受審判，為自己竭力辯白，只會在愛默里克的指控下丟盡顏面，因為他在邊境貴族眼中一無是處，這些人是他叔父的人。倘若在雅雷斯接受審判，情況只會更糟，攝政王將親口抹黑羅蘭，將他描繪成一個沒有任何成就、不適合登上王位的懦夫。

戴門明白羅蘭不可能要求部下為他送死，他也知道羅蘭若提出要求，士兵們肯定會心甘情願為他戰死——想到此，戴門胸口萌生類似心痛的感覺。只要羅蘭開口，這群不久前還毫無紀律、毫無忠誠且一點也不團結的烏合之眾，就會為他白白送死。

「假如我向你們投降，接受我叔父的審判，」羅蘭說。「你們會如何處置我的部下？」

「您犯了罪，但他們除了忠誠於您之外沒有過錯。我們將解散軍隊，還他們自由與性命，然後把女人帶到瓦斯克國界。當然，您的奴隸也必須處死。」

「當然了。」羅蘭說。

桂恩議員也說話了。「有些話，您的叔父不可能對您說出口，」他策馬來到愛默里克身邊。「所以由我代替他告訴您。您的叔父對您父親和您兄長忠心耿耿，所以才一而再、再而三地容忍您犯錯，您非但沒有回報他，還鄙視他、蔑視他，您荒廢了一國王子的職責，絲毫不顧自己為家族帶來的恥辱。您天性自私，會走上叛國這一條路我也不感到意外，但您叔父對您寵愛有加，您怎能背叛他？」

「我叔父太過『寵愛』我了。」羅蘭說。「老實告訴你，背叛他再容易不過了。」

桂恩說：「看來您完全不知悔改。」

「對了，你方才說到『荒廢職責』，是吧？」羅蘭忽然說。

他舉起一隻手，後方遠處，兩名瓦斯克女人脫離隊伍，騎著小馬跑來。恩果蘭欲上前干預，不過圖瓦思示意他退開，畢竟羅蘭身邊多了兩個女人，他也不可能扭轉局面。兩匹小馬跑到一半，戴門看見其中一名女戰士的馬鞍上有東西，也看出了那是什麼。

「你們掉了一點小東西，被我撿到了——我也沒資格責怪你們不小心，畢竟我也才剛學到教訓，軍隊最底層的殘渣從一支隊伍流向另一支隊伍，原來是如此稀鬆平常的事啊。」

羅蘭用瓦斯克語說了句話，女人將那團物品推下馬，彷彿抖掉包裹中的垃圾。

那是個棕髮男人，手腕與腳踝被綁得死緊，類似狩獵隊歸來時被綁在長桿上的山豬，他滿臉是土，只有太陽穴附近的頭髮沾了凝固的血。

他並不是男性部落的族人。

戴門想到瓦斯克女戰士的營地，昨天只有十個俘虜，今天多了四個俘虜——他猛然抬眼，望向羅蘭。

「您若以為，」桂恩說。「您手上有人質，就能拖延時間或阻止我們將您繩之以法，您恐怕要失望了。」

恩果蘭說：「他抓了我們的其中一個哨兵。」

「我抓了你們其中四個哨兵。」羅蘭糾正他。

圖瓦思身後的一名士兵跳下馬，披戴盔甲的他單膝跪在那名俘虜身旁，同時圖瓦思對恩果蘭皺眉說：「哨兵的消息沒傳到？」

「派去東方的的哨兵還沒回報。這裡地域廣闊，哨兵遲一些回來也不奇怪。」恩果蘭回答。

士兵割斷俘虜手腳的繩索，取出塞口布，原本被綁得動彈不得的俘虜勉強撐著僵硬的身體坐起來。

他口齒不清地說：「圖瓦思大人——東方有一支軍隊，準備在赫雷攔截您的隊伍——」

「這裡就是赫雷。」桂恩議員不耐煩地打斷他，恩果蘭隊長則神情一變，轉向羅蘭。

「什麼軍隊？」愛默里克的嗓音忽然變得單薄而尖利。

這時，戴門想起屋頂上的追逐，他記得漫天星斗，還有將別人晒在陽臺上的衣服丟在追兵身上——

「想必是收了好處的山民部落，不然就是阿奇洛斯傭兵。」

——他想起旅社房中，留著鬍子的信使對羅蘭下跪——

「如果是這樣就太好了，對吧？」羅蘭說。

——想起羅蘭在花香濃郁的露臺與托維德親暱地耳語，將價值連城的一整批阿奇洛斯奴隸贈予他。

哨兵正焦急地解釋：「——除了王子的旗幟以外，還有帕特拉斯的黃旗——」

其中一名瓦斯克女戰士吹響號角，尖銳的號角聲喚來遠方回音般憂傷的回應，然後東方傳來第二聲號角，接著是第三聲。植被蔓生的東方山丘上，出現了旗幟，以及軍隊的制服與閃亮的兵器。

在場所有人之中，唯有羅蘭沒望向東方丘陵，繼續筆直注視著圖瓦思勛爵。

「你說你相信我會選擇明智的那條路。」羅蘭說。

這是你搞的鬼！戴門還記得尼凱絲氣憤的發言。**你故意讓他看到——你耍我！**

「你莫非認為，」羅蘭接著說。「你對我下戰書，我會害怕地退縮？」

帕特拉斯軍隊填滿了東方天際線，在正午的豔陽下閃亮奪目。

「我鄙視什麼人、蔑視什麼人，」羅蘭又說。「都輪不到你們來評判或寬恕。圖瓦思勛爵，這是我的王國，你居住在我的土地上，你現在能呼吸，是我對你的恩賜，該選擇的人不是我，是你。」

「進攻，」愛默里克的目光在圖瓦思與父親之間游移，緊握著韁繩的手指指節泛白。「快點，趁其他人來之前攻擊他。你不了解他，他每次都會溜走——每次都能逃過一劫——」

「殿下，」圖瓦思勛爵說。「我這是依您叔父的命令辦事，我不能違反攝政王殿下的意志。」

羅蘭說：「攝政王之所以存在，是為了守護我的未來。你必須聽命於他，但他必須聽命於我，現在是我叔父違反我的意志，你的責任就是服從我的命令。」

圖瓦思勛爵說：「請給我一些時間，容我與謀臣商議，一小時就好。」

「去吧。」羅蘭說。

圖瓦思勛爵一聲令下，一行人乘馬回歸自己的隊伍。

羅蘭拉扯韁繩，轉而面對戴門。

「我要你去從喬德手上接過隊長職位，帶領軍隊，我從一開始就該把隊長之職交給你。」羅蘭接著說到圖瓦思，語氣變得冷硬：「他會選擇戰鬥。」

「他在猶豫。」戴門說。

「他猶豫了，但桂恩不會讓他退出。桂恩現在和我叔父利害一致，他知道我一旦坐上王位他就保不住腦袋了，他不可能允許圖瓦思撤兵。」羅蘭說。「我過去一個月和你在地圖上玩了無數場戰爭遊戲，在戰場上，你的策略勝我一籌。那麼我問你，你是否能勝過我維爾邊境的領主？隊長，你有什麼看法，說來聽聽。」

戴門再次望向山丘，在這瞬間，他們獨處於兩軍之間。

與羅蘭結盟的帕特拉斯軍從東方夾向拉芬奈軍，現在羅蘭與圖瓦思勢均力敵，羅蘭還占了位置上的優勢，他的首要任務應該是守住優勢，並且慎防自信所帶來的差錯以及敵人的種種應戰策略。

但此時圖瓦思勛爵就在戰場上，戴門的阿奇洛斯熱血在體內鼓譟，他想起阿奇洛斯人說過無數次的一句話：要讓維爾人離開他們的堡壘，簡直難如登天。

「我可以幫你贏下這場戰仗，但如果你想得到拉芬奈……」戴門邊說邊感覺到戰鬥本能竄過全身，這項計畫太過大膽，就連他父親生前也未曾嘗試、未曾想像攻占維爾邊境最堅實的堡壘之一。「如果你想得到拉芬奈，就必須切斷他們和城堡的聯繫，不能讓任何信使或騎士進出城堡，而且我們得迅速打敗他們，不讓敗軍四處潰散，否則拉芬奈一接到消息，城裡的人就不可能放我們進去了。你要派一部分帕特拉斯人包圍圖瓦思的人，形成邊界，先消耗對方的主力，再攻破他們的陣列，最好是圖瓦思周圍的陣列——這就比較難了。」

「我給你一個鐘頭。」羅蘭說。

「我們現在應對的時間這麼少，」戴門說。「還不是因為你沒有早點把事情告訴我。你在山裡、在瓦斯克女人的營地裡時，怎麼一個字也沒有對我透露？」

「我當時不曉得內奸是誰。」羅蘭說。

這句話如暗麗的花朵，在戴門心中綻放。

羅蘭說：「你果然沒有說錯，他在第一週惹是生非不成，就上了隊長的床。」他的語調淡漠，不帶感情。「你說歐爾蘭究竟是發現了什麼祕密，愛默里克才要一劍刺死他？」

歐爾蘭。戴門想到死去的同袍，一股作嘔之意忽然衝上腦門。

他還沒回答，羅蘭已經雙腿一夾，策馬朝自己的隊伍奔去。

16

兩人回歸部隊時，在攝政王的旗幟重重包圍下，士兵們神經緊繃。在得知必須在一個小時內完成所有的準備後，心情就更差了。他們放棄了馬車、僕役與備用的馬匹，眾人拿起武器與盾牌，瓦斯克女戰士本就和羅蘭交情不深，她們大多退到馬車旁，只有兩人留下來作戰——羅蘭答應她們，若她們殺死敵軍士兵，死者的馬就歸她們。

「攝政王的人，」羅蘭對軍隊說。「認為我們勢單力薄，他們以為我們會不戰而降。」

戴門接著說：「我們不會讓他們威嚇我們、征服我們或逼迫我們服從。你們等等要全力迎擊，別停下來和對方的前鋒交戰，我們的目的是衝破他們的陣線。我們今天站在這裡，是為我們的王子奮戰！」

眾人齊聲吶喊：「**為王子奮戰！**」他們握緊長劍，拉下面甲，發出震耳欲聾的吼聲。

戴門縱馬沿己方軍隊的陣線奔過，在他一聲令下，隊伍嚴整地改變陣形。羅蘭的部隊已不再是最初散漫的一盤散沙，他們缺乏經驗，但在半個夏季的嚴格操練下，這些人已成為有模有樣的軍隊。

喬德策馬到戴門身邊，對他說：「不管他事後要怎麼處置我，我都要一起戰鬥。」

戴門點頭同意，然後轉身迅速掃視圖瓦思的部隊。

他明白軍人在交戰中的重要性，若己方人數較少，就必須以軍隊素質取勝，否則隊長的指令再怎麼高明，無法切實遵從指示的軍隊還是不可能打勝仗。

他們無疑占有戰略優勢：拉芬奈軍的前鋒面朝羅蘭，側面卻有虎視眈眈的帕特拉斯軍，拉芬奈軍必須在前進的同時轉向，形成面向帕特拉斯軍的第二道前鋒，否則只會在帕特拉斯軍與羅蘭軍的夾擊下潰亡。

儘管如此，相比羅蘭的人馬，圖瓦思的部下各個經驗老道，熟悉戰場上的陣勢與策略，變換陣形對他們而言易如反掌。

羅蘭的部下無法在戰場上自由變換陣形，戴門不能弄巧成拙，而該專注於眾人過去數週訓練的重點：陣線。假如無法突破拉芬奈軍的陣列，他們將在這場戰役中敗亡，羅蘭也將落入叔父的魔爪。

戴門知道自己胸中燃起了怒火，不是氣愛默里克背叛羅蘭，而是氣攝政王惡意散布流言，扭曲事實也扭曲了他人的心志——攝政王派人向維爾的王子宣戰，自己卻不必弄髒雙手。

他們鐵定會突破圖瓦思的陣列，戴門說什麼也要打得敵人潰不成軍。

羅蘭的馬走到戴門身邊，他們周遭圍繞著植物與青草被踩踏散發出的氣味，但再過不久，空氣中將瀰漫迥然不同的氣味。羅蘭沉默半晌，然後才開口。

「圖瓦思的人乍看下很團結，實際上卻非如此。我叔父再怎麼誣衊我，在維爾邊境，這面星芒旗還是在人們心中占有一席之地。」

他沒有道出兄長的名諱，他兄長在世時總是騎在軍隊最前線，帶部下衝鋒陷陣，現在羅蘭站上相同的位置，卻是準備殺戮自己的臣民。

「我知道，」羅蘭說。「隊長真正發揮實力的時機，是在上戰場前、在訓練場上、在事前的規畫。你從一開始就花費大量時間和我擬定操練計畫，整肅這支軍隊，是你建議我不要教部下太過複雜的動作，一再訓練他們維持陣形和攻破敵軍，你從一開始就是我的隊長了。」

「花俏的動作和陣形都是表演用的，在戰場上，堅實的基礎才是正道。」

「若沒有你，我會選擇不同的策略。」

「我知道，你每次都把事情搞得太過複雜。」

「接下來這道命令，你仔細聽好。」羅蘭忽然說。

綿長的赫雷草原上，圖瓦思的軍隊整齊地排列在彼方。

羅蘭口齒清晰地說：「你說要迅速打敗對方，不讓敗軍四處潰散，意思是我們必須盡快攻克敵軍，而且過程中我不能失去半數人馬。這是我給你的命令：我們衝入拉芬奈軍的陣隊後，我們兩個去攻擊他們的首腦，我對付桂恩，如果你先逮到圖瓦思勛爵，」羅蘭頓了頓。「就殺了他。」

「什麼？」戴門說。

羅蘭一字一句說得清清楚楚。「阿奇洛斯人不都用這種方法打贏戰爭嗎？如果能一舉斬了敵將，又何必費時費力和對方的軍隊拚鬥呢？」

戴門沉默許久，最後說：「你不必專程去找他們，他們也會朝你打過來。」

「那我們就能速速了結這場仗了。我之前說會放你自由，只要我們今日攻下拉芬奈，明早我就拆下你的項圈。你隨我到此，就是為了打這場仗。」

不到一個小時後——才過了半個鐘頭——拉芬奈軍便毫無預警地出擊，顯然圖瓦思希望以突襲彌補位置上的劣勢。

然而戴門親眼見過維爾人以談判為藉口發動奇襲，早已做好準備，而且世上很少會有羅蘭意料之外的事物。

拉芬奈軍率先橫跨草原，第一步總是如此整齊平穩，接著刺耳的號角聲響起，雙方開始大規模移動。圖瓦思的部隊試圖轉向，羅蘭的騎兵隊卻朝圖瓦思直奔而去，一路上戴門喊出維持陣形、保持速度一致與平穩行進的指令，現在最重要的是隊形，羅蘭的人馬不能在狂熱衝鋒的過程中散開。眾人緊握韁繩，讓甩著頭、恨不得撒腿疾奔的馬匹維持小跑步，隆隆馬蹄聲越來越響，血液開始沸騰，衝鋒的興奮與緊張感如燎原星火。保持穩定，保持穩定。

兩軍交鋒的那一刻，如同奈松丘陵地的落石相撞，戴門感受到熟悉的衝擊，衝鋒時的寬廣視野忽然限縮，只剩肌肉、金屬、人與馬高速相撞，戴門耳裡滿是兵刃相接、士兵高吼的聲響。兩方陣線開始扭曲，隨時可能破裂，原本整齊的隊形與高舉的旗幟，化為互相推擠、不住掙扎的人海，有的馬失蹄後又站穩腳步，有的被劈砍或被長矛刺傷後倒地不起。

別停下來和對方的前鋒交戰。這是戴門給部下的指示。他一路往前殺，長劍砍劈擋在面前的敵人，盾與馬不斷向前推擠，憑蠻力拓出一塊空間讓後方的士兵跟上。他身旁的人被長矛刺穿喉嚨，左方傳來馬匹的尖鳴，羅薛爾的馬倒了下去。

前方的人不斷倒下、倒下、倒下。

戴門分心二用，一面用盾格開揮過來的劍、用劍砍死戴著頭盔的敵兵，一面注意四周，等待敵軍前線崩潰的瞬間。這就是隊長打前鋒的難處，他必須在前線活下去，同時留意整片戰場，彷彿以兩具不同的身軀、在兩種不同的層面作戰，令人心神振奮。

他感覺圖瓦思的部隊勢道漸頹、陣線出現裂痕，衝鋒的力道一股股湧來，還活著的士兵再不離開就會被戴門的部隊斬殺。沒錯，他們將被戴門的部隊斬殺，戴門會把圖瓦思的人馬殺得片甲不留，將勝利交到他以下犯上的對象手裡。

他聽見圖瓦思的部下高聲呼喊，開始重整隊形——

衝破對方前線，衝破對方。

他自己也將羅蘭的人馬喚到自己身邊，若只有他單獨一人叫喊，喚聲只能傳到附近的人耳裡，不過附近的人也跟著傳令，接著用號角聲召喚其他士兵。羅蘭的軍隊在奈松城外練了一次又一次，今天才得以在戴門身邊重新排列出整齊的隊形，而且大部分的人都還活著。

就在這時，圖瓦思略顯散亂的部隊被帕特拉斯軍從側面重擊，整支隊伍開始震顫。

陣列出現缺口，混亂乍現。戴門時時感覺到羅蘭在他身邊，他無法不注意羅蘭——羅蘭的馬腳步踉蹌，被割傷的肩膀不停出血，牠前方的馬摔倒在地，羅蘭猛然夾緊雙腿改變坐姿，引領坐騎越過仍在地上掙扎的障礙物，馬蹄落地時他的劍已經握在手中，在馬兒轉身的同時迅速揮出兩劍，清除眼前的敵人。看到這一幕，戴門不由得想到羅蘭曾騎著瀕死的馬狩獵，還在那次競賽中勝過托維德。

而且羅蘭方才說得沒有錯，他周遭的敵兵似乎不願意上前，因為眼前這位身穿金色鎧甲、配戴星芒徽飾的人，是他們理應效忠的王子。他帶兵列隊行進，穿過維爾境內的村鎮時，人民總是對他閃耀的姿態印象深刻，一般兵卒不願意直接攻擊他。

然而，這樣的想法僅限於一般兵卒。**桂恩現在和我叔父利害一致，他知道我一旦坐上王位他就保不住腦袋了。**這是羅蘭親口所說。拉芬奈軍顯露敗象的瞬間，斬殺羅蘭成了桂恩的首要任務。

戴門看見羅蘭的旗幟歪倒，這是不祥的預兆。見敵方隊長恩果蘭和羅蘭打了起來，戴門心想，恩果蘭很快就會發現，羅蘭的戰鬥能力並沒有攝政王說得那麼差。

「**保護王子！**」戴門大喊。他感覺到羅蘭周遭的戰況出現變化，士兵開始列隊——但為時已晚，恩果蘭與圖瓦思勛爵等人本就成團行動，現在圖瓦思策馬衝向羅蘭，無人能阻隔他們。戴門的腳跟用力一踢馬腹。

兩匹馬重重相撞，八條腿與兩具身軀倒在地上，奮力掙扎。

身穿盔甲的戴門重重摔在地上，他往旁一滾，避開試著起身而四蹄亂踢的戰馬，又憑著長年的戰鬥經驗多滾一圈。

他感覺到圖瓦思的劍尖刺入地面，切斷他頭盔的綁帶，並刮過脖子上的金項圈，發出尖銳的金屬聲。戴門一手提劍，起身面對敵人，他將歪斜的頭盔判定為對生命的威脅，於是拋棄另一隻手舉著的盾牌，扯下頭盔。

他對上圖瓦思勛爵的雙眼。

圖瓦思勛爵鄙夷地說：「是奴隸啊。」他拔出插在地面的劍，試圖一劍刺穿戴門。

戴門擋開那一擊，迫使圖瓦思倒退一步，接著上前追擊，劈碎圖瓦思的盾牌。

圖瓦思並非入伍不久的新兵，他是技藝純熟的沙場老將，劍技也相當了得，他並沒有因這一擊而亂了陣腳。比起剛才帶兵衝鋒的戴門，他還保有充沛的精力，他拋開殘破的盾牌，舉劍襲來。倘若圖瓦思比現在年輕十五歲，這也許會是場勢均力敵的決鬥，但兩人第二次交鋒便證明了力量的懸殊。圖瓦思並沒有再次攻向戴門，反而神色大變，後退一步。

那並不是為對方實力所震懾的反應，也不是看清勝負已定的神情，而是認出一個人的震驚。

「**我知道你是誰。**」圖瓦思勛爵啞著嗓子說，彷彿悠遠的回憶被猛然抽出。他再次猛攻，戴門驚得無法思考，他憑直覺格擋，接著由下往上刺向門戶洞開的圖瓦思。「我知道你是誰。」圖瓦思重複這句話的同時，戴門的劍刺入他的身軀，在直覺的推引下刺得更深。

「**王儲屠手。**」圖瓦思說。「**戴門諾斯。**」

那是他死前的最後一句話。戴門抽出長劍，後退一步。

他意識到身旁站著另一人，那人在紛亂的戰場上靜止不動，戴門知道剛才發生的事、圖瓦思死前的言語，都被那人聽見了。

他轉身面向對方，臉上是無法掩飾的事實真相，彷彿全身赤裸，無從隱藏自己的身分。

羅蘭。他心想。戴門抬眼，對上那人的視線。

那不是羅蘭，而是喬德。

他驚駭地注視著戴門，握著劍的手不由自主地鬆了。

「不是，」戴門說。「不是你想的——」

戴門身邊的戰鬥尾聲漸漸淡去，他這才充分理解在喬德眼中的他是什麼人——和愛默里克無異的那種人。

「**他知道嗎？**」喬德問。

戴門沒有機會回答。羅蘭的人馬湧上前，拉芬奈的旌旗一一倒落，圖瓦思的部下開始投降，戴門站在戰場中心，被己方士兵簇擁著，他聽見眾人驕傲的呼喊：「**王子萬歲！**」以及近處的士兵反覆高喊：「**戴門、戴門、戴門！**」

在眾人的歡呼聲中，有人為他牽來新的坐騎，他翻身上馬。奮戰的汗水仍在他身上閃爍，這匹馬的側腹毛色被染得較深，也不知是血還是汗。戴門感覺心臟仍停留在兩軍交鋒、相撞前的瞬間。

羅蘭在戴門身旁勒馬，他仍騎著同一匹肩膀受傷的戰馬，馬兒肩上的血液已經凝固。「隊長，接下來，」他說。「我們只須攻占一座堅不可摧的城堡。」那雙清澈藍眼熠熠生輝。「善待投降的士兵，我晚點會給他們加入我方的機會。你安頓好傷者、處理完死者之後來找我，我要在半個小時內進軍拉芬奈。」

安頓傷者。戴門安排傷者到帕特拉斯軍的營帳，接受帕司查與帕特拉斯軍醫的治療，無論是己方或敵方士兵都不例外。圖瓦思本以為羅蘭會不戰而降，因此只帶了九百名士兵出城，卻沒有隨隊的軍醫，現在帕司查與帕特拉斯軍醫想必忙得不可開交。

處理死者。一般而言，勝利方會帶自己的死者回去安葬或火化，只有心胸寬大的人會給敵方死者同樣的尊嚴。今天戰場上的雙方皆是維爾人，無論是羅蘭或圖瓦思的部下，都該受到平等的對待。

處理妥當後，他們得刻不容緩地前往拉芬奈，至少拉芬奈會有更多軍醫，能幫忙治療傷者。此外，他們如此努力在短時間內結束戰役，就是為了在拉芬奈堡的人得到消息前迅速趕回去，占領拉芬奈。戴門拉扯一邊韁繩，發現自己要找的人不知為何來到了戰場邊緣，佇立在他面前。戴門下馬。

「你是來殺我的嗎？」喬德說。

「不是。」戴門回答。

兩人沉默片刻，中間相隔兩步距離。喬德擺在低處的一隻手裡握著刀，手指用力到指節發白。

戴門說：「你還沒告訴他。」

「你也不否認？」喬德見戴門默不作聲，發出粗啞的笑聲。「你打從一開始就恨我們入骨，是嗎？你們侵略我們的國家，搶了我們的領土，還不夠嗎？你還要玩這種——這種噁心的遊戲，才能滿足嗎？」

戴門說：「如果你告訴他，我就沒辦法再幫助他了。」

「**告訴他？**」喬德重複道。「告訴他，他信任的人對他說謊，騙了他，還用最下賤的方式汙辱他？」

「我沒有傷害他，也不會傷害他。」戴門感覺字句如石沉大海。

「**你殺了他哥哥，還上了他。**」

他這麼說，戴門確實顯得再卑鄙醜惡不過。**我和他不是那種關係。**戴門很想這麼說，但他沒有說出口，無法說出口。他感到又熱又冷，想起羅蘭狡黠的挑釁言語，他若挑戰羅蘭，羅蘭便會冰冷地回絕，但若戴門隨著對話的節奏與暗流談下去，羅蘭也會跟著說下去，論及心中最深、最親密的部分，直到戴門開始懷疑自己和羅蘭已迷失了最初的談話方向。

「我會離開。」他告訴喬德。「我從一開始就不打算留下來，之所以到現在都還沒走是因為——」

「沒錯，你會離開，我不會讓你毀了我們。你會帶我們回拉芬奈，你會對他保持沉默，然後等我們攻下拉芬奈，你就會上馬離開。他可能會因為你離開感到傷心，可是我不會讓他知道真相。」

這就是戴門的計畫，他從一開始就計畫默默離開。心臟在胸中鼓動，每一拍都有如一把劍插在心上。

「明早。」戴門說。「等我幫他拿下拉芬奈堡，我明天一早就出發，我是這麼答應他的。」

「你給我在正午前消失，不然我就把事實告訴他。」喬德說。「到時候你會覺得你在王宮裡受過的折磨，根本是愛人的輕吻。」

喬德忠心耿耿，戴門一直很喜歡那令他聯想到阿奇洛斯人的直來直往性子。結束的戰場攤在他們腳邊，四下無聲的寂靜與被踏平的草地是他們勝利的徵象。

「他到時候就會知道了，」戴門聽見自己的聲音響起。「等他接到我回歸阿奇洛斯的消息，他就會知道我是誰了。到時候請你告訴他，我──」

「你這人太可怕了。」喬德說。現在，他兩隻手都緊緊握著刀柄。

「隊長，」有人喊道。「隊長！」

戴門注視著喬德的臉。

「他叫的是你。」喬德說。

17

戴門緊抓著恩果蘭的手臂，將拉芬奈軍的隊長拖進戰場邊緣的其中一頂圓頂帕特拉斯營帳，和受傷的敵軍隊長一起在帳內等待羅蘭。

戴門的動作也許粗暴了點，但這是因為他不同意羅蘭的計畫，之前聽羅蘭說明時，他感覺全身上下罩上了宛若實質的重壓。到了帳內，他放開恩果蘭，讓男人自行站起身，看著他身側的傷口繼續滲血。

羅蘭走進營帳，摘下頭盔，戴門彷彿透過恩果蘭的眼睛看到這一幕：金光閃耀的王子、滿是血汗的鎧甲、汗溼的金髮、不帶一絲慈悲的藍眼。恩果蘭的傷來自羅蘭的劍，羅蘭身上的血，大部分都是恩果蘭的。

羅蘭說：「跪下。」

在盔甲的金屬碰撞聲中，恩果蘭跪倒在地。

「殿下。」他說。

「你還認我這個王子？」羅蘭問。

一切都沒變，羅蘭與往常無異，看似雲淡風輕的話語，往往是最危險的陷阱。恩果蘭似乎也意識到這點，他沒有起身，披風垂在身邊的地上，他下顎的肌肉微微抽動，但他沒有抬眸。

「我從十年前就在圖瓦思勛爵手下工作，我自然忠於我的領主。桂恩是維爾議會的議員，而且他是聽您叔父的命令辦事。」

「桂恩無權將我拉下王儲之位，從今天發生的種種看來，他也沒有這個能力。」羅蘭的目光掃過恩果蘭低垂的頭顱、身側的傷口、身上的維爾鎧甲，以及華麗的肩甲。「我們將出發前往拉芬奈。你還活著，是因為我要你效忠我——等你看清我叔父的真面目，我要看到你對我的誠心。」

恩果蘭抬頭望向戴門，他們上回面對面時，恩果蘭試圖阻止戴門踏進拉芬奈堡的大廳。

阿奇洛斯狗不配和真男人共處一室。

戴門感覺自己的眼神變得冷硬，他不願參與接下來的計畫。恩果蘭以同樣滿懷敵意的視線回敬他。

羅蘭說：「我想起來了，你不喜歡他，是吧。你今天在戰場上敗給他率領的部隊，心裡想必很不是滋味。」

「你們永遠進不了拉芬奈，」恩果蘭斷然說。「桂恩和他的隨從衝出你們的包圍，他現在正在趕回拉芬奈，其他人很快就會知道你們要來了。」

「我不認為他會回拉芬奈，他此時應該在返回浮泰茵的路上，準備回老家安靜養傷，在我和我叔父鞭長莫及之處逃避困難的抉擇。」

「您說謊，他明明可以在這裡打敗您，為何要撤回浮泰茵？」

「因為他的兒子在我手裡。」羅蘭說。

恩果蘭的視線閃到羅蘭臉上。

「沒錯，愛默里克在我手裡，他被五花大綁還能不停謾罵呢。」

「原來是這樣，所以我現在還沒死，是因為您需要我，您要我背叛我侍奉了十年的家族，幫你們開啟拉芬奈城門。」

「幫我們開啟拉芬奈城門？親愛的恩果蘭，很抱歉，你錯了。」

羅蘭的冰冷藍眼再次掃過恩果蘭全身。

「我不需要你，」羅蘭說。「我只需要你的衣服。」

這就是他們收服拉芬奈的計畫：穿上敵人的服裝，喬裝成圖瓦思的部隊。

從計畫的一開始，戴門就覺得自己在作夢，他舉起恩果蘭的肩甲，戴著金屬護手的手握緊又放鬆，他站起身時，恩果蘭的披風在他腳邊畫出圓弧。

並不是每個人都能找到合身的盔甲，但他們找回了圖瓦思的旗幟，將旌旗舉在手中，身上的紅色衣裝與頭盔也大致穿戴整齊，若站在四十六英尺高的拉芬奈城牆上往下望，戴門等人確實像是圖瓦思的軍隊。

羅薛爾分配到有羽毛裝飾的頭盔，拉札爾分配到掌旗手浮誇的絲布服飾，除了恩果蘭的紅披風與盔甲外，戴門還拿到他的長劍與頭盔，戴上頭盔時世界化為一條細縫。恩果蘭得到能穿著衣服與眾人一同騎馬進城的「殊榮」（而不是像拔了羽毛的雞，被剝到只剩內衣內褲），他被迫換上不顯眼的維爾服裝，被綁在馬背上。

士兵們剛打了一場硬戰，但疲倦此時化為勝利、疲憊與腎上腺素混合產生的亢奮，他們對這場稀奇古怪的冒險充滿興趣。也許他們是期待新的勝利，與先前不同的勝利——先擊潰攝政王的手下，再騙得他們團團轉。

戴門不願喬裝打扮，也向羅蘭提出異議。他們不該假扮成友軍欺騙對手，傳統的作戰模式之所以存在，就是為了給對方公平一戰的機會。

「這麼做，我們自己才有公平一戰的機會。」羅蘭對他說。

羅蘭的計策向來大膽且無恥，這次也不例外，不過戴著藍寶石耳環、眨著大眼走進小鎮旅社，和命令全軍換上敵軍的服飾，尺度可說是天差地遠。喬裝自己是一回事，強迫所有部下加入騙局又是另一回事了，戴門只覺自己困在華麗的詐術之中。

他看著拉札爾勉強套上別人的上衣，看著羅薛爾和其中一名帕特拉斯士兵比較頭盔飾羽的尺寸。

他明白，若父親看見此時的他，根本不會認為這是軍事行動，而會將之視為屏棄信譽的小伎倆。他肯定會認為自己的兒子誠實守信，不可能使用這種卑劣的小手段。

他父親絕不可能想到以這種方式奪取拉芬奈——喬裝打扮，不失一兵一卒，在隔天中午前占領一座堅不可摧的要塞。

戴門將轡繩纏在緊握的拳頭上，腳跟一夾馬腹，率軍出發。他們若無其事地走過城堡的第一道大門，戴門的肩甲在陽光下閃閃發亮，一行人來到第二道大門前，牆上的士兵左右揮旗，表示閘門即將開啟，拉札爾在戴門的指示下揮旗回應，恩果蘭則在馬鞍上扭動掙扎（他嘴裡塞了東西，無法出聲）。

這本該是刺激又醉人一場冒險，戴門也隱隱意識到士兵們發散出類似的情緒——騎馬回到拉芬奈的路程他自己記不清了，但其他人似乎非常享受欺騙敵人的過程。穿過第二道門時，眾人費一番功夫才壓抑心中的愉悅，維持正經肅穆的表情，他們在心跳與心跳之間的剎那，靜靜等待箭雨破空飛來，卻什麼也沒等到。

沉重的格狀鐵門就在他們上方。戴門發現自己期盼拉芬奈守軍放箭、擾亂他們的隊伍、憤怒地驚呼、集結迎戰，釋放他胸口這種……這種感受。**叛徒！站住！**然而，他期盼的這些事情都沒有發生。

當然什麼事都沒發生，拉芬奈守軍相信他們是友軍，當然敞開大門歡迎他們歸來，面對厚顏無恥的騙局，對方根本沒想過要懷疑，便已門戶洞開。

戴門強迫自己專注於手上的任務，他沒有猶豫的餘裕。他瞭解這座堡壘，瞭解它的防禦措施與弱點，他必須徹底奪走城堡的控制權，因此在走到牆內的同時，他派人趕往城垛、庫房與通往塔樓的螺旋階梯。

主力軍隊來到庭院，羅蘭策馬爬上城堡階梯，佇立在平臺上，金髮與頭臉傲慢地暴露在陽光下，部下從他背後走入大廳，掌控城堡的中心。現在，屬於王儲的藍色旗幟鋪展開來，圖瓦思的旌旗被扔到一旁，所有人都能看清這支隊伍的真實身分。羅蘭讓馬兒在平臺上轉了一圈，馬蹄踩在石板上的聲音響遍庭院，閃耀的人影單獨暴露在牆上的弓箭手眼裡。這一瞬間，拉芬奈的士兵理應高喊：**有詐！快吹號角！**

不過在這一瞬間，戴門的人馬已經滲透了城堡的防禦，即使士兵伸手握住刀劍或十字弓，也會因王子軍抵在他們身上的劍尖，無奈地放下兵器。紅色被藍色團團包圍了。

戴門聽見自己響亮的呼喊：「圖瓦思勛爵在赫雷戰敗，拉芬奈將由王儲接管，接受王儲的庇護！」

他們並沒有完全兵不血刃地攻下拉芬奈堡，侵入營房區時有敵兵奮力抵抗，而戰得最勇猛的是圖瓦思的謀臣荷斯陶的私人護衛。戴門暗想，荷斯陶與其他維爾人不同，無法帶著假笑眼睜睜看著拉芬奈易主。

戴門告訴自己，他們大獲全勝了。士兵們非常享受戲劇化的攻城過程：戰前的準備、熱血的奮戰、大敗敵軍，以及征服敵人的狂喜，他們在成功與興奮之情的推動下湧入拉芬奈，成功奪取要塞之舉儼然是赫雷那場勝仗的延伸。在他們看來，走廊上的小型戰不算什麼，現在的他們天不怕地不怕，什麼都難不倒他們。

贏了戰役，占了城堡，堅實的要塞現在由他們掌控……而且戴門還活著，數月來，他的自由首次近在眼前。

其他士兵正狂放地歡慶，他允許部下慶祝，也知道他們需要現在的狂歡。一名少年吹起笛子，不知哪裡傳來鼓聲，有人開始手舞足蹈，人人皆面帶喜悅的潮紅。有人將好幾桶酒倒入庭院的水池，讓眾人恣意狂飲，戴門接過拉札爾遞來的滿滿一大杯酒，酒水表面漂著一隻蒼蠅。

戴門的手腕一翻，杯中酒水全倒在地上，他放下大酒杯。他的工作還沒結束。

他派人為歸來的隊伍打開城門，最先入城的是傷兵，接著是帕特拉斯軍，最後是牽著戰利品——繩索串連著的九匹馬——的瓦斯克女戰士。他派人去庫房與軍械庫清點庫存，也派人去城堡裡的私人住所安撫居民。

他派人監視並軟禁圖瓦思年僅九歲的兒子，希維寧。羅蘭似乎可以開始收集達官貴人的兒子了。

拉芬奈堡是維爾邊境的寶石，既然戴門無法安心慶祝此次的勝利，他至少得確保部下完善地守衛城堡，並建立抵禦外敵的策略，留給羅蘭足夠穩固的根基。他建立班表，派人巡視城牆與塔樓，為每一名士兵指派最適合的工作；他重複利用恩果蘭當隊長時的工作系統，或依自己的標準改變系統；他將管控下屬的職責交給拉札爾，以及恩果蘭手下最優秀的軍人——圭瑪。他準備建立起扎實的組織架構，一個值得羅蘭仰賴的組織架構。

大致指派完任務後，在城垛對部下發號施令的戴門接到士兵傳來的命令，羅蘭要戴門去見他。

城堡內部的建築風格較老舊，令人聯想到夏思提隆，華麗的維爾裝飾出現在彎曲的鐵架與深色雕木上，少了維爾王宮那種絢麗的的金漆、象牙與珍珠母。戴門被帶入現在屬於羅蘭的臥房，房裡有溫暖的火爐，擺飾與羅蘭的營帳同樣奢華，四周古老的石牆吸收了外頭的慶祝聲。羅蘭站在房中央，半背對著房門，僕人解下他肩頭的最後一件鎧甲時，戴門踏進房間。

然後，他停下腳步。為羅蘭穿脫盔甲、保養盔甲，一直是他的工作，他感覺胸口多了一股壓抑——一切是如此熟悉，拉扯綁帶的感覺、盔甲的重量、被壓在層層盔甲與護墊下的溫暖衣衫。

羅蘭轉身看見他，半裸著身體向他打招呼，藍眼閃閃發亮。戴門胸口的壓迫感更強烈了。

「如何？我的城堡你看著還滿意嗎？」

「很滿意。如果你能多占領幾座城堡——」戴門說。「——北部的城堡，那就更好了。」

他強迫自己走上前，羅蘭用明亮的雙眼掃過他的全身。

「如果恩果蘭的肩甲你穿不下，我本來想讓你穿他戰馬身上的盔甲。」

「我怎麼記得你說過，你會對付桂恩？」戴門說。

「你這樣說不公平，我本以為自己有機會解決他，沒想到你太快戰勝圖瓦思、結束整場戰役，沒給我足夠的時間。你每次帶兵都能贏得如此決定性的勝利嗎？」

「你每次制定計畫，一切都能順利進行嗎？」

「這次的計畫確實進行得很順利，這次，一切都進行得很順利——我們攻下了一座堅不可摧的堡壘。」

兩人凝視著彼此。拉芬奈是維爾邊境最璀璨的寶石，沒想到他們在赫雷重挫了拉芬奈軍，穿著不搭調的衣服大搖大擺地走進城堡，就成功占領了拉芬奈。

「我知道。」戴門的語氣有些迷惘。

「拉芬奈守軍的人數，比我預期的多出一倍，物資更是我原先預期的十倍。老實告訴你，我原本以為我只能退守——」

「亞奎塔。」戴門接著羅蘭的話，說。「你在那裡備了守城戰所需的物資。」他彷彿從遠方聽見自己的聲音，語氣與平時無異。「拉芬奈比亞奎塔更堅固易守，只要叫大家開門前讓來人摘下頭盔就行了。」

「好吧。」羅蘭說。「你瞧，我學會聽從你的建議了。」他帶著不自覺的微小笑意，這是戴門未曾見過的笑靨。

戴門強迫自己移開視線，他想到外頭進行中的種種工作，想到軍械庫裡一排排、一架架無暇的金屬與鋒利的尖刃，想到大多數的拉芬奈軍人已投誠到羅蘭這一方。

城牆有人巡邏，守城的規定已告知眾人，軍械與器材準備就緒、隨時可以使用，士兵們都清楚自己的職責，整座要塞從庫房到庭院到大廳都準備萬全。這是戴門身為隊長的傑作。

他問道：「你接下來有什麼打算？」

「沐浴，」羅蘭的語氣告訴戴門，他很清楚戴門問的不是這件事。「然後換上不是金屬的著裝。你也該沐浴更衣，我讓僕人準備了符合你現在這個軍階的服飾，維爾風味十足，你一定會恨它入骨。我還要給你一樣東西。」

戴門轉身看見羅蘭動作俐落地從牆邊一張小桌上拿起一塊半圓形金屬，在這個小房間裡、在如此私密的空間、在僕人面前，羅蘭的動作宛如緩緩刺入戴門身軀的一柄長矛。

「開戰前，我來不及把這個給你。」羅蘭說。

戴門闔上雙眼，又睜開眼睛。「來到邊境這一路上，喬德一直是你的隊長。」

「現在你才是我的隊長。那一下差點要了你的命吧。」羅蘭的目光轉移到戴門頸項，柔軟的黃金項圈被圖瓦思的鐵劍劃出了深印。

「是，」戴門說。「差一點。」

他勉強嚥下沿喉嚨向上爬的感覺，將臉別向一邊。羅蘭手裡拿著隊長的胸章，戴門曾目睹羅蘭將那枚胸章從戈瓦爾身上取下，交給喬德，這次他想必也從喬德身上取下了胸章。

戴門仍穿著全套盔甲，羅蘭則是在僕人的幫助下卸下了戰甲，金髮仍因戰鬥時流下的汗水貼在臉側與頸邊。戴門看見羅蘭身上的紅印，想必是盔甲隔著護墊壓在纖細的肌膚上所留下。他感覺胸腔被束緊，呼吸變得十分痛苦。

羅蘭的雙手舉到戴門胸前，找到披風與盔甲的交界處，胸章刺穿布料、滑動後扣妥。

房門開啟，戴門轉身面對門口，他還未做好面對他人的心理準備。

一群人湧入房間，帶進外頭歡快的氣氛，戴門的心跳跟不上突兀的變化。戴門感覺不到歡欣，但忙著慶祝的士兵與羅蘭都沉浸在勝利的喜悅之中，又有人將大酒杯塞在戴門手裡。

他無法拒絕歡慶的眾人，被僕人與祝福者拉出房間，只聽到羅蘭最後說：「好好款待我的隊長，滿足他今晚的所有要求。」

城堡大廳在音樂與舞蹈中變得迥然不同，三五成群的人一面歡笑一面隨音樂拍手（卻常常抓不到節拍），等食物送上桌時，眾人早就醉了。

廚房人手使出渾身解數，廚師烹煮大餐，侍者端菜斟酒，原本因城堡易主而感到不安的僕役稍微安下心，服侍眾人時也變得心甘情願。王子是閃耀的金色英雄，瞧瞧他的睫毛，瞧瞧他的側臉輪廓——平民百姓向來對羅蘭愛慕有加，圖瓦思勛爵城堡裡的男女僕役非但沒有抗拒羅蘭，反而像一隻隻癱在地上等著主人摸肚子的小狗。

戴門踏入大廳，努力忍住拉扯袖口的衝動。身為隊長的他得以穿上貴族衣飾，他從未穿過這種滿是絲帶的服裝。這種衣服非常難穿脫，戴門好不容易沐浴並允許僕人為他修剪頭髮後，花了幾乎一小時才從頭到腳穿好。他不得不在僕人忙著為他束緊絲帶的同時，越過僕人的腦袋聽屬下報告，而他此時一次次掃視眾人，也是因為圭瑪的最後一次報告。

根據圭瑪所說，最後進城的帕特拉斯隊伍之中包括帕特拉斯王子——托維德——他此次陪同部下前來幫助羅蘭，不過他本人並沒有親身參戰。

戴門在大廳走動時，羅蘭的士兵不停祝賀他，有人拍他的背，有人搭他的肩膀。他緊盯著坐在長桌主位的金色人影，結果詫異地發現托維德與其他一小群帕特拉斯人在大廳別處——戴門上回見到托維德，帕特拉斯王子和羅蘭在昏暗的露臺上親密地耳語，茉莉與緬梔等夜花的芬芳飄在他們身周。他還以為這次托維德也會在羅蘭身旁神態親暱地談話，沒想到托維德和自己的隨從站在一塊。看見戴門時，托維德朝他走來。

「隊長，」托維德說。「你果然不負隊長的頭銜。」

他們談到帕特拉斯軍與拉芬奈堡的防禦，至於托維德為何來到此處，他並沒有著墨太多。

「王兄現在很不高興，他反對我出兵，但我因為私人因素希望能幫助你們打敗攝政王，我想當面將這件事告訴你的王子。不過，帕特拉斯也只能幫到這裡了，我明日將啟程回巴札爾。我能做的都已經做了，不能再違背王兄的意志。」

「幸好王子的信使及時帶著圖章戒指趕到你那邊了。」戴門說。

「什麼信使？」托維德問道。

戴門本以為托維德不願洩漏政治機密，然而托維德接著說：「羅蘭王子是在雅雷斯向我提出出兵的請求，我當時沒有答應，是離開維爾王宮六週後，我才選擇幫助你家王子。至於我改變心意的理由，我相信你和他已經是老相識了。」他揮手示意其中一名隨從上前。

一名身形纖細、動作優雅的帕特拉斯青年脫離牆邊的人群，在戴門面前翩然跪下，親吻他腳邊的地板。戴門看見那人燦爛的蜂蜜色鬈髮。

「起來吧。」戴門用阿奇洛斯語說。

伊拉斯莫斯抬起低垂的頭，但沒有起身。

「你太謙卑了，我們不是相同階級嗎？」

「小奴為隊長下跪，是理所應當的。」

「沒有你的幫忙，我怎麼可能當上隊長？你可是我的恩人。」

伊拉斯莫斯沉默片刻，羞怯地說：「我說過要回報你的恩情，之前在維爾王宮，你幫了我好多，而且……」伊拉斯莫斯微微遲疑，目光飄向托維德，托維德點頭讓他說下去時，他少見地抬起下巴。「而且我不喜歡攝政王，是他燙傷了我的腿。」

托維德驕傲地看著他，伊拉斯莫斯紅著臉，以完美的姿態行禮。

戴門吞下讓伊拉斯莫斯起身的直覺反應，家鄉常見的禮儀此刻卻顯得無比陌生，也許是因為過去數月，戴門一直和霸道、直接的寵奴與難以預測的維爾人相處。他注視著伊拉斯莫斯，那嫻靜的姿態、低垂的睫毛，他過去曾和這樣的奴隸上床，這種奴隸無論在床上或床下都如此恭順。戴門記得從前的自己很享受和這樣的奴隸共度夜晚，然而那些記憶太過遙遠，彷彿屬於某個完全不同的人。戴門看得出伊拉斯莫斯長得很美，而且是專門為戴門諾斯王子訓練的奴隸，無論是什麼命令他都會乖乖遵守，甚至會仔細揣摩主人的心思，滿足主人的願望。

戴門的雙眼轉向羅蘭。

彼端的人冷淡、難以親近且難以捉摸，他坐在長桌盡頭與人交談，手腕輕搭在桌沿，指尖落在酒杯底座上。無論是不近人情的筆直坐姿、下巴支在另一隻手上的高雅動作、淡然的藍眸或高傲的顴骨，羅蘭就是個複雜而矛盾的存在，完全吸引住戴門的目光。

也許是本能反應，羅蘭抬頭對上戴門的視線，下一刻便起身朝戴門走來。

「你不來吃點東西嗎？」

「我該回外頭監督士兵工作了，我要確保拉芬奈的防禦無人能破，我想……我想幫你完成這件事再走。」

「那不急。你幫我攻下了一座城堡，」羅蘭說。「就讓我稍微把你寵壞吧。」

他們站在牆邊，羅蘭說話時一邊肩膀靠著石牆的輪廓，壓低的聲音悠然落在兩人之間。

「我還記得，你喜歡享受小小的勝利。」戴門重複羅蘭說過的話。

「這不是小小的勝利，」羅蘭說。「這是我第一次勝我叔父一籌。」

他說得簡潔明瞭。火炬的光芒灑在臉畔，周遭的交談聲漸漸淡去，化為時而響亮、時而微弱的無意義聲響，混雜了火光下暗沉的紅色、棕色與藍色。

「少騙人了，你在雅雷斯說服托維德把奴隸帶回帕特拉斯，不就贏了一次？」

「那時和我對弈的不是我叔父，是尼凱絲，對付小孩太簡單了。如果是十三歲的我，」羅蘭說。「被人牽著鼻子走也不奇怪。」

「我就不信你小時候很好對付。」

「你把當時的我想像成你上過的最嫩、最天真的男孩。」羅蘭說。他見戴門沉默不語，又說：「我差點忘了，你不幹男孩。」

大廳另一頭傳來一陣笑聲，也許是發生了什麼小趣事，在溫暖的火光下，大廳成了各種模糊的聲響與形狀組成的背景。

戴門說：「有時候會和男人。」

「找不到女人的時候？」

「我想要男人的時候。」

「我要是早知道這點，躺在你身邊時會更有危機意識。」

「你早就知道了。」戴門說。

兩人沉默片刻，最後羅蘭推離牆壁站直。

「來用餐吧。」羅蘭說。

戴門回過神，發現自己坐在了桌前。這頓餐宴以維爾人的標準看來不甚莊重，大家用手抓麵包、用刀叉肉吃，但儘管如此，桌上仍擺著廚房盡量趕工做出的佳餚：香料肉、蘋果鵪鶉、塞了葡萄乾用牛奶燉煮的鳥禽類等等。戴門想也不想地伸手取肉，卻被羅蘭抓住手腕制止，他的手臂被拉回桌邊。

「我聽托維德說，在你們阿奇洛斯，奴隸會在用餐時將食物送到主人嘴邊。」

「他說得沒錯。」

「那我這麼做，你應該沒有意見。」羅蘭邊說邊拿起那塊肉。

羅蘭沒有恭順地垂下眼簾，他平視著戴門，即使在戴門的想像中也不像個奴隸。戴門想起他們在奈松那間旅社度過的一晚，想起羅蘭順著長木凳轉向他，以一絲不苟的動作吃下他遞出去的麵包塊。

「我沒有意見。」戴門說。

他沒有挪動身體，主人不會為了拿得太遠的食物伸長脖子。

一對金色眉毛微微上揚，羅蘭挪近身體，將肉塊舉到戴門唇邊。

咬下的動作感覺十分刻意，那塊肉溫暖且滋味豐富，帶著南方香料的味道，類似戴門家鄉的料理。他緩緩咀嚼，過度意識到羅蘭停留在他臉上的目光，當羅蘭拿起下一塊肉時，換成戴門靠上前。

他再次咬下，眼睛看的不是食物，而是羅蘭。他看著羅蘭的坐姿，在那堅不可摧的自控之下，所有的反應都變得相當細微。此時那對高深莫測的藍眸並不冰冷，戴門看得出他的心情相當愉快，享受著此時此刻的默契——只因這一刻是如此難得，只因這一刻僅屬於他們。戴門感覺自己停留在理解的邊緣，彷彿視線首次在羅蘭身上對焦。

戴門退回原位，這是正確的選擇，兩人之間這短促的瞬間變得輕鬆。這是他們共享的親暱瞬間，大廳裡幾乎無人注意到他們。

四周的人轉變話題，聊起邊境的消息、戰場上令人印象深刻的瞬間，以及戰場上的應戰策略。戴門的視線沒有離開過羅蘭。

有人不知從哪弄來一把西塔拉琴，伊拉斯莫斯正彈奏著輕柔的背景音樂。阿奇洛斯人重視音樂表演——和生活中其他面向——之中的「節制」，喜歡簡單的美感。在琴曲與琴曲之間的空檔，戴門聽見自己的聲音：「唱一曲〈征服阿爾沙克〉來聽聽。」命令不經大腦地脫口而出，下一秒，他聽見奴隸青年彈奏耳熟的前奏。

這是首古老的歌曲，伊拉斯莫斯的甜美嗓音繚繞在廳內，其他維爾人聽不懂歌詞，但戴門這才想起，羅蘭聽得懂。

只有崇高的神祇
能與他平靜交談
他一顧一盼能使人無力下跪
他一聲嘆息能使城池塌陷崩毀

他是否夢想在雪白花床上
投降、屈服、獻上自身？
抑或，那不過是肖想成為征服者的
吾等的狂想？

他是超脫凡俗之美的化身

歌曲柔柔地結束，儘管廳內多數人不熟悉阿奇洛斯語，奴隸青年低調的演出仍稍微改變了大廳裡的氣氛，有些人為他鼓掌。戴門注視著羅蘭身上的象牙白與燦金色澤、細緻的肌膚，以及尚未完全退去的淡淡瘀痕。戴門的視線一吋吋挪移，掃過微抬的高傲下巴、那雙拒人千里之外的藍眼、顴骨的弧度，最後回到那張誘人又狠毒的嘴。

突然襲來的慾念重新塑造了血肉，改變了意識，他想也不想地起身走出大廳，來到城堡廣大的庭院。

四周是閃耀著火炬亮光的高聳城堡，現在城牆由戴門指派的士兵看守，牆上的衛兵不時相互呼喊。今晚，城堡裡的每一盞門燈都閃爍著火光，大廳傳來的笑語聲互相交融。

本該因距離而減緩的痛楚，卻只有變本加厲。戴門未經思索地走到厚實的城垛上，打發了負責看守那一區的士兵，他用雙臂撐著石牆，等待難以言喻的感覺散去。

他將離開此處——這樣也好。他會在清早乘馬而去，正午前越過國界，他不必辭行，當眾人發現他失蹤時，喬德會將此事稟報給羅蘭，到時會有維爾人接管戴門留下的工作與他為拉芬奈堡建立的管理基礎，他創建這些組織架構就是為了讓其他人方便接手。

到了明早，一切便不再是一團亂麻。喬德應該會給他足夠遠走的時間，等到他脫離羅蘭手下哨兵的偵查範圍後，才會向羅蘭報告隊長失蹤之事。戴門只需要考慮最實際的層面，他需要一匹馬、足夠的物資，還有能避開哨兵的路線。至於拉芬奈的防禦，再過不久就該交由他人處理了。此後的戰鬥不屬於戴門一個人，他能放下這一切。

他在維爾的生活，在維爾生活的他，這一切他都能放下。

他聽見石梯上傳來動靜，抬起頭。城垛向南塔樓延伸，石磚走道的左側是牙齒般的城垛，每隔一段距離就有火炬照明。戴門剛才命令此區的士兵退下，現在無視這道命令走上螺旋石梯的，只可能是一個人。

戴門看著無人陪侍的羅蘭走到他身邊，想必是獨自離開晚宴，跟著他爬上了老舊的城牆階梯。羅蘭自在而不唐突的存在在戴門胸中占據一角，兩人佇立在攤手奪取的城堡高牆上，戴門試著用閒聊的語氣開啟話題。

「你送托維德的那些奴隸，價值幾乎等同他借給你的那支軍隊，這你知道吧？」

「應該說，兩者的價值完全相等。」

「我還以為你幫助他們是出於同情。」

「你從來沒有這麼想過。」羅蘭說。

戴門呵出一口氣，那不能算是笑聲。他眺望火光照不到的黑暗，望向遙遠的南方。

「我父親，」他說。「他恨透了維爾人，他說維爾人全是懦夫、是騙徒，我從小便受到這樣的教育。他就和圖瓦思和麥卡頓這些邊境領主一樣，恨不得發動戰爭。他要是見了你，肯定不會有什麼正面評價。」

戴門看向羅蘭，他很清楚自己父親的性格與信念，他很清楚，羅蘭若在伊奧斯與希歐米狄斯面對面接觸，只可能引出阿奇洛斯先王的一種反應。如果戴門為羅蘭說話，試著讓父親看見羅蘭的……他父親是不可能理解的。**你只能和他們奮力一戰，不能信任他們**。戴門從未在任何方面與父親作對，他們的價值觀如此相近，他也從來不需要提出相反意見。

「你父親如果看到今天的你，應該會很驕傲吧。」

「看到我拿起一把劍，穿上我哥哥的衣服嗎？他一定很驕傲。」羅蘭說。

「你不想得到王位。」戴門仔細看著羅蘭的臉，頓了片刻後說。

「我想得到王位。」羅蘭說。「你看了這麼多，難道以為我會逃避權力，或濤的掌控權力的機會嗎？」

戴門感覺自己勾起了唇角。「怎麼可能。」

「怎麼可能。」

戴門自己的父親向來以武治國，是他將阿奇洛斯鍛造成統一的王國，並運用國家統一的力量擴張版圖。也是他率軍北征，收復被維爾統治九十年的德爾法省。在位期間，他一直以自己的國家、自己的成就為傲。但現在，阿奇洛斯不再是戴門父親的王國，未曾涉足拉芬奈堡的先王，已經去世了。

「我從來沒質疑過我父親對這世界的看法，從小到大，我只想成為能令他驕傲的兒子，現在他已逝世，我更不能帶給他恥辱，但是……我這輩子第一次發現，我不想成為……」

他那樣的國王。

說出這句話，戴門該感到羞愧才是，但布麗托的無辜平民被阿奇洛斯軍隊殘殺，那景象至今仍歷歷在目。

父王，我能打敗他。當年這麼說的戴門，歸來時成了阿奇洛斯的英雄，僕人為他卸下盔甲，他父親也驕傲地歡迎他回來。他還清楚記得那一晚——那無數的夜晚——父親擴張國土的勝利與狂喜，軍隊連戰連勝的驕傲與讚許。當時，戴門沒有考慮過戰場另一邊的十三歲男孩。**當年遊戲開局的時候，我還……很年輕。**

「對不起。」戴門說。

羅蘭一臉古怪地看著他。「你為什麼對我道歉？」

戴門無法據實回答，只能說：「我之前不明白王位對你的意義。」

「那你說，王位對我有什麼意義？」

「終結戰爭。」

羅蘭的表情出現微乎其微的變化，透出沒能完全抑制住的驚詫。戴門注視著羅蘭幽暗的雙眼，感覺胸口出現新的拉力。

「如果我們之間的關係不是現在這般，如果我和你相處時能多給你一點敬重、一點誠信，那就好了。我希望你能明白，不管明天會發生什麼事，不管我們之間會發生什麼事，你在國界的另一端還有我這個朋友。」

「朋友。」羅蘭說。「我們是朋友嗎？」

羅蘭的聲音打了死結，彷彿答案再明顯不過，彷彿兩人之間發生的事——空氣一點一點消失——再明顯不過。

戴門的回應誠實而無助。「羅蘭，我是你的奴隸。」

這句話剖開他自己的防備，其下的真心暴露在兩人之間。戴門想證明這份心意，彷彿如此便能填補兩人之間的隔閡，即使他根本無法好好表達。他清楚意識到自己與羅蘭淺促的呼吸，氣息交融。他伸出一隻手，視線沒有離羅蘭的雙眼，等著羅蘭眼中出現半分猶疑。

這次，羅蘭接受了戴門的輕撫，手指滑過羅蘭的下顎，拇指溫柔地撫過顴骨。羅蘭控制著緊繃如弦的身軀，急促的脈搏催促他逃離戴門，然而在身體奔竄離開的前一秒，他闔上了雙眼。戴門的手掌滑至羅蘭溫暖的後頸，緩緩、緩緩地讓羅蘭知道，他的身高不是威脅，而是獻禮……戴門傾身向前，一個吻落在羅蘭的唇上。

在蜻蜓點水的輕吻之下，羅蘭仍舊渾身僵硬，但一個吻結束後又是第二個吻，中間兩人微微分開，戴門感覺到羅蘭細微的喘息吹在自己的唇上。

兩人之間存在太多謊言，這反而像是唯一的真實。戴門明早就會離去，但這不重要，他感覺自己成了與過去不同的存在，他希望能在臨走前給羅蘭這些——將羅蘭願意接受的一切贈予他，不求任何回報，只珍惜地品嚐這小心維持在臨界邊緣的一刻，因為羅蘭只允許自己接受這些。

「**殿下——**」

語音、突如其來的聲響、迅速接近的腳步聲、石階梯頂部探出的一顆頭，硬是將兩人分開，戴門胃部翻攪著倒退一步。

來者，是喬德。

18

突然分開的戴門與羅蘭，面對面站在兩座火炬光影形成的孤島之上，兩側是延伸的城牆。數英尺之外的喬德頓了頓腳步。

「我不是命令所有人暫時離開這一區嗎？」戴門說。喬德打擾了他們，若是在阿奇洛斯，戴門只須抬頭下令：「出去。」打擾他的人便會立刻消失，他就能延續剛才那一刻。

那作夢般的一刻——他剛才吻了羅蘭，誰都不許打擾他吻羅蘭。戴門溫暖而隱含占有慾的視線回到羅蘭身上，此時的羅蘭看上去就像任何被人按在城垛上親吻的年輕男人，後頸的頭髮仍有些凌亂，那是戴門方才摟著的位置。

「我不是來找你的。」喬德說。

「那你有什麼要事，說完就快走。」

「我有事要對王子殿下說。」

那是戴門方才摟著的位置，他的手指探入柔軟、溫暖的金髮……被打斷的吻停留在兩人之間，存在暗影浮動的眼眸與心跳之中。戴門的注意力回到入侵者身上，喬德對他的威脅是新的刺激，他不會讓任何人、任何事物威脅剛才那一刻。

羅蘭撐起身體，離開城垛站直。

「你想警告我，叫我別在床上做決策嗎？」羅蘭說。

那之後是一陣短促卻又濃稠的死寂，火炬的劈啪聲、風吹在城牆上的聲音震耳欲聾。喬德動也不動地站在原地。

「你不是有話要說？」羅蘭問。

喬德和他們保持距離，語調仍帶著頑固的嫌惡。「不能在他面前說。」

「他是你的隊長。」羅蘭指出。

「他自己也知道他該離開。」

「然後呢？我們兩個才能私下討論為敵人張開雙腿的細節？」羅蘭說。

接下來的沉寂更加難耐，戴門全身上下都感受到自己與羅蘭之間的距離，那是城牆上極為遙遠的四步。

「所以呢？」羅蘭又說。

喬德看著戴門，刁難他的意圖盡寫在眼裡，但即使面露瀕臨極限的嫌惡，喬德卻沒有說出：「他是阿奇洛斯王子戴門諾斯。」沒有說出的話語使沉默變得更加厚重，持續延伸。

戴門踏上前。「還是——」

螺旋階梯傳來更多聲響，這回是超過一人的急促腳步聲，喬德轉身的同時圭瑪與另一名士兵跑上城牆。戴門無奈地抬手抹臉，他先前下令讓士兵離開此區，卻沒有任何人遵從命令。

「隊長，很抱歉，我知道不該違反命令，可是樓下出狀況了。」

「出什麼狀況？」

「有些人想在其中一個俘虜身上找樂子。」

再怎麼逃避，外面的世界也不會消失，紀律問題、身為隊長的職責與世界上的其他麻煩終究會回來。

「我一開始就說得很清楚了，任何人都不許虐待俘虜。」戴門說。「怎麼制住喝醉的士兵，應該不用我教吧？」

圭瑪遲疑片刻，他不久前還是恩果蘭的部下，是個專業且懂規矩的職業軍人，戴門也是因這些特質才決定器重他。

「隊長，你說得是很清楚，不過……」圭瑪說。

「不過什麼？」

「那些人好像認為王子殿下不會反對他們的行為。」

戴門頓了頓，從圭瑪的語氣看來，他所謂的「找樂子」是什麼意思再清楚不過了。羅蘭的軍隊已經行進數週，一路上沒有營妓幫助他們洩慾。戴門還以為可能用俘虜來「找樂子」的士兵，已經在過去數週被篩選乾淨了。

圭瑪面無表情，但戴門能感覺到他的不屑之情。在他眼中，那些找俘虜麻煩的士兵不過是穿著王子軍服的傭兵，軍隊的低劣品質現在一覽無遺。

羅蘭彷彿瞄準目標的弓箭手，精準、刻意地說出一個人名：「愛默里克。」

戴門轉身，看見羅蘭的視線緊鎖在喬德臉上，戴門也從閃過喬德面龐的神情看出羅蘭猜得沒錯，喬德急著來找羅蘭，當然是為了愛默里克。

在羅蘭平靜無波卻危險的視線下，喬德跪了下來。

「殿下，」喬德說話時沒有看任何人，盯著地上深色的石板。「我知道我錯了，您要怎麼處罰我，我都沒有怨言。可是愛默里克只是對自己的家族盡忠，他只是做了家人要他做的事，不該被士兵輪暴。」他低垂著頭，放在膝上的雙手卻緊握成拳。「我侍奉殿下這麼多年，如果您認為我的服務有那麼點價值，就請您高抬貴手。」

「喬德，」羅蘭說。「這一刻，這就是他和你上床的理由。」

「我明白。」喬德說。

「歐爾蘭當愛默里克是朋友，結果呢？難道歐爾蘭就該死在那個自私的貴族劍下？」羅蘭說。

「**我明白**。」喬德說。「我不求您釋放愛默里克，或寬恕他的罪行，但是我瞭解他，那一晚，他……」

「我應該命人把他的衣服剝光，」羅蘭說。「強迫你看全軍的士兵上他。」

戴門踏上前。「別胡說了，你需要他，他是重要的人質。」

「我需要他，但我不需要他的貞操。」羅蘭說。

羅蘭面無表情，冰冷的藍眸遙不可及，在那嚇人的冷酷目光下，戴門微微一縮。他發現自己在某個關鍵的時間點與羅蘭失去了默契，他很想命令所有人退下，重新找回自己和羅蘭的連結。

但他必須處理此事，否則事態只會迅速惡化。

他說：「如果要制裁愛默里克，就應該經過理性裁決，然後公平、公開地行刑，而不是讓士兵動用私刑。」

「既然你們兩個對制裁這麼感興趣，」羅蘭說。「那我們還等什麼？來制裁他吧。把愛默里克從愛慕者身邊拖走，帶到南塔樓，我們這就來公平、公開地行刑。」

「遵命，殿下。」

圭瑪迅速鞠躬後朝南塔樓走去，另外兩人也隨之離開，戴門這才走上前。他很想朝羅蘭伸手，就算不能伸手，他也想用言語觸及羅蘭。

「你在做什麼？」他說。「我說的制裁是指晚點，不是現在，你現在……」他注視著羅蘭的臉，彷彿在尋找什麼。「我們現在……」

他什麼也沒找到，羅蘭的臉宛如一堵牆，金色眉毛滿不在乎地揚起。

羅蘭說：「喬德想為愛默里克下跪，就該看清那傢伙的真面目。」

南塔樓頂部是一片平臺，平臺周圍的女兒牆並沒有務實的長方形縫隙，而是裝飾著尖細的拱形，因為這裡是維爾，拉芬奈是維爾人建造的城堡，維爾人總是得在建築上畫蛇添足地裝飾。戴門、羅蘭與喬德聚在平臺下方的室內，這個圓形小房間以筆直的石梯與女兒牆相連，在作戰時——當外敵攻打城堡時——這裡是弓箭手與劍士的集合地點，現在則是非正式的守衛室，裡頭擺著一張矮木桌與三把椅子。在戴門的命令下，本該在塔頂與守衛室值勤的士兵都暫時離開了。

羅蘭命人帶愛默里克過來的同時，還強勢地命人送上茶點，食物比愛默里克先抵達南塔樓，僕人端著肉、麵包及酒水勉強爬上樓梯，還帶來雕刻著獵鹿場景的金酒杯。羅蘭坐在矮木桌旁的靠背木椅上，翹著二郎腿，戴門無法想像羅蘭翹著腳坐在愛默里克對面談天，但也許這正是羅蘭的打算。

戴門見過羅蘭這樣的神情，他對羅蘭的情緒非常敏感，此時感受到了一股危險，總覺得愛默里克待在樓下任數名士兵洩慾，也好過上樓接受羅蘭的處置。羅蘭雙眼淡漠，背脊筆直地端坐，指尖停留在酒杯的杯緣。

我吻了他。戴門心想，在這個圓形石室中，這絲念頭顯得萬分不真實。在那溫暖、甜蜜的一吻被打斷之前，戴門清楚感覺到兩人之間的可能性：羅蘭的身軀雖一如往常地緊繃，卻首次微啟雙唇，透露一絲允許戴門加深那一吻的意願。

戴門閉上雙眼，想像可能發生的一切：羅蘭緩緩張嘴，羅蘭的手遲疑地觸碰他的身體，他自己小心翼翼、小心翼翼的動作。

兩名士兵拖著愛默里克進石室，他的雙手反綁，卻努力抵抗，兩名士兵分別抓住一條手臂。他的盔甲被卸下，襯衣沾上塵土，綁帶被扯得亂七八糟，露出一大片肌膚。他的鬈髮失去了原本的整潔漂亮，左邊臉頰也多了一道傷痕。

儘管如此，在愛默里克眼中仍留有過去的倨傲，戴門知道他天生愛挑釁他人，喜歡與人爭鬥。

看見喬德的瞬間，愛默里克的臉色刷白。「不。」兩名士兵不顧他的抗拒，一把將他推進石室。

「多感人的重逢。」羅蘭說。

聽羅蘭這麼說，愛默里克再次擺出倨傲不屈的姿態。兩名士兵重新扣住他，動作粗魯，他抬起仍舊蒼白的臉。

「你把我抓來，是為了譏笑我嗎？我一點也不後悔，我做的那些都是為了我的家族，還有為了南方諸城。要我再來一次，我也十分樂意。」

「說得真好聽。」羅蘭說。「是時候說出真相了。」

「那就是真相。」愛默里克說。「我不怕你，我父親會滅了你的軍隊。」

「你父親已經夾著尾巴逃回浮泰茵了。」

「那是為了重整勢力，我父親不可能拋棄自己的家人，他和你不同——為自己的哥哥張開雙腿，可不能稱作對家族的忠誠。」愛默里克呼吸淺促地說。

「說到這事。」羅蘭說。

他站起身，指尖輕握著金酒杯，他端詳愛默里克片刻，然後反手舉起金杯，面不改色地狠狠砸在愛默里克臉上。

厚重的金杯帶著沉悶的聲響敲上顴骨，愛默里克痛呼一聲，腦袋偏向一邊，身軀在兩名士兵之間搖晃。喬德猛然一動，戴門下意識擋到他面前，在他的推擠下全身緥緊。

「別用你的髒嘴提起我哥哥。」羅蘭說。

方才戴門一把將喬德往後推，現在則扣住他不讓他衝上前，喬德不再動彈，但肌肉仍未鬆懈，呼吸依舊粗重。羅蘭刻意地緩緩將酒杯放回桌上。

愛默里克眨著呆滯昏沉的眼眸，震驚的臉上灑滿裝在杯中的飲品，他的嘴唇上有血，不知是被打傷或是自己咬傷，臉頰上也出現一道紅印。

戴門聽見愛默里克口齒不清地說：「你要打就打，打幾次都無所謂。」

「是嗎？我們兩個似乎很合得來。我還能對你做什麼，你說來聽聽。」

「別這樣，」喬德說。「他不過是個孩子，他還是個孩子，他的年紀太小了，玩不起這種遊戲，而且他很害怕，他覺得您會毀了他的家族。」

愛默里克瘀傷、滴著血的臉轉向喬德，一臉不敢置信。同時羅蘭也揚眉看向喬德，他同樣一臉驚訝，但他的神情冰寒、更為深沉。

戴門花了一點時間才明白羅蘭為何驚訝，他看看羅蘭，又看看愛默里克。一股不自在襲上心頭，他這才意識到羅蘭與愛默里克年紀相彷，差距不會超過六個月。

「我確實打算毀了他的家族，」羅蘭說。「但他並不是為自己的家族而戰。」

「當然是了，」喬德說。「不然他有什麼理由背叛朋友？」

「你連一個理由都想不到嗎？」

羅蘭的注意力又轉回愛默里克身上，他一步步走近，直到兩人面對面佇立。羅蘭微微一笑，以情人般親暱的動作將一縷鬈髮順到愛默里克耳後。愛默里克猛然瑟縮，又努力克制自己的反應，卻無法控制自己的呼吸。

羅蘭輕柔地用指尖掃過愛默里克唇上的鮮血。

「好一張漂亮的臉蛋。」羅蘭的手指向下移，輕掃愛默里克的下巴，將他的臉往上抬，彷彿要印下一吻。愛默里克發出痛苦的悶哼，羅蘭指尖下的瘀傷肌膚被壓得泛白。「你小時候一定也是個蜜桃般的漂亮男孩，一顆漂亮的小水蜜桃。告訴我，你和我叔父上床的時候，年紀多大了？」

戴門全身僵直，整座塔樓都紋風不動，聽著羅蘭繼續發問：「該不會小到根本沒射過吧？」

「閉嘴。」愛默里克說。

「他是不是告訴你，只要幫他完成這件事，你們就又能在一起了？他是不是告訴你，他一直都很想你？」

「**閉嘴。**」愛默里克說。

「他說的都是謊話，你現在這麼老了，他不可能要你的。」

「你怎麼知道。」愛默里克說。

「這粗啞的嗓音，這粗糙的臉頰，他看了只會作嘔。」

「你**什麼都不知道**——」

「你的身體越來越老，黏人的態度變得煩人，現在的你不過是——」

「你錯了！**他愛我！**」

愛默里克憤然吐出這句話，太過響亮的字句迴盪在石室內。戴門的胃沉入深淵，全身都不對勁，他發現自己不知何時放開了喬德，喬德連退兩步。

羅蘭輕蔑地瞥著愛默里克。

「愛你？你這個毫無價值的小婊子，我懷疑他根本沒有喜歡過你。他給了你多少關注？那只是他在鄉下閒著沒事做，想找個男孩打發時間吧？」

「你不瞭解我們，你什麼都不知道。」愛默里克說。

「我知道他沒帶你回宮，他讓你一直待在浮泰茵，這背後的原因，你一次都沒想過嗎？」

「他說過，他也不願意離開我。」愛默里克說。

「我猜你一定很好搞上床，只要讚美幾句，多給你一點關注，你這個鄉下小處男就會乖乖爬上他的床，獻出單純無知的自己取悅他。他一定覺得很有趣吧——至少，一開始很有趣，畢竟他在浮泰茵也無事可做，但到後來，幹你的新鮮感就消失了。」

「不。」愛默里克說。

「你長得還算漂亮，顯然也十分樂在其中，但二手貨除非還有使用價值，終究沒什麼吸引力。一個人也許會在鄉間酒館喝廉價葡萄酒，不過一旦有了更好的選擇，他當然不可能在自家餐桌上喝那種便宜貨。」

「**不**。」愛默里克重複道。

「我叔父非常挑剔，他可不像喬德，」羅蘭說。「喬德拿到中年男人用過的二手貨，還會把他當成寶貝看待。」

「**住口**。」愛默里克說。

「你有沒有想過，我叔父為什麼叫你像男妓一樣和粗鄙的軍人上床，他才肯碰你？在他眼中，和我的士兵打炮就是你的唯一價值，結果你連這點小事也辦不好。」

戴門忍不住開口：「夠了。」

愛默里克哭了，哭得很醜，全身隨著止不住的啜泣震顫。喬德面如死灰。在其他人開口或行動之前，戴門又說：「還不快把愛默里克帶出去。」

「你這個冷血的混蛋。」喬德語氣顫抖地對羅蘭說。

羅蘭從容不迫地轉向他。「我還沒說完呢。」羅蘭說。「還有你。」

「不行。」戴門擋在兩人之間，他盯著羅蘭，以不容置喙的語氣命令喬德：「出去。」他沒有轉身確認喬德是否服從命令，而是用相同的語氣對羅蘭說：「冷靜點。」

羅蘭說：「我還沒說完。」

「說完什麼？你想把這裡的每個人都罵得體無完膚嗎？你現在這種狀態，喬德根本抵擋不住，這你又不是不曉得。先冷靜下來再說。」

羅蘭看著他的眼神，像是劍士考慮著是否將要手無寸鐵的敵人劈成兩半。

「你也要在我身上發洩嗎？還是你只喜歡攻擊無力自保的人？」戴門聽見自己剛硬的語調，他沒有退讓。守衛室只剩他們兩人，其他人都被戴門趕出去了。「我還記得你上次這樣意氣用事的時候，不小心露了個大破綻，讓你叔父名正言順地沒收你的封地。」

這句話足以讓羅蘭動手殺人，就差那麼一點，戴門對此心知肚明。但他仍站在原地，熾熱、厚重而致命的空氣圍繞著彼此。

羅蘭猛然轉身，他緊緊扣住木桌邊緣，垂下頭，緊繃著雙臂與背脊，戴門看著他的胸膛大起大落，又大起大落。

羅蘭頓了頓，然後前臂突然掃過桌面，鍍金的餐盤與食物酒水全灑在地上，一顆橘子滾到一旁，水從桌角滴落地面。戴門聽見羅蘭紊亂的呼吸。

他允許石室中的沉默不斷延展，沒有看向杯盤狼藉的木桌，或散落一地的肉食、餐盤和傾倒的水瓶，而是注視著羅蘭的背。他明白剛才將其他人趕出去是最好的選擇，他也明白現在保持沉默是最好的選擇。他不知道過了多少時間，只知道羅蘭緊繃的背脊沒有舒展的意思。

羅蘭頭也不回地開口，語氣刻意得令人渾身不自在。

「你的意思是，我失控時就會犯錯，我叔父當然也明白這點，他派愛默里克來阻撓我，想必是為了看我的笑話。你說得對，你這個態度蠻橫的野人，你這個粗俗、跋扈的粗人——說得對，你說得**總是正確無誤**。」

羅蘭抓著桌緣的手指泛白。

「我還記得他那次巡訪浮泰茵，本來預計待兩週，後來又傳信回來，說要延長到三週，說他需要更多時間和桂恩處理正事。」

戴門受羅蘭的語調驅使，往前踏一步。

羅蘭說：「你如果真要我冷靜下來，就**滾出去**。」

19

「隊長。」

戴門剛走出石室三步，圭瑪便向他打招呼，顯然想進入石室。

「我派人看守愛默里克，其他人也都冷靜下來了。我這就去向王子殿下報告，然後——」

戴門發現自己不由自主地擋在圭瑪身前。「不行，別讓任何人進去。」

不理性的怒火熊熊燃起，他背後這扇緊閉的門，是阻擋災厄的唯一屏障，圭瑪怎麼能闖進去讓羅蘭的心情變得更差？圭瑪從一開始就不該惹羅蘭發怒。

「那我們該怎麼處置那個俘虜？」

把愛默里克從牆上拋下去。「把他關在他的房間裡。」

「是。」

「不要讓任何人踏進這一區。圭瑪，你聽著。」

「是？」

「這次，我是認真的。誰被侵犯都無所謂，反正任何人都不許靠近這裡，懂了沒？」

「是，隊長。」圭瑪敬禮後退下。

戴門不自覺地緊抓著城垛的邊緣，彷彿下意識模仿著羅蘭的動作。他關上房門前看到的最後一個畫面，便是羅蘭緊繃的背脊。

他的心在胸中鼓譟，他很想建造一道屏障守護羅蘭，不讓任何人打擾他，必要的話他甚至願意親自在牆上巡邏。

戴門知道，只要給羅蘭獨自思索的時間，他就能恢復理智，找回自控能力。

戴門恨不得一拳打昏愛默里克，但他也很清楚，喬德和愛默里克才剛被羅蘭狠狠折辱了一番，假如他們……避得遠遠的，事態就不會變得如此混亂了。

朋友，不久前，站在城牆上的羅蘭這麼說。**我們是朋友嗎？**戴門握緊雙拳，愛默里克惹是生非的積習已深，還掌握了最糟糕的時機。

戴門回到石梯底部，向士兵重複他方才對圭瑪下達的命令，淨空這一區。

午夜已過去多時，沉重的倦意壓在戴門身上，他這才發現黎明將在數小時後到來。士兵們正逐一離去，周遭安靜下來。他無法停下來花時間思考，他做不到。戶外什麼也沒有，只有黑暗籠罩大地的最後幾小時，以及即將伴隨黎明到來的漫長旅程。

一回神，戴門發現自己拉住其中一名士兵的手臂，暫時不讓他隨其他人離去。

那個男人停下腳步。「隊長？」

「照顧好王子，」戴門聽見自己的聲音響起。「他有什麼需要，都盡全力滿足。照顧好他。」他知道自己說的話與緊抓著士兵的手，表達了相互矛盾的兩件事，他試著抽手，但五指只有抓得更緊。「他值得你們的忠誠。」

「是，隊長。」

士兵點頭後默默遵照命令離去，戴門目送士兵代替他走上樓。

戴門花了很長一段時間完成行前的準備，整理完畢後，他在僕人的引領下回房。一路上是慶功宴後的狼藉，傾倒的酒杯、鼾聲連連的羅薛爾、倒在地上的椅子——不知是被人在打鬥時推倒，或被過度激烈的舞蹈撞翻。

他的房間十分奢華，這裡是維爾，維爾人總是鋪張奢華。隔著拱門，戴門望見至少兩間相連的房間，地上鋪著瓷磚，還擺了維爾常見的低矮躺椅。他讓視線掃過高聳的窗戶、擺滿酒飲與水果的桌几，以及滿溢薔薇色絲綢的華床。

他命令僕人退下，房門在僕人身後帶上。戴門拿起銀壺為自己倒一杯葡萄酒，仰頭飲盡，接著將杯子放回桌上。他撐著桌面，全身重量壓在雙手上。

他舉起一隻手，解下肩頭的隊長徽章。

窗戶敞開著，今晚是南方常有的暖夜。房裡處處是維爾飾物——細緻的鐵窗、床上編成螺旋形的絲布——儘管如此，這座城堡畢竟鄰近阿奇洛斯國界，拱形門窗與沒有裝紗門、紗窗的空間，透著絲絲南方韻味。

戴門低頭看著手中的胸章，他只為羅蘭當了一個下午、一個夜晚的隊長，在這短短的時間內，他們贏了一場戰役、占了一座要塞。現在，這枚堅硬的金色金屬顯得太過瘋狂、太過不可思議。

圭瑪是個不錯的人選，他能暫任隊長之職，給羅蘭足夠的時間和謀士討論策略、挑選新隊長。羅蘭現在的首要任務就是鞏固在拉芬奈的權勢，作為將領，他仍然缺乏經驗，但這會在未來漸漸累積，他將從王子及將領轉變成一國之王。

戴門將胸章放在桌上。

他走到窗前向外望，看見城牆上星星點點的火光，看見取代了圖瓦思旗幟的金藍星芒旗。

他想到圖瓦思，圖瓦思本來動搖了，卻又被桂恩說服與羅蘭為敵。

戴門的心中閃過許多畫面，從今以後，他每想到這一晚，就會想到城牆上方旋轉的星空、恩果蘭的盔甲與借來的服裝、飾有紅色長羽的頭盔、被數百人馬踩踏的土地、暴力，還有圖瓦思——圖瓦思奮力迎擊，直到他認出戴門的那一刻。那一刻，一切都變了。

戴門諾斯，王儲屠手。

他身後傳來房門關上的聲音，戴門轉身，看見了羅蘭。

他的胃直直往下墜，心中滿是不解與震驚——他一刻也沒想過會在這裡遇到羅蘭——然後他才明白，這間華麗又寬敞的臥房不屬於隊長，擅闖房間的並不是羅蘭。

兩人面面相覷，羅蘭站在房門內四步處，一身繫得一絲不苟的嚴肅正裝在昏暗中異常鮮明，全身上下只有肩頭的徽飾表明身分地位。戴門的脈搏隨驚訝的情緒加速，彷彿能用身體感覺到羅蘭的存在。

「抱歉，」他說。「你的僕人好像帶我走錯房間了。」

「沒這回事。」羅蘭說。

兩人沉默片刻。

「愛默里克回他自己的房間了，我派了人看守他，」戴門試著用正常的語氣開口。「他不會再惹事了。」

「我不想談愛默里克，」羅蘭說。「也不想談我叔父的事。」

他一步步走來，充滿存在感，就像戴門剛剛取下的胸章，有如過早卸下的盔甲。

羅蘭開口：「我知道你準備明天離開，越過國界就不會再回來了。我要聽你親口說。」

「我——」

「說。」

「我明天就會走，」戴門盡量用平穩的語氣說。「不會再回來了。」他吸入一口氣，胸口隱隱作痛。「羅蘭——」

「我不管你要說什麼，你明天就走，但你現在還屬於我。今晚，你還是我的奴隸。」

戴門被羅蘭的話語重擊，隨著話語而來的是羅蘭的手，他將戴門向後一推。戴門的腿碰到床緣，世界隨之傾斜，滿是絲綢與薔薇色柔光。他感覺羅蘭的膝蓋緊貼著他的大腿，手掌按在他的胸口。

「我——不想這樣——」

「你想。」羅蘭說。

外衣在羅蘭的指尖下鬆開，戴門隱隱意識到，羅蘭的動作相當精準——他身為王子，卻與僕人同樣擅長寬衣解帶，比戴門一開始還要熟練，彷彿受過訓練。

「你在做什麼？」戴門的呼吸紊亂。

「我在做什麼？你的觀察力真差。」

「你現在的狀態不對，」戴門說。「就算你沒事好了，你做任何事的目的也從來就不單純。」

羅蘭停下動作，輕柔的語氣帶著一絲苦澀。「是嗎？我一定是想從你身上得到什麼，是吧。」

「羅蘭。」戴門說。

「放肆，」羅蘭說。「我何時准許你喊我的名字了。」

「殿下。」這兩字在戴門的口中扭曲，聽起來不合時宜。他必須告訴他：**別這樣**。但他的所有思緒都鎖在近得不可思議的羅蘭身上，感覺到兩人身體之間微小的距離與動作，感覺到羅蘭貼近時自己不由自主的蠢蠢欲動。他闔上雙眼，感受身體痛苦的欲求。「我覺得你要的不是我，你只想讓我產生這種感覺。」

「那你就好好去感覺。」羅蘭說。

一隻手滑入戴門敞開的外衣，滑過襯衣，落在腹部。

在那一瞬間，除了感受羅蘭貼在他肌膚上的手之外，他什麼也做不到。一口氣顫抖著逃離他的喉嚨。熾熱的手掌沿著肚臍向下滑，戴門隱隱意識到絲綢被褥散亂在他們身周，羅蘭的雙膝與另一隻手如同插在絲布上的大頭針，使他動彈不得。他的外衣被丟到一旁，襯衣幾乎被脫下，雙腿間的綁帶不知何時在羅蘭手中解開了，然後，他再也無法找回剛才的思緒。

他看著羅蘭的臉，彷彿首次看見羅蘭此刻的眼神，聽見他與平時有那麼一絲不同的呼吸。他注意到羅蘭緊繃的背脊，注意到他身體刻意的姿勢，還記得在南塔樓石室內，羅蘭躬身站在桌前的模樣。他聽見羅蘭開口：「看來你全身上下都比例相符。」

戴門說。「你又不是沒看過我興奮的模樣。」

「我也記得你的喜好。」

羅蘭握住戴門分身的頂部，拇指滑過縫隙，微微下壓。

戴門不由自主地弓起身體，比起愛撫，羅蘭的觸摸更像是一種占有。羅蘭靠得更近，拇指畫了個小小的、溼潤的圓。

「和安瑟的那一次，你也很喜歡這樣。」

「那才不是安瑟，」戴門吐露赤裸的事實。「你自己也知道，從頭到尾都是你。」

他不願想到安瑟，他全身有如繃得太緊的皮帶，不停使力，他下意識抬手，羅蘭卻說：

「不行。」他無法觸碰自己。

「安瑟那時候是用嘴，你該不會忘了吧？」荒唐的話脫口而出，他瘋狂地試著轉移羅蘭的注意力，轉移自己的注意力，竭力讓自己安分地躺在絲綢堆上。

「我不認為我有用嘴的必要。」羅蘭說。

羅蘭的手起起落落，就如同他難以捉摸的字句，就好似他們每一次令人心煩氣躁的爭辯，纏繞在羅蘭的聲音之中。戴門感覺到羅蘭緊繃的心神，彷彿那是自己猛烈的心跳。羅蘭先前的情緒仍潛藏在體內，在強行扼制之下轉變成不同的東西。

戴門竭力抑制體內潮湧般的感覺，他試圖抓握上方的絲布，以此作為抵抗的基礎，但羅蘭的另一隻手阻止了他，熾熱的手掌霸道地將他按倒在床上。戴門無預警地對上羅蘭的雙眼，糾結混亂的現實猛然襲來：一身正裝的王子壓在他身上，閃亮的靴子就擱在戴門的腿側。即使輕顫席捲戴門全身，他也感覺到氣氛一變，兩人之間的熱意交纏升溫。他突然覺得自己該別開視線，該停下現在的動作，該回頭。他做不到，羅蘭幽暗的雙眼大睜，在那一瞬間，他的眼裡只有戴門。

他感覺到羅蘭抽身、退離、豎立心防，卻無法簡潔俐落地抽離這一刻。

羅蘭說：「差強人意。」

戴門因高潮的餘韻而微微發顫，他呼吸粗重地撐起身體，試著在羅蘭此刻的眼神消失前抓住它。

羅蘭打算起身離開床鋪，但戴門握住他的手腕，感覺掌下細緻的骨骼與脈搏。

戴門說：「吻我。」

他的嗓音因情慾而沙啞，現在他只想分享這份愉悅。他感受到遍布全身肌膚的暖意，剛才起身時，他的身體向前彎曲，腹部線條隨著肌肉收束一覽無遺。羅蘭下意識地將這一切收入眼底，接著抬眼對上戴門的目光。

戴門過去也曾抓過羅蘭的手腕，也許是阻止他揮拳，也許是阻止他揮刀。而他現在握著羅蘭的手，感覺到了撤退的衝動，還能感覺到羅蘭刻意營造的距離，彷彿完成剛才一系列的動作後，他不知該如何進行下一步。

「吻我。」戴門重複道。

羅蘭一動也不動，眼神幽暗，似是正強迫自己跨過某種界限，他全身緊繃，彷彿隨時會轉身逃跑。當羅蘭的視線落在戴門唇上時，戴門全身一震。

發現羅蘭真的會依言照做時，戴門閉上眼睛，保持身體靜止。羅蘭吻他時嘴唇微微分開，彷彿沒意識到自己提出了什麼要求，而戴門則小心翼翼地回應他的吻，一想到這個吻能漸漸加深，他便滿心不可置信、頭暈目眩。

他在更進一步之前稍微退開，看著羅蘭睜開雙眼，而他自己的心怦怦狂跳。那一瞬間，對望的親暱不輸親吻。在視線交纏之間，兩人的界線變得模糊，他再次緩緩傾身，手指抬起羅蘭的下顎，輕柔的吻落在羅蘭的頸間。

他的動作超乎羅蘭意料，他感覺到羅蘭驚訝地微微一動，也感覺到羅蘭肢體間傳達出的不解，接著感覺到驚訝轉變成別種情緒的剎那。戴門允許自己享受用口鼻輕撫羅蘭肌膚的小小樂趣，感覺到羅蘭的脈搏在他的唇下加速。

這回戴門退開時，兩人之間的距離沒有拉長。戴門抬手輕撫羅蘭的臉頰，手指滑入金髮，驚奇地撫弄指間的流光，然後雙手溫柔地捧住羅蘭的臉，將他一直想給羅蘭的吻——動作緩而深、慢而長的一吻——兌現。羅蘭的雙唇貼著他分開，舌尖相觸，戴門的舌頭滑入羅蘭嘴裡，止不住體內隨之緩緩擴散的熱意。

他們彼此深吻。戴門從身體深處意識到這點，彷彿成為一股無法抑止的戰慄，所有的渴望震撼著身心，他只能閉上雙眼。戴門的手滑下羅蘭的身軀，摸到外衣布料的皺褶，他自己一絲不掛，卻無法觸碰穿戴整齊的羅蘭。

自從第一次在王宮澡堂寬衣之後，羅蘭便一直謹慎地避免在戴門面前赤裸身體，但戴門一直記得羅蘭當時的模樣：盛氣凌人的勻稱身形、雪白肌膚上的半透明水珠。

當時，戴門並沒有細細品味、好好欣賞，他那時不知道羅蘭平時一向穿著整齊的嚴肅服飾，鮮少在任何人面前寬衣解帶。

現在他知道了，他想到先前為羅蘭卸下盔甲的僕人，想起自己看見那一幕時的不悅。

戴門抬手觸碰羅蘭領口的絲帶，數月來他受過無數次訓練，現在他熟知羅蘭身上所有複雜的繩結。外衣領口敞開細微的縫隙，戴門的手指沿著細縫滑至羅蘭的鎖骨，精緻的鎖骨暴露在空氣中，靜脈被雪白膚色襯得發藍，宛若大理石的紋理。多虧了絲綢與帳篷、涼篷與高領上衣，過去一個月的行軍沒能在羅蘭初雪般的肌膚上留下痕跡，與之相比，戴門晒黑的皮膚有如棕色堅果皮。

兩人呼吸同步了，羅蘭全身靜止不動，戴門拉開他的外衣時，白色薄襯衣下的胸膛上下起伏。戴門的手滑下襯衣的皺褶，然後雙手一分，拉開襯衣。

羅蘭裸露的乳頭挺立，戴門終於看見他被撩起慾望的證據，一股狂喜與成就感湧上心頭。他對上羅蘭的視線。

羅蘭說：「你以為我和石頭一樣，沒有任何感覺？」

戴門無法制止這句話帶來的愉悅，他說：「只要你不想要，我就不會繼續下去。」

「你以為我不想要？」

戴門看見他眼底的慾望，然後以明確的動作將他推倒在床上。

兩人注視著彼此，羅蘭衣服微亂地癱倒在床上，一條屈起的腿稍微向外開，靴子仍穿在腳上。戴門恨不得讓手沿著羅蘭的肋骨向上滑到胸膛，將他雙手壓在床墊上，強占他的唇。戴門闔上雙眼，勉強召喚出巨大的意志力，這才再次睜眼。

羅蘭悠然將一隻手舉過頭頂，放在戴門本想壓住的位置，隔著長長的睫毛仰望戴門。「你喜歡在上面，是吧？」

「對。」尤其是這一刻，羅蘭躺在他身下，美好的畫面與感受令他陶醉。他忍不住撫過羅蘭綳緊的腹部——羅蘭控制著自己的呼吸，腹部平穩地起伏——來到下腹那道細細的毛髮，指尖滑過那條線，落在絲帶與布料相接處。戴門抬起頭。

他突然被向後推，有些喘不過氣地坐倒在羅蘭雙腿之間，原來是羅蘭將靴底平貼在戴門胸口。羅蘭沒有移開靴子，用腳讓戴門留在原位，腳掌穩定的推力警告戴門不要靠近。

因此而生的情慾，想必盡寫在戴門臉上了。

羅蘭說：「所以呢？」

這不是警告，而是指令。戴門突然明白羅蘭在等什麼了，他握住羅蘭的小腿，另一隻手握住靴跟，幫羅蘭脫下靴子。

長靴落在床另一側的地板上，羅蘭收回那隻腳，將另一隻腳伸向戴門，第二隻靴子也這麼被脫下。

戴門看見羅蘭髖骨附近的肌膚隨呼吸起伏，儘管語氣冷淡，他顯然費了一番功夫才維持身體靜止，允許他人觸碰。羅蘭的身軀仍然緊繃，宛如一把稍作不慎就會割穿戴門雙手的利刃。

戴門忽然因糾雜的慾望開始顫抖，互相矛盾的衝動令他頭昏眼花——他想溫柔以待，他想握得更緊。他們再次親吻，戴門忍不住撫摸羅蘭，雙手緩緩滑過羅蘭袒露的身體，直到掌下的肌膚被布料阻隔，戴門吻得更輕柔、更甜蜜。衣服凹凸起伏的邊線與交叉的繩帶就在指尖，他將一根手指擠到絲帶與布料之間，感覺絲帶被手指抽出的滑動，拉到最頂部的絲帶時，與布料的摩擦拉得更長。

一股慾念衝上腦門，戴門推離羅蘭，羅蘭困惑地用一隻手臂撐起上半身，不明白戴門退開的用意——直到戴門手指一緊，將長褲的布料向下拉到大腿，又扯得更低。

他將長褲一路拉下去，布料完全離開羅蘭的雙腿後，他又沿著大腿往上輕撫，感覺腿部肌肉的收放。戴門的手來到腿與髖部的交界，拇指摩娑那裡的細緻皮膚，感覺到其下的脈搏一陣紊亂。戴門任自己幻想一向將身體控制得毫無破綻的羅蘭，在他口中釋放暗藏於心的慾望。他撫上羅蘭的分身，絲綢般的熱燙觸感印入掌心。

羅蘭撐起身體，外衣與襯衣的布料落在肘邊，雙臂被半拘束在身後。

「我可不會回報你。」

戴門抬頭。「什麼？」

羅蘭說：「我不會對你做同樣的事。」

「所以呢？」

「你要我舔你的肉棒嗎？」羅蘭簡明地說。「我可沒這打算。如果你期待我用同樣的方式回報你，那我現在就告訴你──」

太過複雜的言語與思緒，不屬於枕邊纏綿。戴門聽他說完，確認羅蘭說了這麼多，但並沒有反對或抗拒後，直接張口含下。

羅蘭看似經驗豐富，反應卻像初嘗禁果的處子，他發出驚愕的柔軟輕哼，全身以戴門吻弄的位置為中心扭動。戴門的雙手按著羅蘭的臀部，允許自己享受羅蘭身體無助的挪動與推擠、他的驚訝，以及那之後勉強的壓抑、竭力恢復平穩的呼吸。

戴門想看到這樣的羅蘭，想得到每一絲奮力壓抑的反應，他也清楚意識到自己快被遺忘的慾望壓在床單上。他向上移動，舌頭捲住頂端，這個動作帶來的愉悅驅使他在此處滯留、吸吮，才又向下滑。

在戴門的所有的情人當中，羅蘭絕對是自控能力最徹底的一個，其他人也許會甩頭呼喊，發出清晰的呻吟，羅蘭卻只是微微顫抖，或猛然吸氣。儘管如此，戴門發現自己全身全心都放在這些小小的反應上，注意羅蘭緊繃的腹部、微微發顫的大腿，也一次次感受到身下的羅蘭在反應與壓抑之間猶疑，不斷攀升的慾望刻進羅蘭的身形。

戴門再次察覺到羅蘭制止自己的慾望，當動作有了節奏的同時，羅蘭緊緊鎖死身體，強行壓抑所有反應。他抬頭看見羅蘭抓著被單的雙手緊握成拳，雙眼緊閉，臉偏向一邊——瀕臨潰堤的羅蘭，憑不可思議的意志力，遏止了高潮。

戴門退開，撐起身體用雙眼探詢羅蘭的臉，當羅蘭睜開眼睛時，戴門幾乎只放了三成注意力在自己蠢蠢欲動的身體上。

漫長的片刻過去後，羅蘭道出令人心痛的實話：「我好像……沒辦法放開對自己的控制。」

「我看得出來。」戴門說。

接著，是一段不斷延伸的沉默，然後他說：「你對我的慾望，是男人對男孩的慾望。」

「是男人對男人的慾望。」戴門糾正道。「我想藉由你的身體得到快感，也想用我的身體取悅你。」

他說得再誠實、再輕柔不過。「我想在你體內高潮。」字句如同他心中的感情，油然而生。「我想讓你在我懷裡高潮。」

「你說得好像很簡單一樣。」

「是很簡單啊。」

羅蘭的臉色一緊，嘴形一變。「恕我直言，扮演男人的角色應該比趴在下面簡單吧。」

「那你告訴我你喜歡怎麼來。你以為我會直接把你翻過來，從後面硬上你嗎？」

戴門感覺到羅蘭對這句話的反應，他似乎明白了什麼，未言明的一切彷彿凝聚成實體飄在空中。

他說：「你想要我這樣做嗎？」

問句落入兩人之間的沉寂。羅蘭的呼吸淺促，兩頰潮紅，雙眼緊閉，彷彿將世界拒在心門之外。

「我想要——」羅蘭說。「我想要事情變得簡單。」

「你翻過來。」戴門說。

這句話從戴門體內湧出，低沉、輕柔而沉穩的命令落在羅蘭耳畔。羅蘭再次閉上雙眼，彷彿下定了決心，然後依言行動。

羅蘭以熟練且流暢的動作翻身，將背部與臀部的俐落線條暴露在戴門眼前。他張開大腿，臀部微微上翹。

戴門沒預期羅蘭會這麼做，他看著羅蘭的肢體如火花般展開，露出最私密的部位，他從沒想過羅蘭會……他之前希望自己和羅蘭能走到這一步，他許了願望──他幾乎不敢奢望這一刻──他希望他們兩個都能盼望這一刻，但他試探的字句卻意想不到地帶著兩人走到這裡。戴門突然緊張不已，彷彿變回十三歲時全無經驗的自己，不知道下一刻等著他的是什麼，只希望自己表現得夠好。

戴門輕撫羅蘭身側，羅蘭的呼吸紊亂，一陣陣不安竄過全身。

「你好像很緊張，你真的做過嗎？」

「做過。」羅蘭的回答聽上去有些古怪。

「我是說這個，你真的做過？」戴門又問。他將一隻手放上羅蘭的臀部，強調自己的意思。

「做過。」羅蘭說。

「可是——那不是——」

「能不能**別再說了**。」

這句話是硬擠出來的。戴門正在撫摸羅蘭背部，輕按他後頸，低頭親吻他。聽到這句話，戴門抬起頭，以溫和卻又不容抗拒的動作推動羅蘭的身體，讓羅蘭再次躺下來，然後低頭注視著他。

羅蘭癱在他身下，面頰潮紅、呼吸急促，閃著亮光的眼中，近乎絕望的煩躁掩蓋著別的情愫。儘管如此，羅蘭赤裸的慾望與方才在戴門口中時同樣熾熱、堅硬。他雖全身緊繃、精神緊繃，身體卻依然將情慾表露無遺。戴門探詢著看進羅蘭的藍眼。

「你還真矛盾。」他輕聲說，拇指輕輕撫過羅蘭的臉頰。

「幹我。」羅蘭說。

「我也很想，」戴門說。「你可以讓我這麼做嗎？」

輕聲說完這句話之後，他默默等待，看著羅蘭再度閉上眼睛，下顎的一條肌肉時而緊繃，時而放鬆。被上的念頭顯然幾乎將羅蘭逼瘋了，慾望與某種複雜的心理掙扎著相互競爭。戴門心想，羅蘭必須先卸下那難以言明的抗拒心理。

「我**這就是**在讓你，」羅蘭硬是吐出簡短的語句。「繼續啊。」

他睜開雙眼，對上戴門的視線，這回輪到羅蘭默默等待，臉上因自己這句話而暈紅一片。羅蘭眼中的不耐與緊繃掩飾了某種意外幼小、意外脆弱的事物，戴門的心彷彿離開了胸腔，暴露在外。

他的手沿著羅蘭的手臂往上滑，來到羅蘭放在頭頂床單上的手掌。他握住羅蘭的手向下壓，兩人掌心相貼。

這一吻緩慢而慎重，他感覺到羅蘭的身體微微顫抖，感覺羅蘭的唇在他的親吻下分開，他自己的雙手隨之輕顫。戴門稍微退開，再次在羅蘭的眼底尋找首肯，他找到了那份首肯，也找到新的緊繃感。他意識到這種緊繃也是其中一部分。這時，他感覺羅蘭將一個小玻璃瓶按在他的掌心。

呼吸太過困難，他只能注視著羅蘭，兩人之間毫無阻隔，羅蘭也允許他如此接近。一根手指滑入，羅蘭體內非常緊，戴門緩緩前後移動手指，時時注意羅蘭的臉——泛紅的臉頰、微微變化的表情、圓睜且幽暗的雙眼，這是極致的私密。

戴門的皮膚似乎太熱、太緊，過去幻想自己和羅蘭在床上的情景時，他只能想像近乎疼痛的溫柔，直到此時才得以嘗試展現。然而現實不一樣，真正的羅蘭不一樣，戴門沒想過這一刻竟然能如此輕柔、如此安靜、如此貼近內心。

他感覺到精油的滑潤，羅蘭無法自抑的細微動作，以及身下漸漸開展的身體。現在，羅蘭應該能感覺到戴門的心臟在胸中重重鼓動。他們再度親吻彼此，這次的吻緩慢而親暱，兩人的身體完全契合，而羅蘭的雙臂環著戴門的頸項。戴門將另一條手臂伸到羅蘭身下，手掌撫過背部屈伸的肌肉與曲線，他感覺到羅蘭屈起一條腿，溫暖的大腿內側滑過身側，腳跟壓進他的背。

戴門本以為自己能用手與口誘導羅蘭，給予他此時的感覺與慾望。戴門的指下是緊緻、滑潤的溫熱，他不可能將下身放進去，卻無法阻止自己狂放的幻想。他閉上雙眼，觸碰他們該當交合成一體的位置。

「我需要進去。」赤裸裸的語句脫口而出，充滿了慾望與勉強的控制。

羅蘭的緊繃到達顛峰，戴門感受到他強行將其壓下，回答：「好。」

潮湧般的感受推擠著戴門的胸口，羅蘭應允了，此時相貼的肌膚已經太過熾熱、太過親近，他們卻要進一步縮減兩人間的距離，直到合而為一。羅蘭將允許戴門進入，**進到他體內**，這絲念頭又一次襲上腦門——然後慾念化為行動，他無法再思考，全身心只剩慢慢推進羅蘭體內的動作。

羅蘭呼喊出聲，戴門的世界化作一系列破碎的畫面：分身的頂部擠入潤滑的熱穴、羅蘭顫抖的回應、羅蘭上臂肌肉的曲展、他潮紅的面龐、散亂的金髮。

戴門隱約覺得自己必須把握這一刻，緊緊抓住這些畫面，永遠不鬆手。

你是我的。他很想這麼說，但無法說出口。羅蘭並不屬於他，這是僅有一次的歡愛，僅有一次的夜晚。

戴門的胸口發疼，他闔上雙眼，強迫自己感受緩慢的淺短戳刺，只允許自己緩緩推入與退出，這是他對抗本能的唯一一道防禦，因為本能命令他插得更深，深入他從未到過的境界，將自己深植在羅蘭體內，永遠不放開這一刻。

「羅蘭。」他無力抵抗，一片一片瓦解。

如果你想得到什麼，就必須自問，你願意為此犧牲多少？

戴門從未如此渴望一件事物，也從未在深知此物將在明日消逝的情況下，將其捧在手心。明天，他將放棄這一切，換取伊奧斯高聳的峭壁、國界另一邊充滿未知的未來，以及站在兄長面前，向他提出不再重要的問題，等他說出不再重要的答案的機會。他能擁有一座王國，或者擁有這一刻的彼此。

再深一點。戴門竭力抗拒體內的渴望，在身體自行找到韻律的同時竭力保持理智。他環住羅蘭的胸膛，嘴唇貼在他的頸窩，即使閉著眼睛，身體也本能地盡可能貼近。

「羅蘭。」他說。他完全挺入了，每一次進出都讓他更接近結尾，這讓他體內深處隱隱作痛，卻止不住埋得更深的慾望。

現在，他全身的重量壓在羅蘭身上，分身在羅蘭體內徹底沒入又抽出，感官幾乎滿溢——羅蘭語無倫次卻又甜美糾結的聲音、羅蘭潮紅的雙頰、偏向一側的臉……畫面與聲響融合成推入羅蘭體內的熾熱、戴門的律動，以及他自己肌肉的顫抖。

戴門忽然看見令人心痛的不可能的情景。若在另一個世界，一個給他們足夠時間的世界，他們不必匆促，也不必面對結束，只需一日日甜蜜相伴，每次做愛都悠閒而慵懶，在羅蘭體內待上數小時也無所謂。

「**我不能——我快要——**」他聽見自己的呻吟，阿奇洛斯語不經思索地衝口而出。他隱隱聽見羅蘭用維爾語回應，感覺到羅蘭開始失守，身體一陣陣抽搐，與鮮血同樣熱燙的溼潤噴濺而出。羅蘭在他身下攀上頂峰，戴門試著感受這一切，記住這一切，但他的身體也太過接近極限，當羅蘭以破碎的字句提出要求時，戴門忍無可忍，終於在羅蘭體內釋放一切。

20

身旁的羅蘭時不時挪動身體，但沒有轉醒。

戴門躺在羅蘭溫暖的身邊，感覺頸邊的柔軟金髮，以及身體相貼，羅蘭微微壓在身上的重量。

外頭，城牆上巡邏的士兵正要交接，城堡裡的僕人已經開始生火與攪拌鍋中食物。外頭，新的一天已經開始了，衛兵、馬夫與士兵紛紛起床進行戰前準備，戴門聽見庭院傳來一聲遙遠的招呼聲，以及較近處一扇門重重關上的聲響。

再一會兒。他心想。昏昏欲睡地賴在床上不過是最平凡無奇的願望，然而他的心口發疼，時間的流逝有如逐漸加重的壓迫，每一分、每一秒都清晰無比，因為他的時間所剩無幾。

睡在戴門身旁時，羅蘭的身體顯露出戴門從未見過的一面：俐落的腰線、熟練劍術的上肢肌肉、喉結的角度，現在的羅蘭看起來就是個年輕男人。平時他穿著密不透風的正裝，危險的優雅帶給他雌雄莫辨的美；更準確地說，一般人平時不會將羅蘭與實際存在的身體聯想在一起，與羅蘭相處時，他總是像一股純粹的意志，即使是在戰場上驅使坐騎完成不可能的動作的羅蘭，也一直是由意志控制著的軀體。

現在，戴門多少瞭解這具軀體了，他知道溫柔能引出羅蘭的驚訝，他見過羅蘭慵懶、危險的自信，以及遲疑的模樣——甜美、可人的遲疑。現在，戴門知道羅蘭在床上的面貌，那是直截了當的認知與近乎羞赧的節制，形成的矛盾組合。

羅蘭睡意迷濛地動了動，身體挪得更近，喉頭發出不經思索的輕柔低吟，戴門將永遠記得羅蘭此時此刻的聲音。

羅蘭睡眼惺忪地眨眼，戴門看著懷裡的人逐漸意識到周遭環境，清醒過來。他不確定羅蘭會如何反應，但羅蘭看見身旁的人時微微一笑，那是略為羞澀、完全出自內心的笑靨。戴門沒想到羅蘭會對他露出笑容，沒想過羅蘭會對任何人露出這樣的神情，他感覺心臟疼痛地一跳。

「早上了，」羅蘭說。「我們昨晚有睡？」

「有睡。」戴門回答。

兩人凝視著彼此，羅蘭伸手觸碰他的胸膛時，戴門盡力保持靜止。朝陽已東昇，他們卻開始夢幻般地緩緩相吻，四隻手慵懶地游移，四條腿糾纏不清。戴門無視體內的慾望，闔上雙眼。

「看來過了一夜，你的身體狀況仍絲毫不減。」

戴門忍不住說：「你在床上說話時和平常說話的樣子差不多。」一句話將他心中的感受表露無遺：他已經被無可救藥地迷住了。

「你就想不到更恰當的說法嗎？」

「我要你。」戴門說。

「你已經要了我，」羅蘭說。「而且是兩次。我還能感覺到……那種感覺。」

羅蘭又一次挪動身體，戴門忍不住將臉埋在他頸邊呻吟。戴門笑了出來，近似快樂的情緒推擠著胸腔內側，隱隱生疼。

「別鬧了，到時候你會沒辦法下床走路。」戴門說。

「走路還比較好，」羅蘭說。「我得騎馬呢。」

「你是不是……？我有盡量……我沒有——」

「我喜歡這種感覺，」羅蘭說。「我也喜歡昨晚的感覺。你是個大方的情人，我覺得——」他頓了頓，為自己接下來要說的話發出微顫的笑聲。「我覺得我的身體集結了那個瓦斯克部落裡每一個女人的感受。這樣的感覺是不是很常有？」

「怎麼會，」戴門說。「怎麼可能，這樣的——」**我從來沒和人有過這樣的感覺**。一想到羅蘭和別人找到同樣的感受，戴門就感到一股疼痛。

「我這麼說，是不是暴露了自己的經驗不足？關於我的流言蜚語，你也聽過吧？我十年才一次。」

「我做不到。」戴門說。「我沒辦法只擁有一晚。」

「一個晚上，還有一個早晨。」羅蘭說。這回，輪到戴門被推倒在床上。

事後，他在清晨陽光中淺眠，再次轉醒時床上只剩他一個人。

戴門竟然任自己睡著了，這份震驚與轉眼將至的期限驅使他坐起身。僕人開門走進房間，開始清除燃盡的蠟燭，收拾燃燒香油的空容器，不帶感情的動作擾亂了房裡的空氣。

戴門下意識望向窗外，從太陽在空中的位置看來，早晨已過了大半，他方才睡了一小時——不只——時間不多了。

「羅蘭在哪？」

一名侍者走至床邊。「殿下命令我們帶你離開拉芬奈，有人會陪同你前往國界。」

「陪同？」

「請下床準備，稍後將有人為你移除項圈和手銬，那之後你將離開城堡。」

「羅蘭在哪？」戴門又問。

「王子殿下正忙著處理其他事務，你將在他歸來前離去。」

戴門感到世界在身周搖擺，他知道自己在睡夢中不只錯過了離開拉芬奈堡的期限，還錯過了和羅蘭在一起的最後一吻、最後的道別。羅蘭之所以不在，是因為他選擇離開。現在戴門想到離別，心中便湧生一片偌大的沉默，飽含他無法說出口的話語。

他起身下床，沐浴後穿衣，讓僕人幫他繫上外衣的絲帶。這時，僕人已盡數離開臥房，帶走了昨晚每一件散在床上與地上的衣物——被扔得遠遠的長靴、皺巴巴的上衣、外衣、糾結紊亂的絲帶——也換了新床單。

只有在鐵匠的幫助下，才有辦法移除戴門的項圈。

鐵匠名叫葛林，他那一頭深棕色直髮像薄帽似地平躺在頭頂。葛林來到城堡的側翼，為戴門移除項圈，全程沒有觀眾、沒有特殊儀式。

這是一棟滿是灰塵的建築，裡頭有一張石凳，還有從冶鐵工房帶來的一些工具。戴門環視小房間，告訴自己他沒有遺憾，假如他按原本的計畫暗中離去，也會在國境另一邊某個不為人知的小屋裡，請鐵匠取下項圈與金銬。

最先解下的是金項圈，當葛林從戴門頸間拆下項圈時，戴門感覺沉甸甸的重量消失了，他的脊椎終於能挺直，肩膀終於能恢復應有的姿態。

項圈宛如被打破的謊言，重量消失的瞬間，他感到身體一輕。

他看著工作桌上斷成兩半的金項圈，那是維爾給他的制約，彎曲的金屬記錄著他在這個國家受到的所有羞辱與挫折，那是阿奇洛斯人侍奉維爾主人的屈辱。

然而，當初為他安上項圈的是卡斯托，現在放他自由的卻是羅蘭。

它是由阿奇洛斯黃金製成的枷鎖，戴門不由自主地上前觸碰它。金屬仍帶著他的體溫，彷彿是他身體的一部分，不知為何，這讓戴門感到焦躁不安。戴門的手指順著項圈表面滑過，碰到圖瓦思勛爵試圖刺死他時，在項圈上留下的深深劍痕。

他迫使自己抽離手指，讓葛林拆下他右臂的金銬。對鐵匠而言，將項圈的鎖敲斷並非難事，但金銬就只能用鑿子與木槌敲下來了。

來到這座城堡時，戴門是一介奴隸，離開時，他將是阿奇洛斯的戴門諾斯王子。過程中他彷彿脫去了一層皮，找到藏在皮下的自己。在葛林規律的敲打下，第一個手銬彈了開來，戴門直面著全新的自己。他不再是過去那個固執任性的王子，過去在阿奇洛斯的他不可能侍奉維爾人，更不可能和維爾人並肩作戰。

過去的戴門諾斯不可能看見真正的羅蘭，不可能將自己的忠誠奉獻給羅蘭，更不可能將羅蘭的信賴捧在手心。

葛林準備敲下另一隻手的金銬，戴門卻縮回左手。

「不用了，」他不由自主地說。「留著就好。」

葛林聳聳肩，他轉過身，以就事論事的動作將項圈與一只金銬的斷塊用布包好，交給戴門。戴門接過布包，感受黃金驚人的重量。

葛林說：「黃金是你的了。」

「這是贈禮？」戴門問。若此時站在他面前的不是葛林，而是羅蘭，他也會這麼問。

「王子殿下不需要這些東西。」葛林說。

他的護衛隊來了。

隊上一共六個人，其中一名已經坐在馬背上，是喬德。喬德直視戴門的雙眼，說：「你沒有食言。」

有人牽著戴門的馬過來，他這次不僅會帶著劍、騎著馬上路，還有一匹馬專門駝他的衣物與物資。**你有什麼願望嗎？**羅蘭曾經問他。戴門不知包袱裡是否藏著維爾人的精緻餞別禮，但直覺告訴他，羅蘭並沒有給他離別的禮物。戴門從一開始便一再堅持，他要的只有自由。現在，羅蘭應允了他的願望。

「我從一開始就不打算留下。」他說。

他翻身上馬，目光掃過城堡的廣大庭院，從高聳的大門移到淺淺的臺階與會客平臺。他還記得當初來到拉芬奈堡時，圖瓦思勛爵等人站在平臺上面無表情地迎接他們，他還記得首次站在維爾堡壘內的感覺。現在，戴門看見守門的守衛，看見忙著執行任務的士兵，感覺到喬德的馬走到他身旁。

「他騎馬出去了，」喬德說。「在王宮裡也是，他想清空腦子的時候就會出去吹吹風。他是那種不喜歡道別的人。」

「的確。」戴門說。

他準備策馬離開時，喬德拉住他的韁繩。「等等。」喬德說。「我想先說……說聲謝謝。謝謝你替愛默里克說話。」

「我那時候站出來，不是為了愛默里克。」戴門說。

喬德點點頭，接著說：「兄弟們聽說你要走，他們想——我們想——來幫你送行。」他說。「還有一點時間。」

他一揮手，王子軍隊裡的士兵開始走進城堡庭院，他們在接近天頂的烈日下，在平臺前列隊，戴門看著他們整齊的隊伍，不禁呼出一口氣——那是驚詫，也是胸中的某種情感。士兵們身上的每一塊盔甲、每一條皮帶都擦得閃閃發亮，戴門掃視他們所有人的臉，視線又掃過整座庭院，看見在城堡生活的男男女女好奇地聚集在外頭。羅蘭不在，戴門讓這一點深深滲入自己的骨髓。

拉札爾踏上前說：「隊長，能在你手下服役是我們的榮幸。」**能在你手下服役是我們的榮幸**。這句話迴響在戴門腦海裡。

「不，」他說。「是我的榮幸。」

就在這時，小城門的方向傳來一陣騷動，一名騎士快馬奔入庭院——是羅蘭。

他並沒有在最後一刻改變心意，戴門看了他一眼就知他本打算在戴門離開後再回來，他這是被迫提早歸來，而且他為此感到不悅。

羅蘭穿著一身馬裝，皮革裝束與此時上升的閘門絞得一樣緊，即使縱馬奔馳許久，每一條皮帶仍不偏不倚地留在原位。他筆直地端坐在馬背上，馬兒因拉緊的韁繩而微彎脖頸，鼻孔喘著粗氣。羅蘭從庭院另一頭淡然地瞥了戴門一眼，接著又驅馬前進。

然後，戴門看見他提前歸來的原因。

首先聽見城牆上守衛的叫喊聲，騎在馬上的他看見牆上的人揮旗傳訊，這是他自己制定的旗號，在羅蘭揮手示意士兵放人入城的同時，戴門也猜到來者的身分。

城門巨大的機械開始轉動，齒輪嘎吱嘎吱轉動，相扣的木材發出沉悶的尖響，絞盤與人力使高聳的城門活了起來。

伴隨這些聲響，是士兵的叫喊：「**開門！**」

羅蘭沒有下馬，他讓坐騎在平臺底部轉身，面對來者。

紅潮湧入庭院，紅色旗幟、紅色制服，三角旗、金屬與盔甲由燦金、雪白與鮮紅拼組而成，響亮的號角聲宛如喇叭——攝政王的特使團浩浩蕩蕩地走進拉芬奈堡。

聚集在庭院裡的士兵為他們讓道，羅蘭與攝政王的人馬之間出現一片空地，兩方人在一道逐漸擴寬的石板路兩端面對彼此，兩旁站著旁觀者。

四下一片寂靜，戴門的馬動了動，又安靜下來。羅蘭的部下滿臉敵意，攝政王手下在他們心中激發的情緒在此時倍增，至於城堡居民，他們臉上則是驚訝、小心翼翼的面無表情，以及難耐的好奇。

攝政王的特使團共有二十五人：一名傳令官與兩打士兵，羅蘭則孤身一人乘馬對峙。

他想必是在城堡外望見了特使團，這才快馬加鞭趕回來，並且決定以騎馬的青年之姿面對他們，而不是站在平臺上，以城堡之主的姿態與他們對峙。圖瓦思勛爵當初帶著所有隨從在平臺上迎接他們，擺出不滿與反對的陣勢，現在羅蘭卻截然相反，以穿著便裝、單獨騎馬的身姿等待攝政王龐大的特使團——但這也不意外，從過去到現在，羅蘭的那頭燦爛金髮一直是最明確的身分標誌。

「維爾國王有令。」傳令官朗聲說。

受過發聲訓練的他，一開口聲音便傳遍整座庭院，聚集於此的每一名男男女女都聽得一清二楚。他接著說：「叛徒王子與阿奇洛斯密謀叛國，將維爾的村莊贈予敵國，任敵軍殺戮維爾子民，甚至殘殺邊境領主。他無權繼承王位，將以背叛國家臣民之罪論處。本王撤銷他對維爾領土或亞奎塔保護國的所有權勢，任何幫助本王對他執行正當制裁的人都將得到豐厚賞賜，任何庇護他的人將被速速降罪。以上，是國王陛下的命令。」

庭院中一片死寂，無人發話。

「但是，」羅蘭說。「維爾沒有國王。」他的聲音同樣傳至庭院的每個角落。「父王已逝，說，是誰斗膽玷辱他的稱號。」

「現任國王，」傳令官說。「你的叔父。」

「我叔父侮辱了自己的家族，擅自冠上曾屬於我父親——本該傳給我兄長——的稱號，奪走我應當依法繼承的王位，你難道以為我會允許他繼續侮辱我？」

傳令官再次發言，又是滿口官腔：「國王陛下是誠實守信的君王，他將給你公平一戰的機會，若你體內真流著與你兄長相同的血液，那就在三天後的查爾希戰場上見真章，試著用你的帕特拉斯軍隊勝過善良的維爾士兵。」

「我確實會與他一戰，但我不打算讓他選擇開戰的時間地點。」

「這是你最後的答覆嗎？」

「沒錯。」

「那麼，陛下還有一則訊息，希望能以叔父的身分交予姪兒。」

傳令官向左首的士兵一點頭，那人從鞍上解下一個沾著血汙的骯髒布包。

戴門感到胃部一翻，他看著士兵高舉布包，一股噁心湧上腦門。傳令官繼續說：「此人妄圖替你求情，他選擇了錯誤的一方，任何選擇幫助叛徒王子，與國王作對的人，都會落得這般下場。」

士兵拉開布包，其中是一顆首級。

特使團在炎炎夏季快馬趕了兩週的路，曾因青春而水嫩的肌膚不再動人，最誘人的美麗藍眸已然消失，但凌亂的棕髮仍帶有星點般的珍珠裝飾，從臉型看來，他曾經是個美人。

戴門還記得那根刺入他大腿的叉子，記得那人睜著閃亮的藍眼惡言侮辱羅蘭，記得那人穿著睡衣孤身站在走廊上，猶豫不決。那是個即將進入青春期的小小少年，他擔心自己的身體會改變，畏懼那些變化。

別跟他說我來過。那人說。

打從一開始，他和羅蘭之間便存在微妙的吸引力。**此人妄圖替你求情。**他在攝政王眼中逐漸失去魅力，他卻將最後的一點影響力用來為羅蘭說情，沒想到自己所剩的魅力已經不夠了。

他童年的美麗是否能在青春期過後再次綻華，這個問題永遠不會有解答，因為尼凱絲的時間已永遠停留在十四歲。

在庭院裡的閃耀陽光下，戴門看見羅蘭的反應，看見羅蘭強行壓抑，但他的馬在原地不安地挪動一下，才被羅蘭強硬地控制住。

傳令官的隨從仍高舉著令人作嘔的戰利品，他們看見羅蘭的眼神，卻不知自己該全速逃跑。

「我叔父殺了他的孌童，」羅蘭說。「這是他給我們的訊息。他想傳達的是什麼呢？」他的聲音朗朗傳了出去。

「莫非他想告訴我們，即使是他的眷愛也是一時的？就連與他同床共枕的孩子都知道他無權坐上王位？又或者，他的權威是如此脆弱，懼於自己花錢買下的童妓？懼於一個童妓的言論？

「他要來查爾希，就讓他帶著他所有的浮誇言詞來查爾希。維爾是我的王國，我將用國家之力從戰場上抹消他的存在。

「如果你要我回覆，」羅蘭接著說。「那就告訴我那個殘殺孩童的叔父，即使砍了雅雷斯到拉芬奈之間每一個男孩的頭，他也不會成為國王，只會找不到讓他上的玩物而已。」

攝政王的特使團離開城堡，庭院中的男男女女震驚地走動、交談，羅蘭調轉馬頭時戴門已經擋在他面前。

那一瞬間，兩人面對面注視著對方，羅蘭的目光冷若寒冰，假如戴門不是坐在馬背上，他也許會倒退一步。他看見羅蘭緊緊握著韁繩的雙手，手套下的指節想必用力得泛白，戴門感到胸口發緊。

「這裡已經不歡迎你了。」羅蘭說。

「別應戰，如果你沒做好準備就和你叔父打仗，你的所有努力都白費了。」

「我當然會做好充足準備，我會讓漂亮的愛默里克說出他知曉的一切，等我榨乾他腦中的所有祕密之後，也許還能把用剩的部分送給我叔父。」

戴門張口欲言，卻被羅蘭鞭擊般的命令打斷，羅蘭直接對戴門的護衛隊說：「我不是叫你們帶他離開嗎。」說罷，羅蘭雙腿一夾，坐騎與戴門擦身而過，躍上平臺。他以流水般的動作下馬，朝愛默里克的房間走去。

戴門發現喬德擋在他面前，不必抬頭也知道太陽此時的位置。

「我要去阻止他，」戴門說。「你打算怎麼做？」

「正午了。」喬德說，三個字似乎粗糙地刮過他喉頭。

「他需要我。」戴門說。「你要把我的事說給全世界聽也無所謂。」

他策馬從喬德身邊走過，躍上平臺。

他以同樣的動作下馬，將韁繩丟給一旁的士兵，大步跟著羅蘭走進城堡，一次跨兩階爬上二樓。愛默里克房門口的守衛二話不說地讓開，房門已經開了。

戴門只跨出一步，便戛然而止。

愛默里克的房間當然裝飾得華美非常，他不是軍人，而是貴族的四子，父親是維爾邊境最具影響力的領主之一，臥房自然也符合他的顯赫地位。房裡有一張床、一張躺椅、規則排列的瓷磚、高聳的拱型窗扉，窗邊還有鋪滿軟枕的座位。房間另一側有一張桌子，桌上擺了食物、酒水、紙與墨，甚至有人為他準備了替換衣物。畫面顯然經過精心安排，他坐在桌邊，身上穿的不再是盔甲下那件沾染塵土的襯衣，而是符合大臣位階的服飾。他洗過澡，頭髮看上去很乾淨。

羅蘭站在距離他兩步之處，全身上下的線條緊繃如弦。

戴門迫使自己走上前，來到羅蘭身旁，在這寂靜的房間裡，只存他的動靜。他隱隱察覺到房裡的小細節：窗戶左下角破碎的玻璃、昨晚的肉食仍完好地擺在盤上、床鋪沒有人睡過。

昨晚，羅蘭的酒杯重重砸上愛默里克的右臉，但他的頭枕在手臂上，這個姿勢藏起了右半邊的臉。戴門只看見完好無缺的左側臉頰，他的眼睛沒有腫起，臉頰沒有刮傷，嘴唇沒有破裂，他的手癱在一旁，旁邊是窗戶的一片碎玻璃。

血液滲入了他的衣袖，在桌上與瓷磚地上聚成淺灘，但那已經不是新鮮血液了。愛默里克已經在這裡待了數小時，血跡顏色早已變深，他的身體不再動彈，死寂也悄悄透入房間，直到房間變得與木然盯著愛默里克的羅蘭同樣毫無動靜。

他在紙上留下了最後的訊息，那張紙離蜷曲的手指不遠，戴門看見他寫下的五個字。他的字跡很美，但這並不意外，無論是何種工作他都盡力做得盡善盡美。在前往邊境的路途中，他也為了跟上其他士兵的進度而累壞了身體。

戴門心想，這是個等著別人注意到他的四子，他不是在討好他人，就是在挑釁權威，彷彿負面的注意能替代他一直想得到的認同——他只有一次獲得認同，那是在很久很久以前，對方是羅蘭的叔父。

喬德，對不起。

這是他的最後一句話，再也沒有人能撬開他的嘴，探究他藏在心底的祕密。愛默里克選擇了自盡。

21

愛默里克躺在石板地上，房裡異常寂靜。士兵將他從原本的臥房挪至較小的房間，平放在地上，並用薄紗布覆蓋他的身軀。十九歲，戴門心想，才十九歲，卻如此死寂。

外頭，拉芬奈堡正準備發動戰爭。

整座要塞——從軍械庫到倉庫——都忙於戰前準備，一切的開端，是羅蘭轉身背對滿桌血跡的那一瞬間。「準備戰馬，我們馬上進軍查爾希。」戴門試圖阻止他，但他撞開了戴門搭在他肩頭的手。

戴門試著跟上去，卻被喝止了。羅蘭花了一個鐘頭下達各式命令，那段時間戴門一直無法靠近他，那之後羅蘭回到房間，房門在他身後緊緊閉上。

一名僕人試圖進房，卻被擋在門前的戴門制止。「不行，」他說。「誰都不准進去。」

他同時命令兩名士兵守在門前，並清空此區的其他士兵與僕人，與昨晚在塔樓時一樣。確認羅蘭的隱私無虞後，戴門開始蒐集關於查爾希的情報，他知道得越多，一顆心卻沉得越低。

查爾希位處浮泰茵與北方貿易路線之間，是兩方勢力夾擊第三方的絕佳地點，他很清楚攝政王為何不惜殘殺男寵也要將羅蘭誘出拉芬奈——羅蘭只要來到查爾希，就別想再活著離開。

戴門研究了查爾希的地形，懊惱地推開地圖。那已經是兩小時前的事了。現在，他站在暫放愛默里克屍身的小石室，抬眼注視方才喚他來此的喬德。

「你是他的情人。」喬德說。

「曾經是。」這是戴門欠喬德的真相。「我們……昨晚，那是我們的第一次。」

「那你告訴他了？」

戴門沒有出聲，讓沉默回答對方的問題。喬德呼出一口氣時，戴門才開口。

「我不是愛默里克。」

「你有沒有想過，假如你是他，你發現自己為殺死哥哥的凶手張開雙腿，你心裡會怎麼想？」喬德環視牢房般的小石室，目光落在蓋著薄紗的愛默里克身上。「感覺應該跟這差不多吧。」

戴門不由自主地憶起羅蘭那句話：**我不管。今晚，你還是我的奴隸。**戴門緊緊閉上雙眼。「我昨晚不是戴門諾斯，我只不過是——」

「是個普通男人？」喬德插嘴說。「你以為愛默里克也是這樣想的嗎？你以為世界上存在兩個愛默里克嗎？你錯了，這就是他，一直都是他。你看看他最後落得什麼下場。」

戴門沉默半晌，然後問：「你打算怎麼做？」

「不曉得。」喬德說。

「你打算離開他身邊嗎？」

這回，輪到喬德陷入沉寂。

「一定得有人去告訴羅蘭，不可以去查爾希和他叔父的軍隊正面交鋒。」

「你以為他會聽我的？」喬德苦澀地說。

「不。」戴門想到緊閉的房門，道出最殘酷的事實：「我不認為他會聽任何人的話。」

他站在緊閉的雙門、以及門前的兩名守衛面前，看著沉重的木板門。

他之所以命令士兵守在門前，是為了防止其他人與瑣事——或任何事——煩擾羅蘭，現在的羅蘭不想見任何人，戴門不希望任何人因無心之過遭羅蘭遷怒。

長得較高的守衛對他說：「隊長，你不在的這段時間，沒有人進房間。」戴門的目光再次掃過房門。

「很好。」說罷，他一把推開雙門。

房內的事物與戴門印象中相差不遠，有人整理、打掃過，端了新的水果與酒水上桌。房門在戴門背後關上時，他還能隱約聽見士兵們在庭院行動的聲音。他在停下腳步，沒有前進。

羅蘭已換下馬裝，穿上嚴肅的王子正裝，從領口到鞋尖的綁帶全繫得一絲不苟。他站在窗前，一隻手扶著石牆，蜷曲的五指彷彿握著某樣物品，雙眼盯著庭院中來來去去的人，在他的命令下準備發動戰爭。他頭也不回地開口。

「你是來道別的？」羅蘭說。

在隨問句而來的沉默中，羅蘭回過身，戴門注視著他。

「我知道你和尼凱絲的交情不淺，他的死也讓我感到遺憾。」

「他不過是我叔父的童妓。」羅蘭說。

「他不只是個童妓，對你來說，他幾乎像個——」

「弟弟？」羅蘭插嘴。「只要是我的兄弟，都沒有好下場。你不會是來談論感情和傷痛的吧？我真的會命人把你拖出去。」

戴門沉默許久，兩人凝視著彼此。

「感情和傷痛？怎麼會，我也不期望你和我談這些。」戴門說。窗外傳來命令聲與金屬碰撞聲。「你現在沒有隊長，沒人能輔佐你，所以我來告訴你，你不能去查爾希。」

「我有隊長，恩果蘭是我新指派的隊長。你要說的就這些？明天會有援軍前來，我們將進軍查爾希。」羅蘭走到桌邊，語氣明顯傳達要戴門退下的意思。

「那你的部下就會和尼凱絲一樣，被你害死。」戴門說。「你為了讓你叔父注意到你，像個孩子一樣鬧脾氣，再這樣胡鬧下去所有人都會被你拖下水。」

「出去。」羅蘭面無血色。

「實話就是這個難聽，你受不了了嗎？」

「我叫你出去。」

「還是說，你是出於別的原因率兵去查爾希？」

「我是為我的王位而戰。」

「你真的這麼認為嗎？你這番話也許騙得了士兵，但你騙不了我，你老實回答我，你和你叔父之間真的是戰鬥嗎？」

「我這就老實告訴你，」羅蘭的右手下意識地握成拳。「這確實是戰鬥。」

「如果你真是在戰鬥，你就會想盡辦法打敗敵人，而不是乖乖照對方的話去做。我說的不只是查爾希，你從以前就沒有用真正的實力對你叔父出招，每次都讓他挑選陣地，讓他制定規則——你每次都照著他的意思玩遊戲，好像要告訴他你玩得起，好像要讓他對你刮目相看。這是你真正的目的嗎？」

戴門步步進逼。

「你非用他的遊戲規則打敗他不可嗎？你非要他看著你獲勝？為了這些，你願意賭上你的地位，還有你那些部下的性命？你就這麼想得到他的注意嗎？」

他銳利的目光上下掃視羅蘭全身。

「如果是，那我只能恭喜你，你得到他的注意了。他為了激怒你，甚至殺了自己的男寵，你看了一定很開心吧？恭喜你，你贏了。」

羅蘭倒退一步，像個隨時會吐出來的人般腳步踉蹌，眼神空洞地盯著戴門。

「你什麼都不懂，」羅蘭以冰冷至極的語氣說。「你一點也不瞭解我，更不瞭解我叔父。你簡直像瞎了，連擺在眼前的事物都看不清。」羅蘭突然笑出聲，那是低沉、譏諷的笑聲。「你要我？你是我的奴隸？」

戴門感覺自己紅了臉。「你這麼說也沒用。」

「你什麼都不是，」羅蘭說。「你是個沒法在床上滿足情婦，結果被國王的私生子當性奴賣掉的廢物。」

「就算你這麼說，」他說。「也沒有用。」

「你想知道我叔父的真相？我告訴你，」羅蘭的眼裡閃爍著異光。「你被卡斯托逮住時，他忙著剷除你們的王室成員——卡斯托和我叔父，他們暗中結盟。這，就是你沒能阻止的事，這，就是你沒能看清的真相。」

語句竄入戴門耳中，他知道自己不該回應，他清楚得很，心裡有一部分因羅蘭的行為而疼痛，但他還是不由自主地說：「你叔父和這事有什麼——」

「你以為是誰在背後用武力支持卡斯托，不讓支持他弟弟的人出來推翻他？卡斯托坐上王位之後，維爾使臣立刻帶著和平盟約抵達阿奇洛斯，你以為這是巧合嗎？」

戴門試著吸氣，他聽見自己的聲音：「不。」

「你以為希歐米狄斯是死於尋常疾病嗎？他身邊有那麼多宮廷醫師，為什麼卻越醫越嚴重？」

「不。」戴門說。他腦中有東西不斷敲擊，接著是體內，他的血肉身軀無法承受這樣的震撼——但羅蘭還沒說完。

「你沒猜到是卡斯托暗中搞鬼？你真是個可悲的愚蠢野蠻人。卡斯托弒君後，用我叔父的兵力奪下伊奧斯，我叔父只需坐觀其成。」

戴門想到病榻上的父親，空洞的雙眼、憔悴的面龐，房裡那群醫師、瀰漫著獸脂與死亡氣味的房間。他還記得自己看著父親逐漸消逝，自己心中的無助，他還記得卡斯托孝順地跪在父親床邊。

「**這些事，你早就知道了？**」

「知道？」羅蘭重複道。「這是眾所周知的事。我聽聞這件事時開心得不得了，可惜我沒能親眼看見卡斯托的傭兵抓捕戴門諾斯，否則我還會當著他的面大笑。他父親被害死是他活該，希歐米狄斯是畜牲，他就該死得像畜牲，全阿奇洛斯居然沒有一個人能阻止他被活活醫死。不過話說回來，」羅蘭說。「若當初希歐米狄斯乖乖把屌插在妻子身上，而不是插情婦——」

說到此處，羅蘭的語句戛然而止，因為戴門用全身的力氣與重量一拳打在羅蘭下顎，指節重擊肉與骨，羅蘭的頭被打得偏向一邊，身體重重撞上身後的桌子，桌上的金屬餐盤砸在瓷磚地上，酒與食物灑了一地。羅蘭下意識伸手扶住桌緣，防止自己摔倒。

戴門喘著粗氣，雙手緊握成拳。**你好大的膽子，竟敢用這種語氣談論我父親**。字句停留在唇上，他的心思不停鼓譟、陣痛。

羅蘭撐起身體，儘管用右手擦拭嘴唇時沾上了鮮血，他仍向戴門投以勝利的眼神。

這時戴門才看見，地上除了傾覆的餐盤與食物之外，還有如一串星辰般在瓷磚地上閃耀的物品，那是戴門走進房時羅蘭握在右手中的物品——尼凱絲的藍寶石耳環。

他們背後的房門開了，戴門不用回頭也知道是守衛被剛才的騷動引來，他仍緊盯著羅蘭。

「逮捕我，」戴門說。「我對王子動粗。」

兩名士兵遲疑了，他們理應逮捕戴門，但戴門是他們的隊長——至少，不久前還是隊長。戴門再次下令：「照做。」

髮色較深的士兵走來，戴門感覺到那人抓住他。羅蘭一咬牙。

「不。」羅蘭開口。他又補充道：「是我刻意激怒他。」

士兵又遲疑了，他們顯然不知自己面對的是何種情況，但空氣中飄著濃濃的暴力氣息，王子站在杯盤狼藉的桌前，破裂的嘴唇仍在滴血。

「我說，放開他。」

這是王子直接下達的命令，這回，士兵立刻遵命，戴門感覺抓住自己的手鬆開。羅蘭的視線隨那兩名士兵移動，他們鞠躬後走出房間，帶上房門，然後羅蘭的目光回到戴門臉上。

「還不出去。」羅蘭說。

戴門微微一閉眼，關於父親的想法仍在心中激盪，讓他不知該如何是好。羅蘭的話語不斷刺痛他的眼皮內側。

「不行，」戴門說。「你不能去查爾希，我還沒說服你。」

羅蘭的笑聲成了詭異的氣音。「我剛才對你說的話，難道你一句都沒聽進去？」

「我聽到了。」戴門說。「你想傷害我，我也確實被你傷到了。我只希望你能看清現實：你對我做的這些，正是你叔父對你做的事。」

他看見這句話對羅蘭的影響，這是壓垮羅蘭的最後一根稻草。「為什麼，」羅蘭說。「為什麼你總是——總是要——」他阻止自己說下去，胸口淺淺起伏。

「我隨你來到邊境，是為了阻止戰爭。」戴門說。「我隨你來到這裡，是因為只有你能擋在你叔父和阿奇洛斯之間，但是你忘了這點。你不能在你叔父指定的時間地點和他作戰，你必須自己選定戰場，自己定下規則。」

「**我做不到**。」血淋淋的實話被抽了出來。「我沒辦法**思考**。」在接下來的沉寂中，羅蘭睜大雙眼，幽暗的藍眸吐露實情，重複的一句話出現新的意義：「我沒辦法思考。」

「我知道。」戴門說。

他的聲音很輕，他還知道，羅蘭承認了不只一件事。

他跪下來，從地上撿起尼凱絲閃亮的耳環。

那是數枚藍寶石製成的精緻墜飾。戴門直起身，將耳環放在桌上。

過了半晌，他退離抓著桌緣、靠在桌邊的羅蘭，吸入一口氣，又作勢倒退一步。

「別走。」羅蘭悄聲說。

「我只是去醒醒腦子。我已經吩咐過護衛隊，要他們明早再來找我了。」戴門說。

又是一段可怕的死寂，戴門這才明白羅蘭的意思。

「不是，我不是要你——永遠——只是——」羅蘭斷開語句。「三天。」語氣彷彿是從內心深處掏出沉痛的答案。「我自己也辦得到，我知道我有這個能耐，不過我現在沒辦法……**思考**，我沒辦法……要求其他人在我……這樣……的時候對我說真話。如果你能給我三天時間，我——」他強迫自己住口。

「我會留下來。」戴門說。「你也曉得，你要我待多久，我都——」

「別。」羅蘭說。「別對我說謊。你的謊言，我不想聽。」

「我會留下來。」戴門說。「三天。三天後，我就出發南行。」

羅蘭點點頭。過了片刻，戴門回到羅蘭身邊一起靠著木桌，他看著羅蘭找回自己。

羅蘭終於開口時，字句一如既往地精煉而平穩。

「你說得對，我半吊子的行事害死了尼凱絲，我應該和他保持距離，或完全斷開他和我叔父的關係。我沒有制定計畫，而是將事情交給命運，我沒有想清楚，我沒有那樣看待他，我只是……我只是對他有好感而已。」冰冷的分析之下，藏有一絲不解。

戴門無法忍受羅蘭的自責。「我不該——我不該那麼說的。尼凱絲為自己做了選擇，他替你說情是因為他當你是朋友，你們之間的友情不該讓你後悔。」

「他為我說情，是因為他以為我叔父不會傷害他，那些寵奴每個都認為他們得到了我叔父的愛，沒有一個人相信他會傷害他們。乍看下，那確實像是愛情，至少一開始很像，但那不是愛，而是……迷戀。我叔父對一個人的迷戀，從來無法撐過青春期的考驗，他隨時能拋棄那些男孩。」羅蘭的語氣沒有改變。「尼凱絲內心深處明白這點，他比其他人聰明，他也知道自己到了青春期便會被汰換掉。」

「像愛默里克那樣。」戴門說。

羅蘭對著兩人之間漫長的沉默說：「像愛默里克那樣。」

戴門憶起尼凱絲熱辣辣的言語攻擊，此時凝視著羅蘭線條乾淨的側臉，他試著理解男人與男孩之間的奇妙友誼。

「你喜歡他。」

「是我叔父引出了他最醜惡的一面，但他有時還是能表現出不錯的直覺反應，孩子從小被塑造成某種樣態，不花上一段時間沒辦法恢復原本的樣貌。我還以為……」

戴門輕聲說：「你以為你能幫助他。」

他看著羅蘭小心保持木然的臉，看見面無表情之下閃動的真相。

「他站在我這邊，」羅蘭說。「但到了最後，只有一個人站在他那一邊，那個人就是他自己。」

戴門知道自己不能伸手，也不能觸碰羅蘭。木桌附近的瓷磚地上散落著傾倒的白蠟容器、滾遠的蘋果、倒落在地的酒壺，以及被染成紅色的地板。沉默，不斷延伸。

他愕然地感受到羅蘭的手指輕觸他的手腕，他本以為那是安慰的輕撫，片刻後才發現羅蘭正推開他袖口的布料，露出下方的金屬。那是戴門請鐵匠留在他腕上的金銬，暴露在兩人之間。

「紀念？」羅蘭問。

「大概吧。」

他們四目相對，戴門感受到自己的每一拍心跳，數秒的寂靜不斷延伸，直到羅蘭開口。

「你該把另一只給我。」

戴門胸口的熱意緩緩傳遍全身肌膚，心跳多了一分侵略性，他試著用正常的語氣回應。

「我無法想像你戴著這東西。」

「我是要留著，當然不是戴在手上，」羅蘭說。「不過你的想像力應該沒這麼貧乏才對。」

戴門呼出微微顫抖的笑聲，羅蘭說得對。有一段時間，兩人沉默但不尷尬地坐在一起。羅蘭幾乎完全恢復常態，姿勢變得更輕鬆，身體重量靠在撐在身後的雙手上。羅蘭注視著戴門，他之前偶爾會這樣看戴門，但現在這是新的羅蘭，他少了一層防衛，多了青年該有的朝氣，也比平常安靜了些。戴門意識到，自己正看著放下防備的羅蘭——至少，是放下了一兩道防備的他，這是一種未經考驗、脆弱易碎的體驗。

「我不該用那種方式對你說出卡斯托的陰謀。」羅蘭安靜地說。

紅酒漸漸滲入地上的瓷磚。戴門聽見自己脫口的問題：「你說你很開心，那是真的嗎？」

「是。」羅蘭回答。「他們殺了我的父兄。」

戴門的手指幾乎插入木桌，真相就飄盪在房裡的空氣中，有一瞬間，他準備對羅蘭說出自己的名字——近在眼前的事實壓得他喘不過氣，因為他們都是失去了父親的孤兒。

戴門心想，當年在瑪拉斯，是這件事加深了羅蘭與攝政王的感情，他們兩人都失去了兄長。

但後來，是攝政王與阿奇洛斯人結盟，是攝政王幫助卡斯托動搖阿奇洛斯王位，是攝政王與卡斯托聯手害死希歐米狄斯，戴門諾斯才會被送到……

他靈光一閃，突然呈現在眼前的想法聚積在腳邊，改變了一切。

他一直不懂，卡斯托為什麼沒有斬草除根，乾脆殺了他？卡斯托小心翼翼地除去了自己叛國的證據，所有證人——無論是卑微的奴隸或阿德拉斯特這等掌權者——都被處死，他為何甘冒大險，留戴門活路？戴門很有可能逃離維爾，回阿奇洛斯與他搶奪王位。

然而卡斯托背後還有攝政王的勢力，他以奴隸換取維爾攝政王的軍力。

……某一個特別的奴隸。戴門感覺身體忽熱，又忽冷。難道**他**就是攝政王提出的價碼？莫非攝政王出兵協助卡斯托時，對卡斯托說：「我要你把戴門諾斯當做性奴送給我姪兒」？

只要讓羅蘭與戴門諾斯共處一室，其中一人必定會殺死另一人，即使戴門藏住自己的真實身分，兩人聯手……假如戴門沒有傷害羅蘭，反而幫助他，而羅蘭出於埋在內心深處的公平信念，回報了這份恩情……假如他們之間建立起信賴關係，兩人成為朋友，或產生超越友情的感情……若羅蘭決定使用他的性奴……

戴門想起攝政王狡猾而隱晦的建議：**羅蘭身邊應該有一個為他好、和他關係親近的人，幫助他穩定性情。這樣的一個人應該心智健全，能在不受動搖的情況下引導我姪兒。**以及時時繚繞在戴門耳邊的暗示：**你睡過我姪兒沒？**

我失控時就會犯錯，我叔父當然也明白這點，他派愛默里克來阻撓我，想必是為了看我的笑話。羅蘭曾說。

看著羅蘭與殺兄仇人愛上對方，是否能滿足攝政王扭曲的願望？

「你對我說的一切，我都聽在耳裡。」羅蘭說。「我不會帶軍隊趕赴查爾希之戰，但我不會放棄戰鬥。這不是因為我叔父對我下了戰書，而是因為這是我的王國，我要憑自己的意志與他一戰。我知道只要我們聯手，就能找到利用查爾希的方法；只要我們聯手，就能達成我們各自做不到的成就。」

從一開始，這項計畫就不符合卡斯托的性格，卡斯托容易動怒、性情暴虐，但他素來直截了當。如此富有想像力的殘忍，想必是出自另一人的陰險心思。

「我叔父總是在事前計畫一切，」羅蘭彷彿讀到了戴門的思緒。「無論是勝利或失敗，都逃不出他的計畫，但是你從一開始就與他的計畫格格不入……你的行為不符合他的盤算。我叔父和卡斯托的計畫，全被你打亂了。」聽羅蘭說出這句話時，戴門感覺自己越來越冷。

「他們將你送到我身邊時，根本不曉得你是價值連城的一份大禮。」

戴門推門而出，聽見男人的交談聲，聽見轡頭與馬刺的叮咚聲，聽見車輪在石板地面滾動的聲響。戴門的呼吸紊亂，他伸手撐著牆，將部分重量靠在牆上。

在人人忙碌的城堡裡，他知道自己不過是一枚棋子，直到現在，他才漸漸看清棋盤的範圍之廣闊。

這是攝政王的惡毒之計，但戴門也參與其中，他也有責任。喬德說得沒錯，他欠羅蘭完整的真相。他沒有對羅蘭說出實情，現在，他終於明白這個選擇的後果。儘管如此，戴門無法令自己感到後悔，無論發生什麼事，昨晚的明亮與燦爛都不會鏽蝕。

那是對的。他的心重重跳動，他知道唯有改變另一件事實，昨晚的種種才能成為正確的，但他也明白，那件事不可能改變。

他想像自己重回十九歲，當時的他若知曉現今的一切，他是否會讓那場戰役以維爾方獲勝告終？是否會讓奧古斯活下去？他是否會無視父親的備戰命令，偷偷溜進維爾方的營帳尋找奧古斯，設法談成和平協議？當年的羅蘭年僅十三，但在戴門想像中的他年紀較大，也許十六或十七歲，而十九歲的戴門能帶著青春的熱情向他求愛。

戴門無法改變過去，但他能盡可能完成羅蘭的心願，讓攝政王敗得一蹋塗地，再也無法復起。

既然攝政王希望阿奇洛斯王子戴門諾斯與羅蘭站上同一陣線，那戴門就會滿足他的心願，戴門無法對羅蘭說出實情，不過他將窮盡己力將南方一戰的勝利獻給羅蘭。

他不會浪費接下來的寶貴三天。

穿上鎧甲、佩帶武器的羅蘭踏上城堡前的平臺，準備上馬時，藍眸已恢復鎮定，身心也回到鋼鐵意志的控制之下。

庭院裡，羅蘭的部下全都坐在馬上等待王子的命令。戴門看著跟隨羅蘭從王宮來到邊境的一百二十名騎兵，過去數週他與這些人一同操練，夜裡在營火前一起吃麵包、喝劣質葡萄酒，現在隊伍卻出現不容忽視的空缺：歐爾蘭，愛默里克，喬德。

一項計畫在地圖上成形，戴門向羅蘭說明自己的想法時，說得很簡單：「你看查爾希的位置，攝政王方的軍隊一定是從浮泰茵出來，桂恩會是這次戰鬥的主力。」

「桂恩和他剩下的幾個兒子。」羅蘭說。

「現在對你最有利的動作，就是直取浮泰茵，這麼一來你就能完全掌控維爾南部。控制住拉芬奈、浮泰茵和亞奎塔，就等於控制了維爾和阿奇洛斯還有帕特拉斯的貿易路線，而且維爾南部和瓦斯克的貿易路線已經受你掌控，有了浮泰茵，你就能控制海港。有了這些地利，要出兵北伐就不難了。」

羅蘭沉默半晌，這才說：「你說得對，我沒有從這樣的角度看事情。」

「什麼角度？」戴門問。

「戰爭。」羅蘭說。

現在，他們面對面站在平臺上，本該私下敘說的話語湧上戴門舌尖。

他只有說：「你確定要讓敵人負責看守城堡？」

「我確定。」羅蘭說。

兩人凝視著彼此，他們將在所有士兵面前公然道別。羅蘭伸出一隻手，那不是王子讓下屬下跪、吻手的動作，而是與朋友握手的動作，他伸出這隻手，就等於認同了戴門。戴門在所有人面前握住他的手，與羅蘭對視。

羅蘭說：「指揮官，顧好我的城堡。」

戴門無法在眾人面前說出心中所想，他握住羅蘭的手緊了緊，他考慮踏上前捧住羅蘭的臉，又想到自己的身分，以及他對事情全局的認知。戴門強迫自己鬆手。

羅蘭對侍從一點頭，翻身上馬。戴門說：「時機非常重要，我們兩天後見面，我……別遲到了。」

「相信我。」羅蘭說。一道明亮的眼神投來，他拉緊韁繩，坐騎昂起頭，接著他一聲令下，與騎兵隊動身離開。少了羅蘭的拉芬奈堡顯得空無一人，不過羅蘭留下足夠的人手，即使又有外敵攻來，在兩百年來無人攻陷的的拉芬奈，戴門也能率眾人負隅頑抗。而且兵分二路是他們計畫的一大要點，羅蘭先行率軍出城，留戴門守衛拉芬奈並等羅蘭的援軍趕到，再於一天後從拉芬奈出發。

無論兩人談了多少，放心相信羅蘭終究是不可能的事，因此今日上午戴門一直感到情緒緊繃。士兵們在南方常見的高爽藍天下準備出征，只有高聳的城牆分割了無雲的晴空。

戴門走上城牆，眺望遠方的丘陵與天際，光天化日之下，下方不見軍隊的蹤影。他再次想到自己與羅蘭不失一兵一卒便奪下拉芬奈堡，又一次感到不可思議。

他現在回顧他們共同完成的任務，知道這不過是戰事的開端，但這是一種令人雀躍的感覺。過去多年來攝政王不斷擴張勢力、得寸進尺，而現在他們將拿下浮泰茵，羅蘭將掌控維爾南部。

這時，戴門望見天邊的紅霧。

紅色，顏色漸深的紅色，接著是飛馳在大地上的六名騎士，領先紅色浪潮直奔拉芬奈——那是戴門派出的哨兵，正急著趕回城堡。

他站在高處眺望乍看下比螞蟻還小的軍隊步步逼近，軍隊現在還遠，他聽不見對方的聲音。六條線朝拉芬奈堡前進，那六名哨兵分別跑在六條線的最前頭。

紅色一直是攝政王勢力的代表色，但還沒聽見撕裂空氣的悠遠號角聲，戴門的心跳就因不同的原因而改變節奏。

身穿紅斗篷的士兵排列成完美的隊伍，步步前進。戴門的心瘋狂鼓譟，他見過那個軍隊，他還記得上次看見他們時，自己躲在突出的花崗岩塊後。他還記得自己與衣褲盡溼的羅蘭共乘一匹馬，沿河流繞了數小時的遠路，只為避開那支軍隊。當時羅蘭還說：**最靠近的阿奇洛斯軍隊比我想像中近很多。**

那不是攝政王的軍隊。

這是德爾法封臣尼坎德洛斯，以及他手下戰將麥卡頓的部隊。

庭院傳來吵雜人聲與馬蹄聲，士兵們急切地提高音量——

戴門彷彿從遠處看著這一切，一名士兵三步併作兩步匆匆跑上城牆，在戴門面前單膝下跪、喘息著傳訊，戴門幾乎是盲目地轉身。

「阿奇洛斯軍就在城外。」他本以為士兵會這麼說，沒想到那人說的是：「他們要我把這個交給城堡的守將。」士兵急匆匆地將某樣物品塞在戴門手裡。

戴門盯著那件物品。他身後是不斷逼近的阿奇洛斯軍隊，他手心是嵌著刻有星芒紋章的金屬環。

羅蘭的圖章戒指。

戴門全身汗毛直豎，他還記得上次看見這枚戒指，是在奈松堡附近的旅社，當時羅蘭將它交給信使後說：**把這個交給他。告訴他，我會在拉芬奈等他。**

戴門隱隱意識到圭瑪與一小批士兵也來到城牆上，圭瑪正對他說：「報告指揮官，阿奇洛斯軍正在接近城堡。」

他轉身面對圭瑪，拿著圖章戒指的手握成了拳。圭瑪的話說到一半，似乎突然發現自己面前站著什麼人，戴門看見清楚寫在圭瑪臉上的心思：阿奇洛斯軍兵臨城下，負責守衛拉芬奈堡的卻是個阿奇洛斯人。

圭瑪推開這份遲疑，接著說：「我們的城牆能抵擋阿奇洛斯軍攻堅，可是這麼一來，我們自己的援軍也會被擋在城外。」

戴門想起羅蘭用阿奇洛斯語與他交談的第一晚，還記得兩人在無數漫漫長夜以阿奇洛斯語談話，羅蘭不停學習新字彙，口齒越來越流暢，而他選擇的話題總是邊境地理、協議與軍隊動向。

理解的同時，戴門開口說：「他們就是我們的援軍。」

埋藏的真相正朝他一步步逼進，他的過去將以無可阻擋的陣勢來到拉芬奈。他是戴門，也是戴門諾斯。喬德說得沒錯，打從一開始，就只有一個他。

他說：「打開城門。」

阿奇洛斯軍如紅色流水般進入城堡大門，但他們沒有像水那樣湧動或形成漩渦，隊伍一直是整齊完美的直線。

他們的手臂與腿部沒有戰甲，彷彿視戰爭為血肉與血肉的相撞，他們的武器也毫無裝飾，似乎只帶了殺人所需的基本用具。一排排士兵整齊劃一地步行而來，行進時的一致步伐展現出權威、暴力與力量。

戴門站在平臺上，看著軍隊走進庭院。他們從以前就如此嗎？除了最實用、最簡便的器具之外，什麼也沒有？如此渴望戰爭？

拉芬奈堡的男女住民擠在庭院邊緣，由戴門派下去的士兵負責阻擋他們上前。人群擠在戴門的部下身前，他們聽說阿奇洛斯軍進了城，人人低聲私語，士兵們也對自己的職責感到不滿。有人說，攝政王說得對，羅蘭打從一開始就與阿奇洛斯人密謀。戴門發現他們所言不假，感到心中出現一股詭異的瘋狂。

他看見那些維爾人的面容，看見城牆上的弓箭手瞄準下方，看見庭院一角有個小男孩緊抱著母親的大腿，女人則抱著兒子的頭。

他看見那些人眼中除了敵意以外，還有恐懼。

他也能感受到阿奇洛斯軍的緊張，知道他們認為拉芬奈有詐，一旦第一個人拔劍、第一個人放箭，阿奇洛斯軍與拉芬奈軍便會殺得血流成河。

庭院裡響起刺耳的號角聲，停止行進的信號在石板地上迴蕩，阿奇洛斯士兵猛然止步，原本被金屬碰撞聲與腳步聲占據的空間，現在只剩寂靜。號角聲漸漸散去，戴門幾乎能聽見拉緊的弓弦。

「這樣不對，」圭瑪緊抓著劍柄說。「我們應該——」

戴門舉手阻止他。

因為這時，一名騎馬走在主旌旗下的阿奇洛斯男子下了馬。戴門的心怦怦狂跳，他不由自主地走上前，走下平臺前的淺石階，將圭瑪等人拋在身後。

寂靜的庭院裡，每一雙眼睛都看著他一步一步走下臺階，這違反維爾的習俗，通常維爾城堡的領主會站在平臺上，等客人走上前。這些都不重要，戴門緊盯著那個男人，那人也看著他走近。

戴門身上穿著維爾服飾，他感覺到高領上衣緊緊的繩帶、緊貼著肢體線條的長袖，以及腳上閃亮的長靴，就連他的頭髮也剪成維爾人的樣式。

對方先將這一切收入眼底，才真正看見戴門的臉。

「我上次和你說話時，還是杏子當令的時節。」戴門用阿奇洛斯語說。「我們夜裡一起在花園散步，那時你握住我的手警告我，我卻沒有聽從你的建議。」

德爾法封臣尼坎德洛斯瞪大眼睛注視著他，說話時心中的震驚表露無遺，他彷彿在對自己說：「不可能。」

「老朋友，既然你來到這裡，你應該知道情況和我們一開始所想的天差地遠。」

尼坎德洛斯沒有再說話，他默默盯著戴門，刷白的臉彷彿被打了一拳，他先是單膝下跪，似是雙腿再也撐不住身體重量，接著另一條腿也緩緩跪了下去。阿奇洛斯將帥，在維爾要塞的石板地上下跪。

「**戴門諾斯**。」他說。

戴門還來不及叫他起身，又聽到第二人、第三人重複他的名字，四個字傳遍庭院裡的所有人之口，眾人震驚、讚嘆地說出他的名字。尼坎德洛斯身旁的侍從也跪了下去，接著是隊伍前排的四名士兵，接著數十人一排排跪下。

戴門眺望廣大的庭院，阿奇洛斯軍隊全跪在地上，庭院成了垂頭跪地的人海，沉默中湧生不斷重複的字句——

「他還活著。先王之子還活著。戴門諾斯。」

外章 19章插曲

戴門很愉快，他全身散發愉悅的氣息，身體沉重且充實。他注意到羅蘭溜下床，但朦朧睡意仍纏繞著他。

聽見羅蘭走到房間另一頭時，戴門赤裸著翻過身，想享受羅蘭帶來的視覺饗宴，不過羅蘭已穿過拱門走進連通的另一間房間。

戴門靜靜等待，一絲不掛的四肢沉沉地置於被單之上，全身上下只剩奴隸的金銬與金項圈。他沉浸於此時的溫暖、美好與不可思議——**暖床奴隸**——他閉上雙眼，回味第一次緩緩推入羅蘭體內的快感，回想羅蘭發出的細碎聲響。

他上衣的絲帶全被他壓在身下，他一把抓起煩人的絲帶，想也不想地拿來擦拭身體後拋下床。戴門再次抬頭時，羅蘭又出現在拱門前。

羅蘭身上只穿著他的白色襯衣，想必是從地上撿起來的，戴門還隱約記得上衣糾纏羅蘭的手腕時，他將布料拉開的美好畫面。襯衣長得遮住羅蘭的大腿根部，細緻的白布料很適合他。戴門看著絲帶鬆散、身體半裸的他，不由得感到驚奇。戴門單手撐起頭部，看著羅蘭走近。

「我幫你拿了毛巾，但看來你不需要。」羅蘭在桌邊停下腳步，為自己倒一杯水，將水杯放在床邊的矮凳上。

「快回床上吧。」戴門說。

「我、」羅蘭只說出一個字便不再說下去，因為戴門握住了他的手，修長的手指與他十指相扣。羅蘭看著兩人交握的雙手。

這種感覺令戴門感到不可思議，每拍心挑都彷彿生命的第一拍心跳，他成了嶄新的自己，羅蘭也在他面前化為截然不同的羅蘭。

羅蘭雖然又穿了上衣，稍許恢復平時冷淡的態度，卻沒有穿上全套服裝——他沒有穿上高領外衣與閃亮長靴，而是躊躇不定地站在床前。戴門輕拉羅蘭的手。

羅蘭稍微抗拒戴門的動作，結果被扯得單膝跪在絲綢床單上，一隻手尷尬地撐在戴門肩頭。戴門抬頭注視著他，看著那頭金髮，以及滑離身體的襯衣。羅蘭的肢體有些僵硬，他挪動身體試圖找回平衡點，動作卻很尷尬，彷彿不知該如何是好，像個首次與人摔角的男孩發現自己趴在對手身上。他另一隻手緊抓著毛巾，撐在床上。

「你好大膽。」

「快回床上吧，王子殿下。」

這句話惹來羅蘭近距離的冷淡眼神，戴門沉醉於自己的放肆，目光斜斜移到一旁的毛巾上。

「那真的是幫我拿的嗎？」

過了片刻：「我——我本想幫你擦身。」

如此貼心的想法令戴門不知所措，他的心臟一跳，意識到羅蘭是認真的。戴門習慣讓奴隸伺候他，但即使是最狂妄的幻想中，他也沒想過羅蘭會為他擦拭身體，想到這裡，戴門不禁揚起唇角。

「怎麼？」

「原來你在床上是這樣的啊。」戴門說。

「這樣？」羅蘭身體一僵。

「這樣貼心，」戴門越想越喜歡。「這樣難以捉摸。」他抬眼注視羅蘭。「現在該由我伺候你才對。」他說。

「我……自己解決了。」羅蘭頓了頓才開口，說話時臉頰微紅，語氣倒是一如往常地平穩。戴門花了一點時間才明白，羅蘭指的是某些實際面向。

羅蘭抓著毛巾的手指緊了緊，似乎有些忸怩，彷彿現在才發現王子服侍奴隸是多麼奇怪的一件事。戴門看向床邊那杯水，羅蘭倒的那杯水——他這才發現，那是羅蘭幫他倒的。

羅蘭的臉更紅了，戴門挪動身體，以便看得更清楚。他看見羅蘭下顎的角度，看見羅蘭肩膀的緊繃。

「你要把我放逐到床尾嗎？請別這樣，床尾太遠了。」

過了片刻，羅蘭說：「那是阿奇洛斯的習俗嗎？我假若在黎明前有任何需求，會用腳弄醒你的。」

「需求？」戴門重複道。

「是這樣說的嗎？」

「我們現在不是在阿奇洛斯，不如教教我維爾人的習俗。」

「我們維爾人不會豢養奴隸。」

「在我看來，事情可不是你說的那樣。」戴門側躺著沐浴在羅蘭的目光之下，他溫暖的下身靠在自己腿邊。

他又一次意識到他們兩人都在房裡，而剛才發生了不可能的事情。羅蘭剝除了至少一層心防，現在他是個身上只穿著襯衣的青年，雪白襯衣的絲帶垂在他身邊，柔軟、敞開的布料與羅蘭緊繃的身體形成強烈對比。

戴門故意什麼都不做，只是看著羅蘭。羅蘭確實自己解決了儀容問題，他們剛才的行為在他身上留下的證據，全都清得一乾二淨，他不像是剛被人幹完，這種事後清理的本能帶有自我否定的意味。戴門靜靜等待。

「我沒辦法，」羅蘭說。「像其他人那樣，輕鬆自在地和——」字句迸出他的嘴。

「——情人相處。」

「你沒辦法輕鬆自在地和任何人相處。」戴門糾正他。

兩人之間只隔一隻手掌的距離，羅蘭跪在床上的膝蓋幾乎與戴門的膝蓋相碰，戴門看見他短暫闔眼，彷彿想穩定心神。

「你也……和我想得不一樣。」

坦白的話語靜靜脫口而出，房裡沒有任何聲響，只有燭光持續閃爍。

「你想過？」

「你在城牆上吻我，」羅蘭說。「我自然想過。」

喜悅在戴門腹中舒展開來。「那還不算是吻。」

「你吻了好一段時間。」

「而且你想過那個吻。」

「你要我誇你嗎？」

「對。」戴門無法自抑地露出溫暖微笑。羅蘭內心糾結，默不作聲，戴門默默感受他的靜止，以及他強迫自己開口的瞬間。

「你確實不一樣。」羅蘭終於說。

僅此而已。這句話似乎發自羅蘭的內心深處，來自某個誠實的地方。

「殿下，你要我熄燈嗎？」

「讓它們繼續燒吧。」

戴門感受到羅蘭靜止時的小心，就連呼吸也小心翼翼。

「你可以喊我的名字。」羅蘭說。「你喜歡的話。」

「羅蘭。」他說。

戴門想在呼喚羅蘭的同時將指尖滑入他的髮梢，讓他抬起頭，嘴唇擦過嘴唇——之前的吻使羅蘭露出柔軟的一面，身體緊繃得甜美而熾熱，與現在無異。

戴門在羅蘭身邊坐起身。

即使戴門沒有觸碰羅蘭的意思，這個簡單的動作仍使羅蘭呼吸加速，戴門高大壯碩的身軀占據了床上的大部分空間。

「我不怕性交。」羅蘭說。

「那你可以隨心所欲。」

這，便是事情的癥結點，清清楚楚地寫在羅蘭眼底。現在輪到戴門靜止不動，羅蘭從回到床邊到現在一直用同樣幽暗的眼神注視著他，心處情慾邊緣。

羅蘭說：「別碰我。」

戴門原本期待……他不確定自己期待的是什麼，但羅蘭的手指輕輕掃過他的肌膚時，戴門全身一震。羅蘭的動作透出缺乏經驗的不自然，對他而言、對戴門而言，這似乎是全新的角色，他似乎第一次體驗這一切，但這沒道理啊。

他試探性地輕觸戴門的上臂，彷彿點出新事物，觀察手臂的跨度，觀察肌肉的曲線與形狀。

羅蘭的視線沿著他的身體游移，注視的眼神與觸摸的動作一樣，將戴門視為未曾探索的新境地，彷彿不敢相信這一切都在自己的掌控之中。

戴門感覺到羅蘭觸碰他的頭髮，他低頭讓羅蘭撫摸，像是低頭讓主人套上軛的勞役馬。

他感覺到羅蘭的手掌順著他的頸項改變形狀，感覺到羅蘭的手指滑入頭髮，他似乎首次感覺到頭髮的重量。

也許這確實是第一次，戴門用嘴取悅他時，他並沒有扣住戴門的頭，手指並沒有隨著骨骼彎曲，而是緊抓著被單。想到羅蘭在自己取悅他時抱住他的頭的畫面，紅暈便爬上戴門的面頰。羅蘭那時並沒有失控，他沒有因快感而淪陷，而是在內心與自己激烈交戰。

現在，羅蘭複雜的心又開始糾結，一雙藍眸布滿幽深暗影，彷彿光是觸摸便足夠點燃一切。

戴門的胸膛小心地起伏，覺得自己一不小心就會打斷羅蘭。羅蘭微微張嘴，手指掠過戴門的胸膛，動作不同於先前將戴門推倒在床上，用手握住戴門下身時的霸道。

戴門太過注意羅蘭，血液在體內鼓譟，就連羅蘭靠近時散發的熱意也出乎意料，熱意與羅蘭的白襯衣一起擦過戴門的身體，他看不見羅蘭身體的細節，只覺心癢難耐。

羅蘭的指尖落在傷疤上。

最先落在疤上的，是目光，接著是莫名痴迷、莫名敬畏的觸碰，指尖沿著長劍穿過肩膀的白色細線滑過去，使戴門全身戰慄。

燭光中，羅蘭的眼睛接近漆黑，緊繃的事物開始潰堤，羅蘭的手指停留在戴門身上，戴門的心臟重擊得幾乎要瘀青。

羅蘭說：「我以為這世上沒人能突破你的防線。」

「只有一個人。」戴門說。

羅蘭輕舔嘴唇，指尖緩緩在多年前那一戰留下的疤痕上來回游移，這一瞬間，兄弟在戴門眼前重疊，羅蘭與當年的奧古斯同樣近在眼前。現在的戴門比過去更無防備，羅蘭的手指就在他過去被刺穿的位置。

過去忽然出現在兩人身邊，貼得太近，然而當初那一劍刺得又快又準，羅蘭的手指卻是緩慢地滑過傷疤。

羅蘭抬眼——他看的不是戴門的眼睛，而是金項圈，他舉手觸碰那圈黃金，拇指輕按長劍劃過的凹痕。

「答應過你的事，我還沒忘記。我會幫你拆下項圈。」

「你說過，你明早會幫我取下這東西。」

「明早。你就當作是伸長脖子，等刀子砍下來。」

他們四目相對，戴門的心跳得很不自然。

「我現在還戴著項圈。」

「我知道。」

戴門發現自己被羅蘭的眼神困住了。羅蘭竟然允許戴門進入他體內，現實太過不可思議。然而戴門感覺自己此時也在羅蘭體內，彷彿穿過某層防線——那裡是下顎與脖頸溫暖的交接處，他的唇曾落在那裡，那裡是戴門吻過的唇。

他感覺到羅蘭的膝蓋滑過他自己的腿，感覺羅蘭挪得更近，他的心在胸中狂跳，下一秒，羅蘭的吻落在他唇上。

他以為羅蘭會藉由吻聲張自己在上的地位，但羅蘭柔軟而不確定的唇卻吻得別無深意，彷彿他不過是探索最簡單的感覺。戴門竭力保持被動，讓羅蘭占有他的嘴，雙手抓著被單握拳。

羅蘭在他身上挪動身體，戴門感覺到羅蘭的大腿擦過他的腿，羅蘭的膝蓋壓在被單上，羅蘭的白色襯衣擦過他的硬挺。羅蘭的呼吸淺促，彷彿站在懸崖邊緣。

羅蘭的手指擦過戴門的腹部，彷彿對肌膚的觸感感到好奇，指尖隨著好奇往某個方向滑移，奪走了戴門的呼吸。

手指終於到達目的地時，找到昭然若揭的事實。

「過度自信？」羅蘭說。

「那不是——想要做什麼。」

「在我的印象中可不是如此。」

羅蘭跪在戴門的懷裡，戴門幾乎被推倒在床上。

「了不起的自制力。」羅蘭說。

羅蘭靠上前的同時，戴門想也不想地伸手去扶他的髖部，幫助他平衡，手掌碰到肌膚的瞬間才意識到自己的行為。

他也感受到羅蘭的反應，緊張的觸感在掌下的皮膚舞動，他停留在被允許的行動範圍內，感覺羅蘭淺淺的呼吸。然而羅蘭並沒有退開，反而微微頷首，戴門緩緩傾身向前，他見羅蘭不後退，便在羅蘭頸間印下一個、兩個輕柔的吻。

脖頸的肌膚很溫暖，頸項與肩膀之間的肌膚也是，藏在下顎的一小片肌膚也是。戴門輕輕用鼻尖掠過細滑肌膚，使羅蘭呼出顫抖的一口氣，他感受羅蘭小小的挪移，發現羅蘭細緻的肌膚非常敏感。戴門的撫摸越是輕緩，羅蘭的反應越大，冰雪般的絲滑肌膚在嘴唇蜻蜓點水的愛撫下變得溫熱，戴門更緩慢地用雙唇摩挲，羅蘭敏感地顫抖。

他很想讓雙手滑過羅蘭全身，看看自己一點一點輕撫羅蘭身上的每一寸肌膚，羅蘭是否會漸漸放鬆，漸漸淪陷在快感之中，讓自己感受戴門抽插所帶來的潮紅與高潮以外的放縱。

戴門不敢動手，他的全世界似乎都慢了下來，聚焦於脆弱、顫抖的呼吸，羅蘭急促的脈搏，以及羅蘭面頰與頸部的泛紅。

「感覺……很舒服。」羅蘭說。

兩人的胸膛輕輕摩擦，羅蘭的呼吸落在戴門耳邊，戴門的性器夾在兩人之間，當羅蘭下意識貼近時，戴門感受到最細微的變動。他的另一隻手落在羅蘭髖部的另一側，但沒有出力，只是感受著羅蘭的動作，這時羅蘭已開始忘情，貼著戴門移動身軀，這個動作背後沒有豐富的經驗也沒有不軌的目的，只有對快樂的追求。

在微顫與急促的呼吸聲中，戴門赫然發現羅蘭貼得很近，光是擁吻與緩慢的磨蹭便能將他推上高峰。戴門感覺到自己緩緩滑動，星火般的快感隨動作迸出。

羅蘭半垂著眼簾。戴門自己無法到達顛峰，但他吻得越慢、兩人一起移動身體，羅蘭越是放開了拘束。

也許羅蘭從一開始就對溫柔如此敏感，他發出第一聲輕呼，他紅著臉頰，嘴唇微微分開，頭轉向一邊，平時冷淡、平靜的神情終於出現波動。

很好，就是這樣。戴門很想這麼鼓勵羅蘭，但他不知這句話在羅蘭聽來會不會太過高傲。他自己的身體也近得不可思議，羅蘭貼著他的觸感竄遍全身，然後世界變得更加迷濛，他一隻手緩緩從羅蘭的衣襬往上探，撫過羅蘭身側，羅蘭的手指則緊扣著他的雙肩。

他看著羅蘭的臉，看著他的身體開始顫動、開始棄械投降。**對**。戴門心想。羅蘭終於抵達愉悅的頂峰，戴門感覺到羅蘭身軀一抽，看見羅蘭近乎驚奇地睜開雙眼，內在的克制力消失無蹤。羅蘭在最後的挺動中將戴門推倒，兩人四肢糾纏地躺在被單中。

戴門無法自抑地露出微笑。「差強人意。」

「你等著說這句話，等很久了吧。」羅蘭的字句只有一點含糊。

「讓我來吧。」戴門翻身用毛巾輕輕擦拭羅蘭的身體，他在羅蘭肩頭印下一吻，並為此沾沾自喜。他感覺羅蘭心中的不確定如燭火搖曳不定，但沒有強烈到浮上表面，它停滯在羅蘭體內，而羅蘭沒有抽離戴門的身側。戴門擦拭完畢，心滿意足地癱躺在羅蘭身旁。

「可以。」過了片刻，羅蘭開口，意思卻完全不同。

「你都快睡著了。」

「還沒有。」

「我們還有一整晚，」戴門說，但他們的時間不多了。「天明以前的時間都屬於我們。」

他感覺羅蘭精瘦的身軀靠躺在身邊，幾乎燃盡的蠟燭火光黯淡。**命令我留下來**。戴門很想這麼說，話語卻哽在喉頭，無法說出口。

羅蘭二十歲，是敵國王子——即使兩國交好，他們之間的感情終究是不可能。

「天明以前。」羅蘭重複道。

過了片刻，羅蘭的手落在戴門的前臂上，手指輕輕扣住。

致謝

在我和凱特．蘭西一連串的週一晚間電話討論中，這本書誕生了。我記得有一回，凱特說：「我覺得這個故事會比妳想像得還要龐大。」凱特，謝謝妳在我最需要朋友的時候，作為一個偉大的朋友幫助我前進。我永遠忘不了我在東京的那間小小公寓，還有那臺老電話的鈴聲。

我超棒的朋友與編輯——克絲蒂．依內斯威爾——我欠妳太多太多了，謝謝妳讀過無數份草稿，花無數個鐘頭讓故事變得更好。我無法用言語說明妳對我的幫助有多大、多重要。安娜．考恩不僅是我最欣賞的作家之一，還是透過精采的腦力激盪與極具洞察力的回饋，幫助我完成這本書的幕後功臣。安娜，我太感謝妳了，少了妳，這個故事就不會是今天的故事了。

感謝我的寫作小組——伊絲莉亞、金子、特維爾——你們給了我非常多想法、感想、建議與支持。生命中能有你們這些超強的寫作好友，一定是我三生有幸。

感謝超強編輯——莎拉．菲浩——與澳大利亞企鵝出版社的團隊，你們的努力讓這本書的每一個細節變得更好，你們傑出的能力也給了我無限啟發。

最後，感謝所有在網路上讀過本系列的讀者，謝謝你們的慷慨與熱情，也謝謝你們給我這個機會出版這本書。

人物列表

阿奇洛斯

戴門諾斯（戴門）：阿奇洛斯王儲
卡斯托：阿奇洛斯國王
優卡絲特：阿奇洛斯宮廷的貴族仕女
尼坎德洛斯：德爾法封臣
麥卡頓：德爾法軍指揮官
納奧斯：德爾法軍士兵

維爾

宮廷

羅蘭：維爾王儲
攝政王：羅蘭的叔父

尼凱絲：攝政王的寵奴

桂恩：浮泰茵領主，維爾議會的議員，曾任派至阿奇洛斯的使臣

凡妮絲：派至瓦斯克的使臣

安瑟：宮廷大臣的寵奴

戈瓦爾：王子衛隊成員

喬德：王子衛隊成員

歐爾蘭：王子衛隊成員

羅薛爾：王子衛隊成員

胡維：王子衛隊成員

愛默里克：王子衛隊成員

拉札爾：攝政王的傭兵，後與王子的部下一同征戰

帕司查：宮廷醫師

奈松

查爾斯：商人

沃羅：擅長詐欺的賭客

亞奎塔

亞爾努：城堡管理人

拉芬奈

圖瓦思：拉芬奈領主

希維寧：圖瓦思之子

恩果蘭：拉芬奈守備軍的隊長

荷斯陶：圖瓦思勛爵的參謀

圭瑪：拉芬奈守備軍

葛林：鐵匠

布麗托

雅德利克：維爾小貴族

夏榮：維爾小貴族

帕特拉斯

托吉爾：帕特拉斯國王

托維德：托吉爾的弟弟，派至維爾的使臣

伊拉斯莫斯：托維德的奴隸

瓦斯克

哈爾韋克：部落族長

卡薛兒：部落的女性成員

已逝人物

希歐米狄斯：阿奇洛斯前任國王，戴門的父親

伊吉莉亞：阿奇洛斯前任王后，戴門的母親

海波美娜塔：希歐米狄斯的情婦，卡斯托的母親

優安德洛斯：阿奇洛斯先王，希歐米狄斯家族的始祖

亞勒隆：維爾前任國王，羅蘭的父親

奧古斯：維爾前任王儲，羅蘭的兄長

高寶書版集團
gobooks.com.tw

TN 251
墮落王子 II：危城之戰
Prince's Gambit

作　　者　C・S・帕卡特 (C. S. Pacat)
譯　　者　朱崇旻
主　　編　謝夢慈
編　　輯　林雨欣
繪　　者　Cola
美術編輯　林鈞儀
排　　版　彭立瑋

發 行 人　朱凱蕾
出　　版　英屬維京群島商高寶國際有限公司臺灣分公司
　　　　　Global Group Holdings, Ltd.
地　　址　臺北市內湖區洲子街 88 號 3 樓
網　　址　www.gobooks.com.tw
電　　話　(02) 27992788
電　　郵　readers@gobooks.com.tw（讀者服務部）
　　　　　pr@gobooks.com.tw（公關諮詢部）
傳　　真　出版部　(02) 27990909　行銷部 (02) 27993088
郵政劃撥　19394552
戶　　名　英屬維京群島商高寶國際有限公司臺灣分公司
發　　行　希代多媒體書版股份有限公司 /Printed in Taiwan
初版日期　2019 年 6 月

國家圖書館出版品預行編目 (CIP) 資料

墮落王子 II：危城之戰 / C・S・帕卡特 (C. S. Pacat) 著；朱崇旻譯. -- 初版. -- 臺北市：高寶國際，2019.06
面；　公分. --

譯自：Prince's gambit

ISBN 978-986-361-676-4(平裝)

874.57　　　108005314

GOBOOKS & SITAK GROUP©